KB081970

청소년 연극 대본집

청소년 연극 대본집

'우리 연극 해요,' ①

제1판 제1쇄 발행 2016년 2월 9일
제1판 제4쇄 발행 2021년 10월 25일

지은이   전국교사연극모임
엮은이   이인호
펴낸이   강봉구

펴낸곳   작은숲출판사
등록번호   제406-2013-0000801호
주소   10880 경기도 파주시 신촌로 21-30(신촌동)
전화   070-4067-8560
팩스   0505-499-8560
홈페이지   http://www.littleforestpublish.co.kr
이메일   littlef2010@daum.net

© 전국교사연극모임

ISBN 978-89-97581-90-0   44810
ISBN 978-89-97581-88-7   44810(세트2권)
값은 뒤표지에 있습니다.

작은숲
청소년
0 1 1

청소년 연극 대본집

'연극
우리
해요,
1

차례

푸르게 넘실댈 숲을 꿈꾼다

속초, 부산, 진주, 창원, 광주, 청주, 인천, 천안… 최근 2년 동안 전국 교사연극모임 교사극단들의 공연을 보러 찾아다닌 곳들이다. 가장 흐뭇하고 뿌듯한 시간이기도 했다. 교사, 학생, 학부모, 지역주민이 어우러진 교육가족 축제를 넘어 지역의 잔치로 점점 자리 잡아가는 모습이 찡했다. 이렇게 만들어진 작품들이 다른 지역이나 학교에서 공연이 되기도 하고, 연극반 학생들과 만든 작품이 교사극단 정기공연 무대에 올려지기도 한다. 서로를 풍성하게 해 주는 보기 좋은 순환이고 소통이다.

학생연극제 공연 며칠 전에 다리를 다친 학생이 있었다. 목발을 짚고 출연하는 것으로 캐릭터를 바꿔 무사히 공연을 마쳤다. 맹장 수술을 미루고 공연에 참가한 학생도 있었고, 공연 전날 입원한 학생을 대신해 스태프를 맡았던 학생이 갑자기 무대에 서기도 했다. 이렇듯 학생들의 열정은 대단하고 눈물겹다. 야간자습에, 학원에 하루 열네 시간 이상을 저당 잡힌 학생들이 작품을 올린다는 건 어찌 보면 기적 같은 일이기도 하다. 그

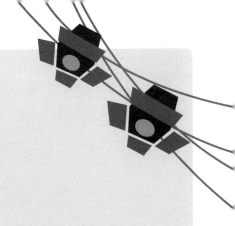

래서 청소년 연극이 끝난 후에는 더욱 뻐근한 감동을 공유하게 되는 것이
다. 연극이 갖는 몰입의 즐거움과 십 대들의 열정적 에너지가 행복하게
만나는 청소년 연극의 매력이다.

청소년 연극을 하면서 가장 어려운 점이 '대본 선정'이다. 직접 만들어
가는 과정이 소중하긴 한데 시간상 어려움도 있고 작품의 완성도도 스스
로 만족하지 못하는 경우가 많다. 상투성과 잦은 장면 분할이 문제되기도
한다. 이런 고민을 조금이라도 덜어주고자 청소년 연극 대본집을 발간하
게 되었다. 학교나 청소년 연극제 공연으로 검증된 작품, 50분 내외의 분
량, 무대나 조명 등을 단순화시킬 수 있는 작품, 학생들의 삶이 담긴 작품
을 우선적으로 선정했다. 교사극단 선생님들이 즉흥과 놀이, 마음을 연
대화를 통해 끌어낸 이야기, 기존 희곡뿐 아니라 문학작품이나 고전, 실
화, 만화를 바탕으로 만든 작품, 청소년들이 바라본 세상의 모습, 중·고
등학생들이 공연할 수 있는 내용을 담은 17편의 작품이 두 권의 책에 녹

아 있다. 특히 각 학교 실정이나 공연 상황에 따라 변형이 가능한 작품들을 우선 엮었는데, 연출자의 말이나 사진을 보면 무대 설치나 각 작품에서 어떤 점을 더욱 살려 표현할지 도움이 될 것이다. 교사나 학생들과의 작업 과정에서 부분적으로 다른 작품을 참고한 점도 있는데, 교육적 목적으로 활용한 것이니 양해해 주시리라 믿는다. 초등에서도 전래동화나 옛이야기를 연극으로 풀어낸 작품들이 많은데, 다음 기회에 어린이를 위한 연극대본집도 만들어질 것으로 기대한다.

여름방학, 겨울방학 일주일 정도씩 숙식을 같이 하며 10년 넘게 이어져 온 전국교사연극모임 연수, 전문가들에게 배우고 나누는 학기 중 사랑방 연수, 지역모임별 자체 연수와 청소년 연극 캠프가 이 작품들이 탄생하고 공연할 수 있는 밑거름이 되었다. 또한 국립극단 어린이청소년극연구소의 작업들도 영양가 높은 거름이 되어 주었다.

20년 넘게 함께 해온 분들은 물론, 새롭게 연극으로 학교를 즐겁고 풍

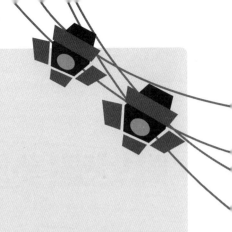

성하게 하는 일에 뛰어든 젊은 교사들이 이제 전국 곳곳에 뿌리를 내리고 있다. 무엇보다 학교 현장까지 그 뿌리를 뻗는 전교연 선생님들의 즐거운 수고와 온몸과 마음을 던져 함께한 청소년들에게 깊이 감사드린다. 여기 수록된 작품들은 이 모든 것이 어우러져 지금도 자라고 있는 나무들이다. 특히 교정과 전체틀을 같이 살펴준 초록칠판 임선명 선생님의 수고도 컸다. 아울러 정성껏 편집해 주신 편집자님과 오래 기다려 주고 큰 도움 주신 작은숲의 조재도, 강봉구 님께도 고마움을 전한다.

연극으로 우리가 심은 나무들이 더욱 울창한 숲을 이루어 이 땅의 청소년들과 교사들에게 신선한 공기가 되고, 그늘이 되고, 푸르게 넘실대는 희망이 되길 바란다.

2015년 12월 끝자락에

엮은이 이인호

미인도(美因刀)

서우정 / 선사고연극반 美親

미인도(美因刀)는 '아름다움이라는 이름의 칼' 또는 '아름다움으로 말미암아 칼(상처)을 입는다'는 뜻으로, 학생들이 즉흥극을 만들고 그것을 채록하고 다듬는 방식으로 만들어진 학생 공동창작극입니다. 작품내용은 외모지상주의에 대한 비판을 담고 있지만, 외모는 우리가 가지고 있는 수많은 콤플렉스 중 하나일 뿐이라는 메시지를 에필로그를 통해 강력하게 전달하고 있습니다. 그러므로 이 작품의 핵심은 어쩌면 에필로그에 담겨 있다고도 할 수 있습니다.

학생들은 처음에 '전래동화 각색하기'를 통해 극을 만들고 싶다는 의견을 내고 다양한 전래동화를 모둠별로 각색하여 장면화하고, 토론과 투표를 통해 '백설공주에 나오는 왕비는 왜 그토록 외모에 집착했을까?'라는 질문을 더 발전시켜 보기로 결정했습니다.

극 중 혜영이가 왕비, 신입사원(연희)이 백설공주를 형상화 한 인물이며, 그들이 점점 외모에 집착할 수 밖에 없게 만들어가는 주변 인물을 그리고자 했습니다. 청소 아줌마 장면은 1인 2역을 하는 배우들이 의상을 갈아입을 시간을 확보하기 위하여 넣은 장면으로, 극의 전체 흐름과 큰 연관이 없습니다. 웃음코드로 활용해도 좋고, 상황에 따라 삭제하시면 됩니다.

등장인물

혜영

엄마

유치원 선생님

옆집 아줌마

유치원 친구(은별)

장미

연희(신입사원)

서준 / 인턴사원

기범 / 대리 / 유치원 친구(철수)

성민 / 아빠 / 과장 / 유치원 친구(훈이)

할머니

청소 아줌마 1, 2

암전상태에서 아기 울음소리. 소리만 들린다.

– (여자) 딸입니다!

– (여자) 아이고 이 튼실한 다리 좀 봐요.

– (남자1) 장군감이네. 장군감이야~

– (여자) 어머, 아버님! 여자애한테 그게 무슨 말씀이세요~~

– (남자1) 아 그런가?

– (다같이) 호호호호 하하하 까르르~~

– (여자) 코 좀 봐! 할머니 코랑 똑같아!

– (여자) 어머, 정말 그러네! 복코야 복코!

– (다같이) 호호호호 하하하 까르르~~

[음악]

1장 유치원

[조명]

무대 여기저기 알록달록한 큐빅이 놓여있다. 무대 뒤 오른쪽에는 거울이
걸려 있다.
엄마, 유치원 복장을 한 혜영의 손을 잡고 나온다.

엄마	혜영아, 유치원에서 연극한다며?
혜영	응!
엄마	어떤 연극해?

혜영	백설공주!
엄마	재밌겠다.
혜영	엄마, 근데 왕비는 왜 그렇게 백설공주를 싫어해?
엄마	음… 글쎄?
혜영	왕비도 백설공주랑 왕비랑 행복하게 잘 살면 안돼?
엄마	왕비는 원래 나쁜 사람이라서 그래.
혜영	원래 나빠?
엄마	응.
혜영	(혼잣말처럼) 이상하다. 유치원 선생님은 원래 나쁜 사람은 없다고 그랬는데….
엄마	유치원 시간 늦겠다. 오늘도 선생님 말씀 잘 듣고 재밌게 놀아~~
혜영	응~ 엄마 잘 가! (엄마에게 손을 흔든다)

엄마 퇴장. 은별이 들어온다.

혜영	은별아! 안녕!
은별	(도도하게) 어, 안녕~
철수	(황급히 들어오며) 은별아! 있잖아 내가 오늘 너 줄려구 사탕 가져 왔어. 이거 먹어.
훈이	(뒤따라 등장하며) 아니야! 은별이는 초콜릿 좋아해! 그것도 모르냐~ 은별아 초콜릿 먹어!
은별	그래 고마워.
철수	(씩씩 대며) 이씨.
혜영	(철수에게 다가가며) 철수야 나도 사탕 좋아하는데 그거

나 주면 안돼?

철수   싫어! 넌 못생겼잖아! 안 줄꺼야!

혜영이 풀이 죽고 무대 구석으로 한발 밀려난다.

유치원 선생님   여러분 내일 갈 소풍에서 같이 다닐 짝꿍 정해볼까요?
아이들   네!
훈이   은별아 나랑 짝꿍하자
철수   아니야 은별이는 나랑 할 거야

훈이와 철수가 다툰다.

유치원 선생님   훈이랑 철수 중에서 한명은 혜영이랑 짝을 해볼까요?
훈이,철수   (혜영이를 가리키며)싫어요! 쟨 못생겼잖아요!
유치원 선생님   여러분, 그러면 안돼요. 다 같이 친하게 지내야지요.

철수, 마지못해 혜영이 옆에 좀 떨어져 선다. 표정이 안 좋다.

유치원 선생님   모두 제자리! 모두 제자리 모두 모두 제자리~ 여러분 모
               두 자리에 앉아볼까요? (자리로 이동하고 앉는다) 자, 다
               음 달에 있을 학예회에서 우리 반은 백설공주 공연을 할
               거예요. 재밌겠죠?
아이들   네!
유치원 선생님   백설공주 하고 싶은 사람 손들어볼까?
혜영   (신이 나서) 저요! 선생님! 저 백설공주 하고 싶어요!

모두들 까르르르 웃는다.

훈이   하하하! 이혜영이 백설공주래!

모두들 까르르르….

전체 조명 서서히 페이드 아웃되고, 풀이 죽어 어쩔 줄 몰라하는 혜영에
게 탑조명.

(소리) 어머 아들인가봐요? 아주 잘 생겼네~
(소리) 혜영아! 우리 괴물놀이 하자. 네가 괴물해!
(소리) 너는 여자애가 칠칠맞지 못하게 그게 뭐니?
(소리) 그렇게 생겨서 나중에 누가 데려 갈래나?
(소리) 여자는 뭐니뭐니해도 이쁘고 봐야지.
(소리) 요즘 세상에 쌍꺼풀은 기본 아니예요?
(소리) 넌, 여자애가 화장 좀 하고 다녀라.
(소리) 여자애가 다리 굵은 것 좀 봐.
(소리) 니가 남친이 있다고?
(소리) 여잔데 50키로가 넘어?
(소리) 더 이뻐져야해.
(소리) 더 날씬해져야해~

소리가 나오는 동안 혜영이 유치원 복장을 하나씩 벗고 고등학생이 된다.

[조명] 전체 조명 점점 어두워지고 혜영에게 탑조명.

혜영, 관객을 바라본다. 표정이 어둡다.

[음악]
[암전]

2장 집

[음향] 뉴스소리

조명이 켜지면 엄마, 소파에 앉아 TV를 보고 있다. 부동산 아파트 값이 폭락했다는 뉴스. 미분양 사례가 속출한다는 내용의 뉴스가 나온다. 엄마, 심각한 듯 뉴스를 보고 있다.

[음향] 초인종소리.

엄마   (텔레비전에서 눈을 떼지 않고) 누구세요?
옆집 아줌마(소리) 어, 나야 옆집!

엄마, 나가서 문을 열어주고 함께 들어온다. 한 눈에 봐도 멋을 잔뜩 낸 옆집 아줌마다.

엄마   어, 저녁할 시간에 웬일이야?
옆집 아줌마   나물 무치는데 참기름이 뚝 떨어졌지 뭐야. 나 참기름 좀 빌려줘.

| 엄마 | 어 알았어. 기다려봐. |

옆집 아줌마, 뉴스를 보며 소파에 앉아 뉴스를 본다.
엄마, 참기름을 들고 온다.

| 엄마 | 쬐끔 밖에 안 남았네. 그냥 다 갖다 써. |
| 옆집 아줌마 | 어, 고마워. (다시 티브이로 눈을 돌리며) 에휴. 집 값이 자꾸 떨어져서 큰일이야. (화면을 가리키며) 에그머니나. 저거 우리 아파트 아니야? |

| 엄마 | 그걸 이제 알았어? 집값 떨어진지 꽤 됐잖아. |
| 옆집아줌마 | 어휴 난 드라마보느라 정신이 없었지. |

혜영, 들어온다.

혜영	다녀왔습니다.
엄마	어~왔어? 옆집 아줌마야, 인사드려!
옆집 아줌마	어 니가 혜영이구나 아이고 곱네.
엄마	에이, 무슨….
옆집 아줌마	뚱뚱하다더만 하나도 안 뚱뚱하네!
엄마	안 뚱뚱하긴! 가려서 그렇지 벗겨보면 장난 아니야.
옆집 아줌마	키도 크고 다리도 긴 게 이쁘기만 하네!
엄마	아유 됐어. 이쁘긴 뭐가 이뻐! 그냥 튼실한거지.
옆집 아줌마	아니야 지금이 딱 이쁜거야. 요즘은 쌍꺼풀 없는 눈이 대세야. 너, 커서도 눈수술 하지마! 코도 하나도 안 낮구 이

쁘구만 애한테 뭘 그렇게 해준다고….

엄마 입에 발린 소리 그만 좀 해. 자기 딸은 눈에 코에 있는 수술 없는 수술 다 시키면서 남의 딸 가지고 왜 그래?

옆집 아줌마 자기도 알면서! 걔는 눈이 단추구멍만하잖아. 아우~ 눈 뜨고 봐 줄 수가 없어~

엄마 이번엔 곗돈도 자기가 탔다며? 내가 타서 우리 혜영이 코 좀 해주려고 그랬더만. 가만, 자기 혹시 자기 딸 어디 또 해주려고 곗돈 탄 거야?

옆집 아줌마 (당황하며) 아냐아냐~! 무슨 소리야? 별 놈의 소릴 다 듣겠네. 아이구 난 이만 가야겠다. 참기름 빌리러 와서는 수다가 길어졌네. (참기름 병을 들어 보이며) 고마워 혜영 엄마. 잘 쓸게~

혜영 안녕히 가세요.

옆집 아줌마 애, 혜영아. 엄마 말 듣지 마. 넌 할 필요 하나도 없다. 지금이 제일 이쁘다.

엄마 아이고, 저녁하다 말고 왔다며. 얼른 가.

옆집 아줌마 알았어. 간다 가. (나가며) 아줌마 간다!

엄마 (혜영을 보며 속상한 듯) 어휴 이상하네. 나도 쌍커풀이 있고 애 아빠도 쌍꺼풀이 있는데 왜 앤 없지? (혜영을 바라보며) 대학만 가면 엄마가 눈 꼭 해줄테니까 넌 걱정 말구 공부나 열심히 해.

아빠, 등장한다.

아빠 애한테 뭘 자꾸 해준다고 그래? 이쁘기만 하구만.

엄마	이이는 알지도 못하면서. 요즘은 다 해요. 그래야 부잣집
	에 시집도 잘 가고 취직도 잘 되고 그러지. (혜영의 코를
	보며) 너는 눈도 코도 어쩜 그렇게 할머니를 똑 닮았냐.
아빠	우리 어머니를?
엄마	아 왜 당신 아버지가 어머니랑 선 볼 때 크게 두 번 놀라
	셨다잖아요.
혜영	그게 무슨 소리야?
엄마	으응~ 선 보러 가서 할머니를 처음 봤는데 코가 하도 커
	서 한번 놀라고, 뒤를 도는데 궁댕이가 하도 커서 또 한번
	놀라셨다잖니. 나 그때 웃겨죽는 줄 알았어. (재미있다는
	듯 웃음) (엉덩이 토닥토닥)

혜영, 기분 나쁘다.

아빠	(냄새를 맡으며) 근데 이게 무슨 냄새야?
엄마	냄새? (아빠랑 같이 냄새를 맡는다) 아이고, 내 정신 좀
	봐. 국 올려 놓은 게 다 탔네 다 탔어. (엄마 부엌으로 퇴장
	한다)

아빠, 소파에 앉아 티비 켠다. 혜영, 렛미인을 함께 본다.

[음향] 렛미인 소리.

아빠	(흥미진진한 표정으로) 야 이쁘다. (사이) 사람이 어떻게
	저렇게 변하냐?

혜영	나도 저런데 한번 나가볼까?
아빠	(좋은 생각이 났다는 듯) 늬네 엄마 한번 나가보라고 그럴까?

TV 소리 다시 on. 아빠, 렛미인을 계속 시청하는 모습.
혜영, 거울을 보고 한숨 쉰다.

[암전 / 음악]

3장 학교 - 교실

조명 들어오면 서준 교실에서 체육복 차림으로 혼자 책읽고 있다.
교복입은 장미 뒷문으로 등장. 서준이 공부하고 있는 모습을 보고 거울을
보며 매무새를 단장한다. 서준에게 인사하려는데, 혜영이가 교실로 들어
간다. 혜영은 긴 치마 교복에 펑퍼짐한 블라우스를 입고 있다. 서준, 혜영
을 본다.

서준	어, 혜영아 안녕?
혜영	서, 서준아 안녕!

혜영 좋아서 어쩔 줄 몰라한다. 이 모습을 장미가 지켜보다 짜증나는 듯
사물함에 가서 체육복을 찾아 꺼내서 남자애들을 가로질러 퇴장한다.
남자애들이 교실로 들어온다.

성민	야. 뭐하냐?
기범	아 이 새끼 아침부터 토 나오게 책 읽고 있네. (책을 뺏어간다) 이중나선? 에라이 이중인격자 같은 놈아.
서준	뭐 어때서.
기범	나처럼 적당히 놀고 적당히 공부할 줄 알아야지.
성민	아 그래서 (서준을 가리키며)얘는 전교5등, (기범을 가리키며) 너는 뒤에서 전교5등?
기범	아 닥쳐.

장미 체육복을 들고 밖으로 나간다.
성민, 기범 장미를 쳐다보고는 감탄한다.
남자애들 대화 시작하면 혜영, 체육복을 싸들고 장미와 반대쪽으로 퇴장한다.

기범	야 장미 봤냐?
성민	어 오늘도 존나 예뻐. 사람이냐 여신이냐!
기범	아 진짜 장미 옆에 있으면 다 오징어 됨.
성민	인정 인정 어떻게 저렇게 생기냐.
기범	몸매도 장난 아니야.
성민	(책을 뺏어가며) 야 이서준. 넌 어떤 스타일 좋아하냐?
서준	나? 나는… 착한여자?
성민,기범	뭐?
기범	뭐래 미친놈이. 예쁘면 다지.
서준	얼굴 이쁜 것도 좋은데 나는 마음씨가 더 중요하더라. 어려운 사람을 도와줄 줄 알고.

체육복 차림의 혜영 들어와 자리에 앉아 신발을 갈아신는다.

기범   야, 그럼 넌 얼굴이 (이혜영 자리를 가리키며) 쟤같이 (혜영
       이 들리지않게 조용히) 생겼는데 착하기만 하면 오케이?

성민   야! 서준이가 고자냐! 그래도 어느 정도는 돼야지~ 그치
       서준아~~

기범   그런거 말고 또 없어?

서준   음… 뭐든지 열심히 하는 적극적인 여자도 매력있지.

성민   오~~~~~ 막 나한테 적극적으로 들이대고? 막 적극적으로?

기범, 성민 둘이 좋아 죽는다.

서준   야 너희 수업 안가? 다음시간 체육이잖아. 빨리들 와라.
       (나간다)

기범   아 시발 또 늦겠네. (체육복을 갈아입으려다 혜영을 발견
       하고) 야 돼지! 넌 강당 안가냐?

혜영   어, 갈거야. (급하게 나간다)

서준   (나가며) 빨리들 와라.

남자애들 정신없이 옷을 갈아입고 뛰어 나간다. 텅빈 교실. 짧은 체육복
차림의 장미가 들어온다. 대화를 모두 들은 듯, 알겠다는 듯 고개를 끄덕
인다.
[암전]

4장 학교 - 체육관

[음향] 종소리

서준(소리)	얘들아! 빨리와! 선생님이 빨리 오라셔!
성민,기범	어! 지금 가! / 가고 있어!

조명on. 체육복 차림의 아이들 체육관에 모여있다.
남자애들 장미를 챙겨준다.

서준	우리 모둠 다 왔어? 선생님이 단체 줄넘기 연습하라셔. 나랑 성민이가 줄을 잡을테니까 너희 차례로 들어와서 뛰어.
아이들	어, 알았어.
기범	장미야 춥지 않아? 내가 옷 줄까? (옷벗으려한다)
장미	아니야. 괜찮아 (웃음)
성민	더운데 무슨. 장미야! 너 줄넘기 뛰는거 힘들면 무리 안 해도 되니까 힘들다고 말해. 알았지?
장미	응! 고마워!

서준과 성민 줄넘기를 돌린다. (줄넘기는 마임으로)

기범이부터 차례로 뛴다. 기범, 장미, 혜영이 순으로 뛰는데 잘 뛴다.
기범 구호를 센다.

(일,이,삼 … [헥헥거리며] 52,53,54,55)

서준   와~ 우리 모둠 잘한다! 이번엔 순서를 바꿔서 한번 더 해
　　　　　　보자~~

이번엔 장미가 먼저 들어간다. 뛰다가 걸린다.

성민   괜찮아 괜찮아. 다시 해보자!

기범   (물을 가져다 주며) 장미야~ 물마시고 해!

장미   한 모금 마신다.

다시 줄넘기. 장미 들어간다. 잘 뛴다. 혜영 그 다음으로 들어간다. 줄넘
기에 걸린다.

성민   아 이혜영 뭐 하는 거야.

혜영   아… 미…미안해….

기범   혜영아 제대로 하자 좀 하자. 응?

서준   야 너네 그만해~ 자 다같이 힘내서 다시 한번 해보자.

다시 줄을 돌린다.
혜영, 다시 줄에 걸린다. 그 바람에 장미도 넘어진다.

기범   장미야 괜찮아? 다친거 아냐?

장미   아니야. 아니야. 난 괜찮아.

성민   아, 이혜영 존나 답 없네.

기범   너 때문에 장미까지 넘어졌잖아!

혜영	미… 미안해… ㅈ… 장미야 괜찮아?
기범	아 저 돼지새끼 때문에 나는 한번도 못 들어가네.
장미	야! 너네 너무 심한거 아니야? 혜영아 괜찮아? 다친데는 없고? 너네 혜영이 한테 사과해. 혜영이가 일부러 그런 것도 아니잖아. 혜영이가 얼마나 상처받았겠어. 얼른 사과해!

성민, 기범 머쓱해 한다.

장미	점수 1, 2점 더 받는 것보다 친구사이의 우정이 더 중요한 것 아니겠니?
기범	미… 미안해.
성민	미안하다.

서준, 놀란 듯 장미를 본다. 장미, 서준을 의식하며 미소짓는다.

종이 친다. 남자애들은 민망한지 바로 달려 나간다.

혜영과 장미만 남아 옷을 갈아입는다. (체육복 위에 교복을 입는다) 교복은 무릎 아래로 내려오는 긴 치마, 펑퍼짐한 블라우스.

혜영	장미야 아까 고마웠어.
장미	됐어.
혜영	남자애들이 늘 그래도 서준이는 안 그래.
장미	서준이?

혜영, 고개를 끄덕인다.

장미	(가소롭다는 듯) 너, 서준이 좋아해?
혜영	아, 아니야.
장미	그럼, 사귀자 그래!
혜영	아, 아니라니까. 장미 너는 예뻐서 좋겠다.

장미, 뭐래 싶은 표정. 밖에서 남자애들 소리가 들린다.

| (소리)성민 | 야 이서준! 치사하게 혼자만 먹냐? |
| (소리)기범 | 나도 같이 가! |

장미, 갑자기 뭔가 생각난 듯.

장미	무슨 소리야. 너도 예뻐질 수 있어.
혜영	저… 정말?
장미	당연하지! 우선 너는 안경부터 벗고. (안경을 벗긴다)
혜영	(안경을 급히 빼앗아 쓰며) 나 안경 벗으면 아무것도 안 보여.
장미	치마는 이게 뭐니?
혜영	내가 다리가 굵어서….
장미	화장도 좀 하고. (혜영을 꼼꼼히 뜯어보며) 너는 입술이 예쁘니까 빨간색도 잘 어울릴거야. 머리는 풀고! (혜영의 머리를 풀어준다) 포인트로 리본 핀! 리본은 클수록 예쁠거야.
혜영	내가 정말 어울릴까?

장미	당연하지! 남자애들이 긴 생머리에 빨간 립스틱 바른 여자를 얼마나 좋아하는데.
혜영	저… 정말? 서… 서준이도 좋아할까?
장미	왜 당연한걸 묻고있어. 자신감을 가져봐. (혜영을 데리고 나가며 계속 대화한다) 치마부터 줄이러 가자. 너 립스틱도 없지?
혜영	어….
장미	내 꺼 빌려줄게. 아 너무 잘 어울리겠다. 너 내일 꼭 그렇게 하고 와야 돼! 알았지?
혜영	정말? 나 좀 챙피한데….
장미	(웃음)

혜영, 장미 퇴장한다.

[암전]

5장 길거리

꼬부랑 할머니 한 분이 길을 찾으며 지나간다.

할머니	아이고, 나이가 드니 눈이 침침해져서 지도도 잘 안보이네 그랴.

지도를 바라보며 한참 길을 헤매고 있는데, 장미 등장한다.

할머니	(장미에게 종이를 한 장 내밀며) 학생! 내가 여기를 가려는데 길을 잃어서… 여길 가려면 어디로 가야하는지 아나?
장미	(서준이 오나 안 오나 정신이 팔려서 종이를 제대로 보지도 않고) 저 잘 몰라요 할머니.
할머니	아이고 날도 어두워지는데 이거 큰일났네. 학생. 그러지 말고 나 좀….
장미	(신경질적으로) 아 저도 모른다구요!
할머니	아이고 세상이 말세여 말세… 요즘 어린 것들은 어른 공경할 줄도 모르고….

할머니, 길을 찾느라 종이와 주변을 번갈아 두리번 거리며 퇴장한다.

서준이 등장. 서준 이어폰을 끼고 있다.

서준	어? 장미야! 이 시간에 웬일이야? (목소리 크게)
서준	아… 장미야! 이 시간에 웬일이야?
장미	어떤 할머니가 길을 잃어버리셔서 도와드리느라고.
서준	아… 너 되게 착하구나.
장미	아니야. 해야 할 일을 한 건데 뭐.
서준	너 오늘 혜영이 도와주는 모습도 좀 멋있더라.
장미	아니야. 친구끼리 당연히 그래야지.
서준	너 집이 어디야?
장미	나 저기 암사 시장 건너에 대명 아파트.
서준	어, 정말? 나도 그 옆에 아파트 사는데!
장미	우와! 대박이다. 서준 그럼 같이 갈까?

나가며

서준	저녁은 먹었어?
장미	응.
서준	뭐 먹었어?
장미	족발.

달달한 대화를 나누며 퇴장

[음악] 알콩달콩한 음악
[암전]

6장 학교 - 교실

조명이 들어오면 교실.
기범, 성민 교실로 들어온다.

기범	야 오늘 장미 봤냐?
성민	아니, 못봤는데?
기범	졸라 예뻐.
성민	장미 원래 이쁘잖아?
기범	오늘은 더 예쁘다니까? 완전 여신이야 여신~~

서준, 들어온다.

기범	야~ 너 오늘 장미 봤냐?
서준	아니 못봤는데?
성민	아니 얼마나 이쁘게 하고 왔길래?
기범	보러가자! (다들 끌고 나간다)
서준	야야, 어딜 가? (교실에 들어오다 말고 다시 끌려 나간다)

남자애들 나가면, 혜영 쭈뼛 쭈뼛 교실로 들어온다.
짧게 줄인 치마에 어색하고 촌스럽게 묶은 리본 머리띠, 빨간 립스틱을
진하게 바르고 머리를 풀었다. 신발도 튀는 색으로.
짧은 치마가 어색한 듯 연신 치마를 내리고 어색한 듯 머리를 만지기도
한다.

장미, 교실로 들어간다. 혜영과 똑같은 머리띠, 똑같은 신발. 머리띠의 리
본을 작고 예쁘게 세련되게 묶었다. 혜영보다 예쁘다.
혜영, 장미와 똑같은 모습을 보고 당황하고, 장미는 혜영의 모습을 보고
비웃음.

장미	진짜 그러고 왔네?
혜영	어, 너….
장미	너 무슨 자신감으로 이러고 왔어. 진짜 꼴불견이다.
혜영	어?… 장미야 왜 그래… 어제 이렇게 하고 오라고 했잖아….
장미	이런 건 너가 하면 안돼. 나 같은 애들이 해야지.
혜영	장미야 왜 그래….
장미	그게 너한테 잘 어울릴 것 같았어? 진짜 멍청하다. 호박

	에 줄긋는다고 수박되니?
혜영	(장미의 팔을 붙잡으며) 장… 장미야….
장미	(정색하며) 니 주제를 좀 알고 살아. 이렇게 하고 오니까 확실히 알겠지? 나랑 너랑 얼마나 비교 되는지? 어디 감히 너 같은 게 서준일 좋아해? 얼굴이 못생겼으면 눈치라도 있던가. 분수를 알던가!
혜영	….
장미	나랑 서준이 어제부터 사귀기로 했어. 오늘부터 1일이야.

서준이가 교실로 들어온다. 장미 태도를 바로 바꾼다.

장미	아, 서준아 왔어? 교실 왔는데 너가 없어서 보고 싶었잖아. (서준에게 팔짱을 낀다)
서준	어, 그랬어?
장미	나랑 매점가자~ 나 배고파.
서준	그래. 내가 맛있는거 사줄게. 가자.

장미와 서준 나간다.
혜영 분노한다. (비참,분노,슬픔)

기범과 성민 교실로 들어온다.
혜영의 모습을 발견한다.

(혜영이 안 듣게 한 쪽 구석으로 가서 속삭이지만, 다 들린다)

성민기범	어우 깜짝아.
성민	쟤 지금 장미 똑같이 따라한거 맞지?
기범	설마… (미친거 아니냐는 표시로 머리를 손가락으로 가리키며 빙빙 돌린다)
성민	쟤 장미 스토커냐? 씨발 존나 비교되네. 같은 옷 다른 느낌!
기범	아 내 눈 어떡해. 눈아 미안하다. 이거 안 본 눈 사요.
성민	쟤가 내 여친이였으면 때려서라도 살빼게 할 듯
기범	쟤는 살빼는 거로 안돼. 다 뜯어고쳐야지.
성민	한 두군데 고쳐서 될까? 돈 존나 들겠네.
기범	에휴 이혜영 돼지던가 못생기던가 둘 중 하나만 해라.
성민	불쌍하다 야.

혜영 바들바들 떨면서 운다.

[조명] 전체 조명 점점 어두워진다. 혜영 탑조명.

[음악]

[암전]

7장 사무실

빈 사무실. 책상이 5개 있다.
왼쪽부터 차례로 대리 오상식, 과장 최종서라고 써 있는 푯말이 놓여있다.
혜영 책상에는 큰 거울이 있고, 무대 왼쪽 뒤편에 사물함이 놓여있다.

청소 아줌마 2명 등장.

청소아줌마들　　야야야야~내 나이가 어때서~~~

둘이 부딪힌다.

청소아줌마1　　어휴 왜 이렇게 더러워.

청소아줌마2　　이 사람들은 학교에서 줄맞추는 법도 안 배웠나~

청소아줌마1　　다들 아직 안 왔나?

청소아줌마2　　그럼 청소를 시작해볼까??

청소아줌마1　　우리 시작하기 전에 한번 해야지. (엉덩이를 부딪친다)

청소아줌마2　　그럼 나부터 시작할게. (청소하다 돈이 나왔다) 어이구 나왔다! (가슴에 돈을 넣어둔다)

청소아줌마1　　저푸른 초원위에~~ 그림같은 ~~ 나와라. 나와라. 나와라. 나와라. 나왔다! (가슴에 넣으려고 하다가) 나는 꽂아둘 곳이 없네. 넣어둬! (청소아줌마2에게 다시 넣는다)

청소아줌마2　　최 과장 담배 값도 나왔는데

청소아줌마1　　몽땅 족발에서 소주하자 캬~ 어때?

청소아줌마2   좋지~~

아줌마 두명 수다 떨고 있는데 과장 등장한다.

아줌마, 청소도구를 놓고 인사하고 퇴장한다.

과장   어우~ 어제 너무 많이 달렸어

대리   집에는 잘 들어가셨어요?

인턴사원   과장님 많이 드시더라구요. 과장님 나이도 생각하셔야죠.

배도 너무 많이 나오시고….

과장   (말을 끊으며) 됐고 나가서 컨디션이나 사와

인턴사원   (벌떡 일어나) 넵 바로 사오겠습니다.

인턴이 빠른 걸음으로 사라진다.

과장   (힘들어하며) 어우, 죽겠다.

대리   (과장을 바라보며) 과장님. 무슨 일 있으셨어요? 어제 왜

그렇게 많이 드셨어요? 말씀도 별로 안 하시고….

과장   에이. 승진시험 때문이지 뭐.

대리   아… 어제 발표났었군요.

과장   박과장, 김과장 다 승진했는데 나만 떨어졌어. 쪽팔려서

원. 에이, 이 놈의 회사 때려치든지 해야지….

대리   … 과장님~ 힘내세요. 우리가 있잖아요~~ (노래를 하며

과장을 위로한다)

과장   오대리 노래 잘하네? 다음번 회식 때는 노래방을 가야겠

네.

대리	도우미 나오는 노래방이요?
과장	예끼 이사람. 도우미는 무슨. (웃음)
대리	그래도 여자가 있어야 힐링이 되지 않겠습니까?
과장	아이 아무여자나 있다고 술맛이 나나? 예쁜 여자가 있어야 술 맛이 나지
대리	부장님은 어떤 스타일이 좋으십니까?
과장	저기 저 옆 부서에 전대리 예쁜 거 같던데… 얼굴도 몸매도 아주 끝내주더만!
대리	전대리요? (고개를 갸웃하며) 근데요 부장님. 전대리가 술 마실 때 좋은 스타일은 아닙니다.
과장	그래? 왜?
대리	얼굴이랑 몸매가 예쁘면 뭐합니까? 술자리 할때도 말실수 한번 했다 하면 얼마나 떽떽 거리는지 무서워서 얘기도 못해요. 여자의 권리가 어쩌구 저쩌구 딱 피곤한 스타일이에요. 자고로 여자는 좀 고분고분한 맛이 있어야
과장	그런가? 그럼 영업1팀 김미영씨는?
대리	김미영씨는 괜찮죠. 근데 제가 볼 때는요. (귓속말을 한다. 과장과 낄낄대며 웃는다)

인턴이 일반 음료수를 사들고 들어온다. 인턴, 음료수를 과장과 대리에게 나눠준다.

과장	아이 이 친구 컨디션 사오라고 보냈더니 이게 뭐야?
인턴사원	편의점에 컨디션이 없어가지고….
과장	이 친구 영 일 맘에 들게 안 해. 내가 너 만할 때는 말야~.

과장, 인턴에게 한소리 더 하는데 혜영 출근한다

혜영   안녕하세요~

혜영이 들어오면서 남자들 자세를 고쳐 앉는다. 혜영, 그 상황을 즐긴다.

인턴사원   선배님 오셨어요?
대리, 과장   어, 왔어?
과장   (혜영 지나가자 향기가 난다) 오늘 향수 새 거 썼어? 아주
           상쾌한데?
혜영   감사합니다.
인턴사원   어! 선배님 치마 입으셨네요? 오늘 아주 예쁘세요.
혜영   아, 그래요? 한번 돌아볼까요?

혜영, 예쁘게 한 바퀴 돈다. 남자들 쓰러진다. 혜영 애교를 섞어 가며 웃
는다.
모두가 즐거운 분위기.

과장   (호탕하게 웃으며 좋아한다) 숙취가 다 없어지는구만.
혜영   (과장에게) 어머, 과장님. 오늘 숙취 있으세요? 힘들겠다
           ~~ 제가 어깨 주물러 드릴까요?

혜영, 과장의 어깨를 주물러 준다.

과장   어이, 시원하다. 어이 시원한다. 어이구, 고마워!

혜영	과장님, 너무 무리하지 마세요. 건강도 생각하셔야죠.
과장	그래. 고마워.

혜영, 자리에 앉는다.

과장님 어깨를 주무르는 동안 인턴, 커피를 타 와 혜영에게만 준다.

인턴사원	(커피를 타 온다) 선배님. 커피 드세요.
혜영	어머, 재욱씨. 매번 고마워서 어떻게 해. 커피는 내가 타서 마시면 되는데.
인턴사원	(수줍어하며) 아, 아니예요. 그럼 맛있게 드세요.
과장	야! 내 건 없냐?
인턴사원	아. 바로 타오겠습니다!
과장	야 됐어.

혜영, 서류철을 들고 과장에게 간다. 혜영이 과장과 말하는 동안, 인턴도 사물함에서 서류철을 꺼내 들고 대리에게 가서 의논한다.

혜영	과장님. 어제 말씀하신 선사실업 매출실적 말인데요. 지난 10년 간 매출 변화를 조사해 봤거든요? 이게 그래프로 만든 자료구요, 이건 표로 정리한 건데 보시면 2011년에 급격하게 매출이 줄어들고 선사실업 주가가 폭락을 했더라구요. 그래서 조사해봤더니 그 시기에 불량제품이 대거 나왔더라구요! 역시 과장님 선견지명이 있으세요!

과장	역시 선사실업 내가 그럴 줄 알았어!

모두 정지.

혜영	(방백) 저 너무 예쁘죠?(웃음) 보셔서 알겠지만, 저는 예쁜 여자에요. 예쁜 여자로 살아간다는 것은… 음… (관객에게) 어머 못느껴보셨겠다. 너~무 피곤해요(웃음)

혜영	성형이요? 그냥 살짝, 살짝만 손 댔어요. 눈쪼금, 코쪼금, 귓볼 쪼금. 음… 턱이랑 광대뼈 쪼금 깎고, 지방흡입 쪼끔, 무릎 쪼끔, 발가락쪼끔. 별로 안 고쳤죠? (과장된 웃음) (조금 쉬었다가) 물론 그 후로 제 생활은 완전히 달라졌죠.

과장, 꽃을 한 송이 내밀며 무릎을 꿇는다. "정말 아름다우십니다!"
혜영 꽃의 향기를 맡은 후 꽃을 오른쪽으로 던진다.

혜영	친구들이랑 춤추러 클럽에 가면 여기저기 불려다녀야 했어요.

대리, 웨이터 이름표 달고 쟁반 들고 웨이터 같이 나타난다.

대리	아가씨, 저쪽에 잘 생긴 남자들 있는데 춤 한번만 같이 춰주시죠? (혜영의 손을 잡고 오른쪽으로 이동) (혜영, 손을 뿌리친다)

혜영	대시하는 남자들도 많았어요.(인턴이 있는 책상에 앉는다)

인턴, 과장, 대리 관객들을 바라보며 말한다.

인턴사원	누나! 누나는 왜 내 마음을 몰라줘요? 누난 내 여자라니까!

혜영, 머리를 넘기며 쳇. 앞쪽으로 이동

과장	너는 이뻐서 나 같은 남자랑은 어울리지 않겠지만 내 마음을 받아줄래?

혜영, 싫다는 표정 귀를 후빈다.

대리	오빠 군대갔다 올때까지 기다려라! 꼭 돌아온다!

혜영, 뿌듯한 표정으로 웃는다.

혜영	저는 점점 자신감을 되찾아가고 있었죠. 그런데 취업을 하려고 하니까 저처럼 너무 예쁘면 안된다는 거예요. 호감가는 기업형 얼굴을 만들어줘야 한다나? (한숨) 그렇다면 어쩔 수 없죠. 고쳐줘야죠. 눈은 자연스럽게 쪼콤, 코는 동글동글하게 쪼콤, 그리고 입은 살짝… 찢었어요~ (웃음)

(관객에게 등을 보이게 휙 돈다. 과장, 대리, 인턴을 바라보는 모습으로)
안녕하세요! 면접번호 28번 입니다!

과장　　　　음. 아주 호감 가는 인상이구만.

대리　　　　그러게요. 눈매도 입매도 웃는 인상이라 사무실 분위기에
　　　　　　　도 아주 좋겠네요.

관객을 바라보며 웃는다.

인턴사원　　대학 학점도 좋고, 일도 아주 잘 할 것 같습니다.

혜영　　　　모두들 저에게 친절하게 대해 주구요. (과장 쪽으로 간
　　　　　　　다)

(과장, 일어나며 '역시 일을 잘해! 하나를 하더라도 아주 맘에 쏙 드는구
만!)
(혜영, 감사합니다. 라고 말하며 뒤로 살짝 이동)
(인턴, 일어나며 '선배님! 제 군대 선배 한번 만나보실래요? 성격이 아주
좋은 형인데요, 선배님 사진 보더니 꼭 한번 만나게 해달라고 하도 졸라
서요.')
(혜영, 예쁜 건 알아가지고~)
(대리, 혜영씨! 오늘 나 동창회 있는데 이것들이 연애 못한다고 하도 놀려
서 말이야. 나랑 같이 가서 내 체면 좀 세워줄래?) (말하는 동안 혜영 대
리 뒤쪽으로 이동한다)

혜영	(대리에게 다가가며) 이 남자. 어때요? 으음 잘생겼죠! 제가 좋아하는 남자예요. (앞으로 이동하면서 말한다) 이 남자 이래봬도 돈이 아주 많아요. 강남 아파트에 살구, 빌딩도 있나 봐요. 아빠는 의사고 엄마는 변호사 래나? 저 이 남자랑 너~무 결혼하고 싶어요. 꼭! 결혼할거예요! 꼭! 전 예쁜 여자니까요! (크게 웃으며 돈다)

원래 사무실로 돌아간다. 과장에게 업무보고를 하는 혜영.

과장	역시 선사실업! 내가 그럴 줄 알았어! 혜영씨, 아주 잘했어! 혜영씨가 온 뒤로 팀워크도 좋아져서 아주 실적이 팍팍 오르는 것 같아!
혜영	하하 감사합니다!
대리	(인턴에게) 이게 아니라 이거지. 넌 일처리가 왜 그 모양이냐?
과장	(인턴에게) 너도 혜영씨 보고 좀 배워라. (대리를 바라보며) 담배나 한 대 피우러 가자.
인턴사원	네! (따라 나선다)
과장	오대리는 안가?
대리	담뱃값 5000원 시대 아닙니까. 세금 내기 싫어서 끊었습니다.
과장	이놈의 담배. 나도 끊어야 되는데. (인턴에게) 넌 담배 뭐 피우냐?
인턴사원	저, 담배 없는데요.
과장	뭐?

인턴사원	담배값이 비싸서 여기저기서 한 대씩 얻어 피우려고….
과장	어휴….

과장, 쥐어박는 듯한 시늉을 하고 인턴과 같이 나간다.
대리에게 말을 거는 혜영

혜영	대리님
대리	어?
혜영	이거… (선물을 내민다. 예쁜 컵이다) 지난번에 종이컵 불편하다고 하셔서… 지나가다 생각나서 하나 샀어요.
대리	와, 고마워. 잘 쓸게.
혜영	어제 세 분이서 한잔 하셨다면서요. 과음하셨을 것 같아서 꿀물 타왔어요. 따뜻할 때 드세요.
대리	뭘 이런거까지… 잘 마실게. 고마워.

혜영이 준 컵에 꿀물을 따라 마신다.

대리	어우, 좋다.

혜영, 그 모습을 물끄러미 바라본다.

대리	왜? 더 할 애기 있어?
혜영	저… 혹시 오늘 저녁에 바쁘세요?
대리	딱히 약속은 없는데 왜?
혜영	제가 요 앞에 괜찮은 맛집 아는데 시간되시면 같이 갈까

해서요….

대리 아… 미안 내가 어제 너무 달려서 그런지 속이 안 좋아서… 다음에

혜영 괜찮은 해장국집도 아는데….

대리 혜영씨 미안 오늘은 집에 가서 쉬고 싶어서

혜영 아 그러시구나… 저기 그러시면….

인턴과 과장이 들어오고 혜영은 황급히 자리로 돌아간다.

과장 아니 둘이 뭘 했길래 화들짝 놀라? 둘이 뭐 있나봐~?

대리 무슨… 아니에요 근데 오늘 신입사원 하나 들어온다고 하지 않으셨어요?

과장 어 그러게. 본사에 인사하고 오느라 좀 늦을 거라고 하더라고. (시계를 보며) 올 시간이 됐는데 안오네.

신입사원 등장한다. 목걸이를 하고 있다.

연희 안녕하세요~

[음향] (별빛이 내린다. 샤랄랄라랄랄라~)
슬로우 모션.

인턴사원 어떤 일로 오셨어요?

연희 여기 영업 3팀 맞죠?

과장 어? 여기 영업 2팀인데.

연희	아 죄송합니다.

연희 나간다.

대리	과장님!
과장	(웃는다) 곧 돌아오겠지.
인턴사원	(연희가 나간 쪽을 넋 놓고 바라보며) 근데 진짜 이쁘게 생겼네요.
과장	그러네. 우리 혜영씨, 긴장 좀 해야겠어.

연희가 다시 들어온다.

연희	저기… 여기가 영업3팀 맞다고….
과장	옆 부서에 인사 좀 하라고 내가 장난 좀 쳤지. 이번에 새로 온 신입이지?
연희	네. 오늘부터 영업3팀에서 일하게 된 이연희 입니다. 잘 부탁드립니다.
과장	그래. 반가워. 인사해. 여긴 오상식 대리고 여긴 인턴 김재욱씨. 그리고 여기는 우리 부서의 얼굴 혜영씨
연희	안녕하세요.
혜영	아…네.
대리	자리는 혜영씨 자리 옆에 앉으면 돼~
연희	감사합니다.

신입, 자리에 앉아 일할 준비를 한다. 앉아있던 신입이 주춤거리며 일어

나자 대리가 쳐다본다.

연희	저어….
대리	왜? 뭐 도와줄까?
연희	저 뭐부터 하면 되나요?
인턴	제가 알려주겠습니다.
대리	어 아니야 내가 할게. 앉아있어.

신입에게 할 것을 알려주는 혜영에게 다가간다.

대리	혜영씨, 내가 할게.
혜영	아… 네.

대리가 다정하게 신입에게 이것저것 알려준다.

혜영	저 대리님! 이거 부장님께 올라갈 결재 서류인데요….
대리	어어~ 있다가 볼게.
혜영	네….

다시 신입에게 이것저것 알려주는 대리

대리	알겠어?
연희	아. 네. 그럼 이건 어떻게 되는 거예요?
대리	아 이건 말이야….

대리와 연희 다정하게 업무얘길 나눈다.

혜영, 대리와 연희를 바라본다.

인턴사원   오늘 신입사원도 왔는데 환영회 안하나요?

과장   어우, 나는 속이 부대껴서 아무것도 못하겠어. 앞으로 시
         간 많으니 다음에 하자구.

대리   그래도 출근 첫날인데 그럴수 있나요. 혜영씨! 해장국 집
         좋은 데 알고 있다며? 저녁에 거기 가서 밥이나 먹고 가
         지!

혜영   대리님. 아까는 속 안 좋아서 그냥 가시겠다고….

대리   그거? 아까 혜영씨가 준 꿀물 마시고 괜찮아졌어.

과장   어휴. 얼른 정리하고 다들 나가지!

대리   어? 과장님도 가시게요?

과장   해장국집 간다는데 먹고가지 뭐. (능글) 하하하하하.

모두 퇴장하고 혜영만 남는다.

성형 전 혜영. 무대 한 끝에 등장해서 성형 후 혜영에게 다가온다.

후혜영 등장하면 조명 바뀐다.

전혜영   불안해?

후혜영   아니.

전혜영   불안해보이는데?

후혜영   아니, 전혀.

전혜영   그래? 그렇다면 다행이네.

전혜영 퇴장한다.

후혜영, 관객을 바라본다.

[암전]

8장 사무실

조명이 들어오면 연희가 대리 자리를 청소하고 있다. 혜영, 들어온다.

후혜영	뭐하니?
연희	어, 일찍 오셨네요? 사무실 청소 좀 하고 있었어요.

후혜영, 자리에 앉는데 연희가 대리님 책상에서 컵을 떨어뜨려 깨뜨린다.

후혜영	야! 너 그 컵이 무슨 컵 인줄 알아?
연희	아 죄송합니다….
후혜영	이제 어쩔거야!

연희, 어쩔 줄 모르는데 대리 출근한다.

연희	대리님, 죄송해요. 제가 대리님 책상을 청소하다가 그만….
대리	어, 괜찮아. 발 다칠라. 조심해. (빗자루를 꺼내와서 청소한다)

연희, 어쩔 줄 몰라하고 대리 정말 괜찮다고 하며 진심으로 연희를 걱정한다.

전혜영 등장한다.
조명 바뀐다.
전혜영 등장하면 두 혜영 빼고 모두 정지장면.

전혜영	아직도 안 불안해?
후혜영	응.
전혜영	정말?
후혜영	….
전혜영	(연희와 대리에게 다가가서 보며) 저 남자, 곧 재한테 넘어가겠네.

후혜영, 전혜영을 째려본다.

전혜영	예전에도 그랬듯이.

후혜영, 화가 나서 퇴장하고 전혜영은 뒤따라 퇴장한다. 과장 들어온다.

과장	무슨 일이야?
대리	아, 별일 아닙니다. 연희씨가 사무실 청소를 하다가 제 컵을 깼나봐요. 괜찮습니다.
과장	그래? 어디 다친 데는 없고?
연희	네.

과장	아이고 이 먼지 봐라. 이거 치우는 김에 사무실 청소도 좀 싹 하자.
대리	그래야겠어요.

인턴, 헐레벌떡 뛰어들어온다.

인턴사원	늦어서 죄송합니다!
과장	야, 넌 연희씨 좀 본 받아라. 저렇게 매일 일찍 나와서 사무실 청소하는 거 보면 뭐 느끼는 바 없냐? 정사원인 연희씨도 저렇게 열심히 하는데 인턴이 돼 가지고… 그래서 정규직 되겠냐?
인턴사원	죄송합니다. 근데 무슨….
과장	아, 네가 늦으니까 오대리가 사무실 청소 하는거 아냐.
인턴사원	제가 하겠습니다!

연희도 거들어 책상을 들려고 하자 과장이 말리며

과장	됐어. 연희씨는 나가서 쉬고 있어.
연희	그래도….
과장	아 됐어. 이런건 남자들이 하면 돼.

인턴, 빗자루와 쓰레받기를 뺏어서 사무실 구석구석을 청소하기 시작한다.
청소하면서 책상을 밀고 무대를 정리한다. 혜영과 연희 책상과 의자도 모두 정리.

연희, 청소가 끝날 때쯤 커피를 세 잔 타서 가지고 들어와서 과장, 대리, 인턴에게 준다.

대리   (커피를 받으며) 고마워. 잘 마실게. 목걸이 이쁘다.

연희   아, 감사합니다.

과장   (커피를 받아들며) 우리 연희씨는 얼굴만 이쁜 게 아니라 마음씨도 곱네.

연희   어머, 아니에요. 과장님.

과장   신입사원이 이쁘고 싹싹하다고 다른 부서에서도 난리야 난리. 내 어깨가 아주 으쓱하다니까.

대리   그러게 말입니다. 과장님. 연희씨 덕분에 우리 부서가 아주 유명해졌어요.

인턴사원   (연희를 바라보며) 어? 혹시 쌍수하셨어요?

과장   쌍수?

인턴사원   쌍커풀 수술이요~

과장   응? 연희씨 성형했어?

연희   아니에요. 저 성형 안했어요.

대리   그렇지? 우리 연희씨야 말로 자연 미인이지.

연희   아유, 대리님, 그러지 마세요.

과장   우리 부서 혜영씨도 이쁘지.

인턴사원   혜영선배님보다 연희씨가 이쁘죠. 그렇죠, 대리님?

혜영 들어오다 인턴얘길 듣는다. 다들 당황한 듯 인턴을 쳐다거나 기침을 하고, 인턴 말실수를 한 듯한 포즈.

전혜영 등장. 조명 변경. 정지

전혜영	누구랑은 다르네.
후혜영	쟤가 나보다 이쁘다구?
전혜영	이제야 불안하구나.
후혜영	어디가? 어디가 나보다 이뻐?
전혜영	눈도 너보다 큰 것 같고… 코도 너보다 오똑한 것 같고… 무엇보다 어리잖아. 어머. 너 눈에 주름 생긴 것 좀 봐.
후혜영	(거울을 들여다보며) 그럴 리가 없어!
전혜영	거울아, 거울아. 세상에서 누가 제일 예쁘니? 예전엔 이혜영님이었을지 모르지만 지금은 이연희님이죠. 이연희님이 세상에서 제일 이뻐요.
후혜영	아니야!
전혜영	지금은 아무것도 모르는 어린 신입사원이지만 머지 않아 일도 잘하게 되겠죠? 그러면 곧 아무도 이혜영님에게 관심을 가지지 않게 될 거예요. 이를 어쩌나.

전혜영 퇴장 안하고 후혜영과 같이 있다.
정지장면이 풀리면서 무슨 재미있는 일이라도 있었다는 듯 다 같이 웃음소리.

과장	그렇지, 그렇지! 연희씨는 얼굴만 이쁜게 아니라 일도 정말 빨리 배우네. 이제 과장해도 되겠어!
대리	에이, 과장님. 그러시면 안되죠. 연희씨, 대리부터 하고 과장으로 올라가자구.

과장	아, 그게 그렇게 되나? (웃음)
인턴사원	그럼 오늘부터 이대리님이라고 부르면 되나요?

연희, 수줍어하고 모두 웃음.

과장	연희씨 오늘 저녁에 시간 어때?
연희	저는 별일 없어요.
과장	그럼 오늘 저녁에 회식이나 할까?
대리	좋습니다!
인턴사원	과장님, 그럼 오늘은 고기 먹는 건가요? 고기! 고기!
과장	에이, 기분이다. 오늘은 내가 쏜다!
인턴사원	와! 그럼 소고기요 소고기.
대리	(인턴 입을 막으며) 삼겹살이 좋겠습니다!
과장	혜영씨! 혜영씨도 시간되면 같이 가지?
인턴사원	선배님, 같이 가요~

[암전]

9장 고깃집

무대 한쪽에 고깃집.
회사 사람들이 둘러 앉아 대화한다. 혜영은 없다.

과장	그래, 회사 생활은 할만 해?

연희	네. 다들 잘 해주시니까요. 특히 대리님이 많이 챙겨주세요.
과장	그래?
인턴사원	저희 대리님 집안도 좋으십니다.
대리	시끄러.
인턴사원	청담동에 집이 두 채! 빌딩도 있어요!
연희	우와…
대리	그게 내꺼냐. 부모님꺼지. 나한테 물려주실지도 잘 모르겠고.
인턴사원	왜요?
대리	서울대를 못 나와서.
인턴사원	에이, 꼭 서울대 나와야 되나요?
대리	우리 집에서는 그래. 집안의 수치라고 할 수 있지.
인턴사원	(화재를 돌리며) 대학이 뭐 중요합니까. 우리 대리님은 끝내주게 잘 생기셨잖아요.
대리	그건 그렇지. (관객을 보며) 하지만 세상은 잘 생긴 것 만으로 안되는 게 있거든.
연희	대리님 한 잔 하세요. (술을 따라준다) 대리님 술 잘 마시세요?
인턴사원	저희 대리님이 얼굴만 잘 생긴게 아니라 술도 정말 잘하십니다.
대리	아 뭐 그 정도는 아닌데… 많이 마셔봤자 소주 4병인데 뭘…
연희	어머 정말요? 저는 잘 못 마시는데~ 전 한 잔만 마시면 취해요. 얼굴도 빨개지고.

대리	(웃으며 농담조로) 걱정하지 마~ 집까지 안전하게 모셔다
	줄테니까. 집이 어디야?
연희	아 회사 바로 앞이예요. 걸어서 5분.
인턴사원	우와! 진짜 좋겠다. 나는 출퇴근 시간만 2시간인데!

대리가 연희의 접시에 익은 고기를 올려준다.

대리	많이 먹고 힘내서 잘 해 보자고!
연희	(웃으며) 네!
대리	자 다같이 건배!
다같이	우리 회사를 위하여! 건배!
과장	그런데 혜영씨는 왜 안 오나?
인턴사원	아까 하던 일 마저 끝내고 바로 오겠다고 했는데… 제가
	전화해볼까요?
과장	그래. 한번 해봐.

인턴, 전화를 다른 쪽에 조명 들어온다. 혜영, 사무실에 앉아있다.
(전화소리 따르릉1번)

인턴사원	선배님! 왜 안 오세요?
혜영	아, 재욱씨 저는 몸이 좀 안 좋아서 못 갈 것 같아요.
인턴사원	(과장에게) 몸이 좀 안 좋다는데요?
과장	그래? 이리줘 봐. (전화기를 건네 받는다)
과장	혜영씨. 어디 많이 아파?
혜영	아… 아니에요! 그냥 좀 피곤해서….

과장	많이 아픈거 아니면 와서 저녁이라도 먹고 가지?
혜영	저, 오늘은 빠질게요. 죄송해요 과장님.
과장	그래? 이거 미안해서 어쩌나?
혜영	아니예요 과장님. 맛있게 드세요. 내일 뵐게요.
과장	그래. 그럼 들어가서 쉬어.

과장, 전화기를 인턴에게 건넨다. 인턴 책상위에 전화를 두며

인턴사원	연희씨는 남자한테 인기 많겠어요~
연희	아니에요!
인턴사원	에이~ 남자친구 있죠?
연희	없는데요….
대리	아니 연희씨 같은 미인이 왜 남자친구가 없어?
인턴사원	그럼 우리 대리님은 어때요?
연희	네?
대리	아니 이 친구! 뭐먹고 싶나? (하하하하하)

인턴, 전화가 꺼지지 않은 것을 확인한다.

인턴사원	어? 전화가 켜져있네? 여보세요? 여보세요? (전화를 끊는다)

고깃집 조명 꺼지고 혜영 쪽 조명만 들어온다.
암전상태에서 고깃집 큐빅 치운다.

전혜영	이제 어쩔거야?
후혜영	뭘?
전혜영	가만 둘거야?
후혜영	뭐?
전혜영	그동안 네가 당했던 걸 생각해봐. 또 옛날처럼 되게 놔 둘거야?
후혜영	….
전혜영	그 남자랑 결혼하겠다며?
후혜영	….
전혜영	너보다 더 예쁜 여자애를 그냥 두고 볼거야?
후혜영	누가 나보다 더 예쁜대!
전혜영	정신차려! 언제까지 네가 이쁠 수 있을 것 같아? 너는 늙고 병들어 갈거야. 얼굴에 주름살도 많아지고 뱃살도 늘어가겠지. 걔는? 그 팔팔하고 어린 계집애는? 그 애가 있는 한 사람들이 널 쳐다나 볼 것 같아?
손최면	
전혜영	더 예뻐져야지. 더 젊어져야지. 더 날씬해져야지. 세상에서 제일 예뻐져야지!
후혜영	더 예뻐져야해… 더 젊어져야해… 더 날씬해져야해… 거울아 거울아 세상에서 누가 제일 예쁘니?
전혜영	영업3팀에서 일하는 이연희 님입니다.
전혜영	아… 강동유치원을 나온 조은별 님인가? 명일 고등학교를 나온 장미님인가?
후혜영	아니야… 아니야… 그럴 리가 없어.

사람들 등장한다.

[음악] 음산한 음악

[조명] 빨간 조명

(녹음된 소리)

소리가 나오면 후혜영 움직이다 여기저기 치인다.

철수	너랑 짝하기 싫어! 나는 은별이 좋아한단 말야!
철수, 훈이	싫어요! 쟤는 못생겼잖아요.
훈이	이혜영이 백설공주래! 으하하하하하!
장미	네 주제를 좀 알고 살아. 진짜 꼴불견이다.
성민	아, 저 돼지새끼 때문에 뭐 하나 제대로 되는게 없어.
엄마	엄마가 눈코잎 턱까지 싹 다 해줄게.
기범	쟤는 살 빼는 걸로 안돼. 싹 뜯어고쳐야지.
다같이	싹 뜯어고쳐야돼. 싹 뜯어고쳐야돼. 싹 뜯어고쳐야돼….
혜영	그만!

[음악] 여왕테마음악

[조명] 파란색으로 바뀜

혜영	내가 세상에서 제일 예뻐. 그래, 내가 못할 게 뭐가 있어? 나보다 이쁜 것들은 모조리 다 죽여버릴거야. (손짓) 이제 나보다 이쁜 것들은 존재하지 않아.

혜영	거울아 거울아 세상에서 누가 제일 예쁘니?

[조명] 하얀색으로 바뀜
[암전/음악]

10장 사무실

불이 켜지면 아무도 없는 사무실.
대리 출근한다. 인턴이 차례로 출근한다. 평소와 같은 하루.

대리	청소하나 책상을 다 뺏나보네.

과장 들어온다.

과장	좋은 아침!

인턴, 뒤따라 들어온다.

인턴사원	대리님, 과장님 안녕하세요!
과장	어, 재욱씨. 인턴들 인사 발표가 오늘이라며?
인턴사원	아 네. 오늘 2시에 발표 난다고 하더라구요.
대리	그래? 잘 돼서 재욱씨랑 계속 함께 일하면 좋겠네.
과장	매일 지각한 거는 위에 보고 안했으니 떨어져도 내 원망은 말게!

인턴사원	(웃음) 감사합니다.
대리	과장님이 자기 맨날 구박해도 위에다가는 엄청 잘 말해주셨어. 알지?
인턴사원	그럼요. 늘 감사하게 생각하고 있죠. 근데… 큰 기대는 안 하려구요.
대리	아니 왜? 과장님이 말도 잘해주셨는데.
인턴사원	저보다 학벌 좋고 능력 좋은 애들도 만년 알바생인데요 뭐….

이때, 화장을 도깨비처럼 한 혜영, 들어와 인사한다. 연희가 하고 있던 목걸이를 하고 있다.
혜영의 화장을 보고 모두들 놀란다.
혜영, 반쯤 넋이 나갔다.

| 인턴사원 | 선배님… 오늘 화장이…. |
| 혜영 | 예쁘죠? |

모두들 놀라서 혜영을 바라본다.

과장	(화제를 돌리려는 듯) 그, 근데 연희는 왜 안 와?
인턴사원	전화해볼까요?
과장	그래.

인턴, 전화한다. (전화소리)

인턴사원	연희씨 전화 안 받는데요?
대리	(혜영을 보며) 어? 혜영씨 그 목걸이….

밖에서 사이렌 소리가 들린다.

인턴,대리,과장	(관객을 쳐다보며) 저기 연희씨 집근처 아니야?

혜영, 웃기 시작한다. 자지러지게 웃는다. 모두들 놀라서 쳐다본다.
[암전]

11장 에필로그

조명이 들어오면 텅빈 무대. 한 가운데 큐빅이 하나 놓여져있다.
회사원 1, 2, 3, 엄마, 장미, 연희 차례로 등장
조명. 사람이 한명 등장할 때마다 하나씩 켜진다. (한번 켜진 조명은 꺼지지 않고 점차 무대 밝아지는 형태)

인턴사원	언제쯤 정규직이 될 수 있을까… 비정규직 인생이 정말 싫다.
과장	승진시험에 떨어지는 내 자신이 싫다. 다들 나를 무시하면 어쩌지?
대리	서울대 서울대 그놈의 서울대… 내가 서울대만 나왔어도… 이놈의 학벌!
장미	내가 얼마나 나쁜지 알면 모두 나를 싫어하겠지? 내가 너

무 무섭다.

연희	나는 언제까지 웃어야만 할까? 다들 나를 우습게 보겠지?
엄마	집값은 자꾸 떨어지는데… 은행 대출금은 언제 다 갚지?

인턴사원	거울아, 거울아 세상에서 누가 제일 인정받니?
과장	거울아, 거울아 세상에서 누가 제일 능력있니?
대리	거울아, 거울아 세상에서 누가 제일 잘났니?
장미	거울아, 거울아 세상에서 누가 제일 착하니?
연희	거울아, 거울아 세상에서 누가 제일 솔직하니?
엄마	거울아, 거울아 세상에서 누가 제일 행복하니?

팔을 쭉 뻗어 거울을 관객쪽으로 향한다. (거울의 비치는 면이 관객을 향하도록. 즉 관객이 거울을 통해 자기얼굴을 볼 수 있는 형태)

다같이	거울아, 거울아 세상에서 누가 제일! (정지)

[암전] [음악] 메인 테마 음악 [음악] 커튼콜 음악

꺼지지 않는 촛불

김창태 / 충남금산여고 연극동아리

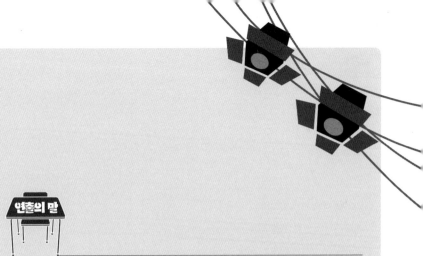

연출의 말

올해 1월부터 공연할 연극대본을 고민하기 시작했다. 충남학생교육문화원에서 발행한 공연 자료집을 살펴보던 중 '멈춰진 이야기'라는 대본이 눈에 띄었다. 대구 지하철 사건을 모티브로 한 작품이었는데 대본 내용이 우리와는 왠지 안 맞는다는 생각을 하게 되었다. 그래서 우리가 대구 지하철 사건을 자세히 알아보고 대본을 창작하기로 하였다.

우리의 관심은 그 사건에 희생된 사람들보다는 그 사고를 일으킨 사람에 초점을 맞추어 극을 전개하기로 결정하였다. 우리의 관심은 어떤 사건의 가해자가 피해자일 수 있다는 생각에서 이야기 줄거리를 잡게 되었다. 처음엔 엉성하였는데 우리가 쓴 대본을 읽어 보신 지도 선생님의 칭찬에 힘입어 여러 번 각색을 하여 대본을 완성하게 되었다. 대본을 받아든 연출과 연기자들도 리딩 과정에서 대본의 줄거리에 공감하게 되었고, 작품의 분위기에 젖어 들어가는 모습을 보면서 보람을 느꼈다.

극의 메시지를 명확하게 전달하고자 극의 처음과 끝에 나레이터를 배치하였는데 극의 분위기를 통일적으로 잡아가는 데에 큰 역할을 해 주었다.

김병철	한효순
조은서	김유진
최선영	이진아
장서연	장동남
윤현숙	강선주
효순엄마	나레이션
오하나	행인1
행인2	직원1
직원2	목소리1
목소리2	옆사람
옆옆사람	학생1
반장	전화 목소리

고조된 느낌의 bgm

프롤로그

핀조명이 켜지고 무대에 작은 책상 위 촛불 하나가 켜져 있다.
나레이션 대사를 치며 서서히 조명 안으로 걸어 들어온다.

나레이션   세상에는 많은 일들이 일어나고 있습니다. 하루에도 정말
            수많은 일들이, 지금 이 순간에도

촛불을 안타깝게 쳐다보며 어루만지듯 손을 가까이 대다 이내 관객에게
호소하듯 읊조린다.

나레이션   만약 당신에게 생각지도 못한 일이 일어난다면 어떨 것
            같나요? 단편적인 예를 들어보자면 (살짝 걸어가며) 당신
            이 길을 걸어가고 있는데 누군가 손에 칼을 쥐고 지나가
            는 것을 목격했습니다. 그 사람이 그 칼로 누군가를 찌를
            수도 있단 생각이 문득 들지만, 찔린 그 사람이 내가 아니
            란 것에 안도 하는 자신을 발견 할 수도 있습니다. 당신도
            모르게 미필적 고의를 저지를 수도 있죠. 이번엔 시점을
            칼을 든 사람으로 상상해 보죠. 그 사람은 수많은 세월을
            폭력과 학대로 살아왔으며 불행하게도 기댈 곳도 없었고
            마땅히 도움을 받아야할 모든 사회에 외면을 받아왔습니
            다. 그래서 더 이상 희망도 인생의가치도 없어 칼을 들고

길을 나섰습니다. 아직 그 칼끝이 복수로 이어질지 아니면 자신의 목을 향할지 결정의 갈림길에 서있습니다. 만약 그 순간에도 폭력을 받은 그 사람의 칼이 결국 복수로 이어졌다면 피해자와 가해자는 누구일까요? 당신은 이 상황에서 가해자가 아닐 거라 자신할 수 있습니까? 또한 미필적 고의를 저지른 방관자가 아니라고 말할 수 있을까요? (촛불에 다가가) 제가 지금부터 들려드릴 이야기는 누구에게나 일어날 수 있는 이야기입니다.

나레이션 책상 위 촛불을 들고 불어 끄는 동시에 암전.

1장 학교이야기

경쾌한 bgm 커지면서 조명in

교실 안, 학생들이 앉아 제각각 할 일을 하고 있다.
한효순, 책상에 만화책을 쌓아두고 혼자 조용히 앉아 종이에 그림을 그리고 있다.
효순 존재감이 거의 없다.
bgm 서서히 줄인다.

오하나 인형과 꽃다발을 들고 설레는 표정으로 교실로 입장한다. 술렁이는 분위기

오하나	(남친과 전화) 여보세요? 웅 자기~ 으응, 주말에 봤는데
	도 너무 보고싶어. 내가 진짜 하늘만큼 땅만큼 사랑하는
	거 알지? 웅, 사랑해 쪽쪽. (전화를 끊고) 오늘도 우리 미
	니자기랑 함께 이 지겨운 학교생활을 이겨내야겠어! (인
	형과 대화하기 시작한다) 자기야, 우리 자기도 이렇게 맨
	날 내 생각 하고 있지? (인형에 뽀뽀를 하고 인형에게 귀
	를 기울인다) 뭐라고? 나도 사랑한다구? 앙! 몰라 몰라.
	(인형을 주먹으로 친다)

하나가 계속 인형과 대화한다. 이 때, 최선영을 앞세워 일진 친구들 매우
불량스럽게 줄지어 등장한다.
주위에 시비를 걸며 껄렁대는 세명.

이진아	(하나를 한심하다는 듯이 쳐다보며) 어우, 저 미친 기집애
	는 대낮부터 지랄이야 지랄이. (위협하며) 안 꺼져? 우씨,
	뭘 꼬라봐. 눈 깔아! (인형을 집어 들고) 어머머, 이 인형
	은 뭐야 또! 어우 징그러워 죽겠어! (인형을 무대 밖으로
	내던진다)
오하나	(비명을 지르며 인형을 던진 방향으로 두 팔 벌려 뛰어 퇴
	장) 으앙, 안돼 우리 자기!
장서연	야, 냅둬, 좋다는데. 우린 빵순이 보러 온 거잖아.
최선영	(위엄있게 등장) 어이~ 빵순이, 뭐하냐?

한효순, 헤드폰을 끼고 있어 잘 안 들리는 듯 그림 그리기에 열중한다.

이진아	헐, 얘 지금 우리 선영이 말 무시한 거야? 어머어머 얘 진짜 답 없다. 아니 교실 안에서 대체 귀마개는 또 왜 했대?
장서연	(무시하며) 저거 헤드폰이잖아 너 진짜 하늘이 무식을 찌른다?
이진아	아 그래! 헤드폰. 야 한효순! 너 빨리 이거 안 벗어? 벗어! 벗으라구! 우리 선영이 말에 집중하란 말야!
최선영	아! 짜증나니까 둘 다 좀 나와봐. 야, 내 말이 말 같지 않아? 매일 3교시 끝날 때마다 빵 사오라고 했어 안 했어? 그때가 제일 배고프다고. 그런데 그것도 똑바로 안사오고. 너 요새 왜이래? 반항하냐? 야!

미동도 없는 효순에 화가 난 선영, 효순의 머리를 세게 밀치자 헤드폰이 벗겨진다.

한효순	아, 미, 미안해… 온 줄 몰랐어.
최선영	미안해? 미안하면 다야? 미안하면 미안할 짓을 하지 말았어야지 너 진짜 학교생활 끝 나볼래?
이진아	끝나볼래?
장서연	끝나볼래?
최선영	아 니넨 잠깐 빠져 있어. 근데 이건 또 뭐냐. 너 만화도 그리냐? 한효순이 아니라 완전 오덕순 아냐? 어디 줘봐, 한번 보게.
한효순	(주섬주섬 종이를 쓸어 담으며) 아, 아니야. 아무것도 아니야. 그러지마.
최선영	아, 좀 보자니까? 누가 뺏는대? (진아와 서연을 번갈아 보

며) 야, 빨리 가져와봐.

진아와 서연, 효순의 그림종이를 빼앗으려 하고, 효순은 빼앗기지 않기
위해 용을 쓴다.
이 때, 자고 있던 은서가 벌떡 일어나 걸어가며 잠꼬대를 한다.

조은서   (목소리 점점 작아지며 바닥에 드러눕는다) 가자 세계로!
          바다로….
김유진   (일어나서 은서를 잡으려가며) 아, 이 새끼 또 이러네, 또

최선영 무리, 전원 행동을 멈추고 조은서를 바라본다.

최선영   야, 쟤 또 뭐야?
장서연   아~ 쟤? 우리반 앤데 자다가 가끔 저래.
이진아   어후– 쟤 좀 무섭다.
최선영   난 또 뭔가 했네. 야, 그림이나 좀 뺏어봐 빨리. 숨기니까
          더 궁금하잖아.

최선영 무리, 행동을 개시하려는데 책상을 발로 차는 소리에 놀라서 모두
은서를 쳐다본다.

조은서   (발로 책상을 찬다)
김유진   (조용히 속삭이며) 야야, 그만 자고 일어나.
이진아   아! 진짜 저거 또라이 아니야? 왜 저래? 짱 싫어!
장서연   가끔 저런다니까, 저런 앤 그냥 무시하는 게 답이야.

최선영	됐다, 쟤 때문에 짜증나 죽겠으니까 그냥 가자.

최선영 무리 우루루 빠져 나가고 은서, 유진이가 흔들어 깨우자 서서히 일어난다.

조은서	(침 닦으며 주위를 둘러보며) 뭐야, 뭐야? 왜 이렇게 조용해?
김유진	아휴~ 말도 마, 너 진짜 장난 아니었어. (귀에다 대고 설명, 은서 표정 변화)
조은서	에~? 내가 그랬다고? 뭐 하여튼, 잘된 거 아니야? 내 잠버릇이 도와줬다는 거 아냐. 역시 조은서. 자면서도 학교폭력은 가만두지 않아! 크큭… 나란여자.
김유진	하, 답 없다 진짜.

은서와 유진 티격태격 서로 장난을 치고 있다.
이 때, 효순이 소심하게 자리에서 일어나 은서에게 걸어간다.

한효순	저, 저기… 은서야.
조은서	응? 뭐?
한효순	아… 아니, 그, 아까… 고마워 일부러 나 위해서… 그래준 것 같아서….
조은서	아… 아까? 하하. 뭐. 별 거 아니야. 고마워 할 필요 없어~
한효순	아니야… 정말 고마워. (열쇠고리를 건네며) 이거… 너 가져. 한정판이야… (눈치보며) 너만 괜찮다면 앞으로… 우리… 치, 친구할래?

조은서	어차피 같은 반인데 무슨 치, 친구할래…? 야! 됐고, 앞으로 친하게 지내자. 이따 야자 째고 유진이랑 나랑 뭐 간단하게 먹으러 갈 건데, 같이 안 갈래?
김유진	(싫은 듯 쿡 찌르며 눈치를 준다)
조은서	아 왜~ 괜–찮아, 괜찮아! 그럼 다들 이따 보는 걸로, 오키?
김유진	(한숨)

효순이 수줍게 끄덕이고 시작종이 치자 제자리로 돌아가고 장서연, 반장이 들어온다.

반장	오늘 자습이래~

장서연 자리로 돌아와 이어폰을 끼고 잠에 들고 효순과 서연의 눈치를 보다가 유진이 말을 시작한다.

김유진	야, 너 왜 쟤랑 친구한다고 했어, 안 그래도 최선영 무리가 가뜩이나 맘에 안 들어 하는 앤데 친해졌다가 너까지 괜히 밉보일 일 있어?
조은서	괜찮아, 최선영 몰래 친구 하면 되지! 효순이 쟤 친한 애도 없는 것 같은데 우리가 힘이나 좀 나게 해주자. 응? 뒤에서 잘해주면 되잖아. 몰래 몰래.
김유진	아휴, 난 모르겠다. 네 맘대로 해라.

학교 끝나는 종이 울리고 반장 인사.

조은서	야 유진아, 효순아! 빨리 가자, 나 완전 배고파.
한효순	으응…!

설레는 bgm

은서, 효순과 유진 동시에 어깨동무. 신이 난 듯 콧노래를 부르며 밖으로 나가며 짧은 암전

2장 그 슈퍼

조명in

학교 근처에 위치한 슈퍼에 은서와 효순 유진이 들어와 신난 듯 이것저것 과자를 고르고 있고, 김병철이 무표정하고 불안한 표정으로 무언가를 찾는다.

장동남	뭐 찾는 거 있으세요?
김병철	(눈을 마주치고 뜸을 들이다가) 라이터… 어디에 있어요?
장동남	그 바로 앞쪽에 있어요.
김병철	(라이터를 응시) 얼마에요?
장동남	300원입니다.

김병철, 천원을 건네고 장동남이 잔돈을 주려는데 멍하니 가버린다.
슈퍼 밖 옆에 있는 어두운 벤치에 앉는다.

| 장동남 | 저, 손님! 거스름돈 안 가져가셨는데…. |

은서, 빵과 과자 등을 잔뜩 사서 테이블위에 쏟는다.

조은서	(잡을 새 없이 바로) 아저씨, 이것 다 주세요.
장동남	어… 그래, 7000원.
김유진	오~뭐야? 쏘는 거야?
조은서	오늘 기분 좋은 기념으로 이 언니가 쏜다.
한효순	고, 고마워… 잘 먹을게.
김유진	야-조은서가 웬일이냐. 잘 먹을게!

유진, 효순이 테이블 위 과자와 빵들을 각자 들고 슈퍼 밖으로 나가는 도중 과자와 빵을 떨어뜨려 쪼그려 앉아 봉지에 다시 주섬주섬 담는다. (은서가 다시 들어와서 칠 때까지)
트럭 소리 효과음. 반장이 술병이 가득 든 상자들을 들고 등장해 가게 앞에 내려놓는다.

반장	아저씨! 소주 열 다섯 병, 맥주 스무 병 맞죠?
장동남	(대강 훑으며) 오늘도 아버지 일 도와주는거야? 어린 애가 고생이 많네.
반장	에이, 고생은요. 괜찮아요! 그럼 수고하세요~
장동남	그래, 잘가.

빵을 먹던 은서가 술상자를 보고 홀린 듯 따라가던 도중 쪼그려 앉아있던 유진과 효순을 쳐서 유진과 효순이 바닥에 엎어진다.

조은서	니네 왜 그러고 있어…? (어깨동무를 하며 조용하게) 야, 우리 저거 딱 두병만 훔쳐 먹을까?
김유진	미쳤어, 그러다가 걸리면 어쩌려고!
힌효순	맞아… 그러면 안돼….
조은서	돈 내고 사이다 가져간다고 하면서 몰래 두 병 빼오면 신경도 안 쓸 걸? 아~애들아 한 번만 해보자. 딱 한 번만.
김유진	아 몰라, 하려면 네가 하던지.
한효순	으, 은서야… 그냥 하지 마아…
조은서	에라이, 의리 없는 것들아. 내가 빼 왔을 때 달라고나 하지 마라.

은서가 슈퍼 안으로 들어가려고 하자 유진, 효순이 말리지만 은서, 내팽개치고 안으로 들어간다.

조은서	아저씨, 저희 나갈 때 사이다 두 병 갖고 갈게요. 목이 말라서. 얼마에요?
장동남	(장부 정리하느라 바빠서 쳐다보지도 않고) 이천원. 돈은 여기에 놓고 가.
조은서	(돈을 내려놓으며) 네, 감사합니다.

소주2병을 꺼내 나가려다 장난 끼가 발동한 은서 물건을 정리하는 동남 뒤통수를 보며 장난을 친다.
안절부절 못하는 효순과 유진의 반응에 조금 더 격하게 소주병을 들고 우스꽝스러운 표정으로 장난을 친다.

김유진	(두려운 듯, 소근소근 몸짓 크게) 야, 그만하라니까! 빨리 나와!
조은서	(안 들리는 척 우스꽝스럽게 장난친다) 소주병을 흔든다.
한효순	(손사래를 치며) 그만해 은서야 그러다 들키겠어!

이상한 낌새에 뒤를 돌아본 동남, 은서와 눈이 마주친다.
일동얼음

조은서	(어색하게) 하… 하하… 안녕히 계세요!

혼란의 bgm 이 옅게 깔린다.
가게 안에서 추격전을 벌이다 밖으로 뛰어나간다.
김병철 벤치에서 일어나 목발을 짚고 걸어간다.

세 명, 은서를 따라 뛰어 나가고 장동남 따라 나가며 소리 지른다.

장동남	이놈들아! 이리 안와!

장동남 큰 덩치로 막 나오다가 슈퍼 밖에 있는 상자에 정강이를 부딪친다.

장동남	(다리를 부여잡고) 아이고 으… 아파라 아야…

은서 뒤를 보고 뛰다가 병철과 부딪혀 넘어진다. 은서 다행히 소주를 안 놓치고 바로 벌떡 일어나 뛴다.

조은서   (고개를 숙이며) 죄송합니다 정말 죄송합니다! 제가 지금
          너무 급해서 죄송합니다!

bgm 슬며시 끈다.

유진 은서를 따라 무대 밖으로 뛰어가고, 효순도 뛰다가 멈춰서 병철의
뒷모습을 쳐다본다.

장동남   (절뚝거리며 다가와서) 거 이왕 넘어졌으면 좀 잡아두지
          에휴….

동남 넘어진 병철을 일으키지 않고 그냥 다시 가게로 돌아간다.

한효순   (다가가며) 저… 괜찮으세요? 죄송합니다. 방금 걔가 급한
          사정이 있어서….
김병철   (일어나며) 똑바로 보고 다니라고 하세요.

효순, 병철의 목발을 주워준다. 병철 차갑게 받고 무대 밖으로 나간다.
효순 목발을 짚고 나가는 병철을 쳐다보다가 은서가 달려간 방향으로 나
간다.

조명 슈퍼에 집중되게 in
슈퍼로 다시 돌아와 헐떡이고 있는 장동남.

| 장동남 | 하, 뭐 저런 웃긴 애들이 다 있어. |

이때 만삭의 장동남 부인이 쇼핑백을 들고 등장한다.

윤현숙	여보오~ 이것 좀 들어줘. 근데 무슨 일 있었어?
장동남	아니… 별 건 아니고, 그냥 좀 맹랑한 애들이 다녀가서.
윤현숙	(짐을 내려놓고 배를 만지며) 별 일 없으면 나랑 같이 복덩이 옷이나 보러 갔다 오지 그랬어. 안 그래도 배도 무거워 죽겠는데 살 건 또 왜 이렇게 많은지. 그리고 내가 얼마나… 아후~ 짜증나.
장동남	미안해, 미안해. 그래도 가게 냅두고 어떻게 갔다 오냐… 미안해 우리 여보야, 짜증내지마~
윤현숙	아 됐어, 몰라! 언제는 자기만 믿으라더니. 맨날 맨날 나 힘들게 만들고. 여보는 이러려고 나랑 결혼했어? 내가 누구 때문에 배가 이렇게 무거운데! 우리 복덩이 나올 때 다 돼가서 살 건 더 많은데. 자기는 애기한테 관심도 없어? 내복하나 양말하나 같이 보러 간 적이나 있냐고!
장동남	그만하고 화 풀라니까. 누군 같이 안 가고 싶어서 안가? 다 너 먹여 살리려고 이러는 거 아냐. 장사도 잘 안 돼서 죽겠는데, 손님 하나라도 놓치면 어쩌려고? 어?
윤현숙	오빠 지금 나한테 화내는 거야? 어떻게 나한테 그럴 수가 있어? 어떻게 지금 나한테 화내? 아휴, 내 팔자야. 속상해 죽겠다. (배를 어루만지며) 복덩아, '아빠 미워' 해 '아빠 미워! 미워 미워!' 우리 복덩이도 속상하대.
장동남	아휴 됐다, 됐어. 그만 좀 해라. 어린 너랑 무슨 말을 더

하겠냐. 들어가서 쉬어.

윤현숙   오빤 연애 할 때나 지금이나 왜 내가 어리다고 무시해? 이
            렇게 자꾸 속상하게 할 거야? 자꾸 이러면, 나 가만히 안
            있어. 어!

장동남   (격양된 목소리로) 아! 제발 좀 그만 해! 듣기 싫어!

윤현숙   (울먹이며) 됐어. 나 친정 갈 거니까 연락도 하지 마.

현숙, 울 것 같은 표정으로 씩씩거리며 무대 밖으로 나가고 동남은 붙잡
을까 망설이다 한숨을 내쉬며 그만둔다.

딸랑 소리가 나며 고시생 같은 여학생이 들어온다.

장동남   (마음을 정리하며) 후… 어서 오세요~

강선주   아저씨, 삼각김밥 제일 싼 게 얼마 정도 해요?

장동남   삼각김밥이 비싸 봤자 얼마나 비싸겠어, 그쪽에 있는건
            다, 700원.

강선주   (삼각김밥을 집어들며) 아, 그럼 이거 계산해주세요.

장동남   여기 거스름돈.

강선주   감사합니다~

선주, 삼각김밥의 2번, 3번을 동시에 뜯어 삼각김밥이 테이블로 떨어진
다. 그 모습을 본 동남 안타까운 마음에 하나를 더 들고 가서 주려고 하는
데 선주가 처음에는 잠깐 놀라더니 이내 신경쓰지 않고 그냥 먹기 시작하
는 것을 본 장동남이 경악하는 표정을 지으며 삼각김밥을 다시 제자리에
돌려놓는다.

효과음 (벨소리)

강선주	(우물거리며) 네, 여보세요~
전화 목소리	네, 금산대학교 입학처인데요, 예비번호 4번 강선주 학생 되십니까?
강선주	(다 삼키고) 네, 맞는데요.
전화 목소리	합격하셨습니다. 축하드립니다.
강선주	(몹시 놀란 듯) 저, 정말요? 정말이에요?
전화 목소리	네 맞습니다…라고 할 줄 알았지, 장난이다, 이 년아. 강 선주! 생일 축하해~
강선주	(진심으로 실망) 아… 넌 무슨 그런 걸 장난이라고 치냐… 끊어!
전화 목소리	야, 여보세요? 선주…

선주 전화 끊고 테이블에 시무룩하게 얼굴을 기댄다.

강선주	(땅이 꺼질 듯이 한숨을 내쉰다) 휴우….

장동남, 종이컵에 담긴 물을 건네며

장동남	학생, 무슨 고민이라도 있어? 아주 땅이 꺼져라 한숨을 쉬네.
강선주	제가 올해로 삼수 짼데, 사는 게 영 쉽지가 않네요. 이번에도 안 되면 그냥 취업이나 해야겠어요.
장동남	아이고, 정말 고생이네. 꼭 좋은 소식 있었으면 좋겠다.

꺼지지 않는 촛불

강선주	그러길 바라야죠. (남은 삼각김밥을 먹으며) 아저씨는 요 새 행복하세요?
장동남	뭐, 그냥 열심히는 살고 있지.
강선주	요 전에 보니까 완전 깨가 쏟아지시던데, 아내분은 어디 가셨어요?
장동남	아, 아까 와이프랑 싸워가지고 지금 친정 갔어. 생각해보 면 별 것도 아닌 거였는데 내가 괜히 화를 내서.
강선주	(안타까워하며) 아… 그렇구나. (잠시 생각하다가) 그럼 얼른 가서 사과하세요. 괜히 두 분 다 속상하지 마시고.
장동남	그렇지? 역시 그게 좋겠다. 학생도 파이팅 하고! 너무 기 죽지 마. 다 잘 될 거야.
강선주	네 감사합니다, 힘내야죠! 그럼 수고하세요~
장동남	응~ 잘 가고~

차분한 느낌의 음악 흐르며 조명 out
가게 치우고 책상 붙여서 앉을 수 있는 곳으로 만듦
(의자는 치우고)

조명in (+가로등)

은서와 유진 뛰며 등장.

조은서	(헐떡거리며) 이제 안 따라오지? 아 효순이는? 잡힌 건 아 니겠지?
김유진	(헐떡거리며 은서를 때리며) 으이구, 그러니까 왜 그런 짓

은 해가지고.

한효순   (뛰어오며) 얘들아 괜찮아? 하아…하…

조은서   완전 대박이었어! 야, 스릴 넘치지 않냐? 스릴넘치지, 스
         릴넘치지! 다들 자리 펴고 앉아봐, 한 잔씩 하자.

한효순   근데… 이러다가 들키면 어떡해…? 야자 짼것도… 걸리
         면 혼날텐데….

조은서   괜찮아, 괜찮아! 이럴 때 아니면 언제 마셔보겠냐? (소주
         를 건네며) 자, 쭉 들이켜 봐. 기분 엄청 좋아질 걸? 오늘
         안 그래도 우울하잖아. 불금인데 좀 놀아 보자.

한효순   (주저하며) 나, 난 그냥…안 마실게…

조은서   에이, 기껏 가져왔는데 섭섭하게 왜 이러실까? 마셔라 마
         셔라 마셔라 마셔라. 술이 들어간다 쭉쭉쭉쭉! 언제까지
         어깨 춤을 추게 할거야? (김유진을 툭 친다)

김유진   (마지못해 율동과 함께) 내 어깨를 봐! 탈골 됐잖아! 아 원
         샷을 못하면 시집을 못가요 아~ 미운사람―

한효순   (놀란 듯 쳐다본다) 그런 건…어디서 배운 거야…

조은서   대학가서 즐기려면 미리 연습을 해야 하는 거야. 특별히
         이 언니가 오늘 너도 가르쳐주지! 그러니까 얼른 한 모금
         마셔봐~

한효순   (어쩔 수 없다는 듯 삼킨다) 켁, 써.

조은서   오~ 효순이~ 잘했어, 잘했어.

화이트 out , 가로등은 in

술을 먹고 취하고 쓰러지는 등 행동연기를 한다.

조명 in

아까와는 달리 난장판이 된 모습. 은서는 누워있고, 효순은 지쳐서 가만히 앉아있다.

김유진, 옆에서 비어있는 병을 들고 입에 털고 있다.

은서 자리에서 일어나 유진을 보며 웃는다.

조은서	(장난 식으로) 이 년은 안 마실 것처럼 하더니 지가 제일 많이 마시고 있네.
김유진	(눈이 풀리고 취한 듯이) 은서야, 내가 말은 안 해도 있잖아, 내가 너 되게 좋아하는 거 알지? 나는 니가 진짜 진짜 좋아.
조은서	(다독이며) 다 알아, 나도 유진이 너 엄청~ 좋아해.
한효순	(숙였던 고개를 들며) 얘들아, 아까 나 도와주고 친절하게 대해줘서 고마워. 정말 너희 없었으면 나 오늘 혼자 집에서 엄청 울었을 거야. 고마워. 고마워.
김유진	효순아, 평소에 너 모른척해서 미안해. 최선영이 너무 무서워서 그랬어. 앞으로 내가 진짜 잘해줄게.
조은서	(양쪽으로 어깨동무를 하며) 자 자, 그럼 우리 베스트 프렌드 하는 거지? 베프끼리 마지막으로 한잔 더, 콜?
효순, 유진	(병을 들며) 콜!
김유진	(꼬인 발음으로) 얘들아… 근데 왜 하늘이 빙글빙글 도냐…

너 나 할 것 없이 바닥에 드러눕는다.

bgm이 커지며 조명 out

3장 선택의 갈림길

어두운 조명in 슈퍼 김병철에게 핀조명

사람들이 바쁜 걸음으로 지나가고 김병철 황망한 눈으로 쳐다보며 라이터를 달깍 거려본다.
고개를 저으며 목발을 짚고 일어나 앞으로 나아간다.
핀조명 김병철을 비춘다. 점점 고조된 음악이 흘러나온다.
무대 중간에 서서 슬픈 눈으로 라이터를 손에서 놓는다. 라이터가 김병철 발치에 떨어지고, 김병철 서서히 눈을 감고 목발을 놓는다. 손을 살짝 벌리며 한 다리를 끌며 앞으로 한걸음 나감과 동시에
자동차 경적 소리가 크게 울려 퍼지고 핀조명이 빨갛게 바뀐다.

슈퍼가게 문을 닫으려고 주변을 쓸고 있던 장동남 달려와 김병철을 다시 무대 중앙으로 끌어 온다.
자동차 쌩 지나가는 효과음
전체 조명in

장동남   뭐하는 짓입니까! 미쳤어요?

주변 사람들 가던 길을 멈추고 웅성 웅성 거린다.

행인1   뭐야? 저 장애인이 자살 하려고 했나봐 어머어머
행인2   아, 나 눈 앞에서 사람 죽는 거 볼 뻔 했잖아···끔찍해···

장동남	(멱살을 잡으며) 죽으려면 곱게 죽어! 가게 앞에서 사람 죽었단 소문 돌아서 남의 집 말아 먹으려고 환장했어? 어휴 깜짝이야 증말.

한효순 술이 깨자 머리가 아픈 듯 손을 올리고 얼굴을 찌푸리며 등장.

한효순	(둘을 발견하고 놀라며 달려와) 어? 어! 그러지 마세요. 제가 아는 분이에요. 그만 하세요.
장동남	넌 뭐야 잠깐 (멱살을 놓고) 너 아까 술 들고 도망간 그놈들 중 하나 아냐?
한효순	(고개를 돌리며) 아…아니에요….
장동남	아니긴 뭘 아냐 술 냄새도 풀풀 나는 구만! 학생 놈이 벌써부터 술을 먹어? 내가 평소라면 바로 신고하는데 오늘만 참는다, 이 미친놈 데리고 빨리 꺼져!

사람들 하나 둘 다시 걸어가고 장동남도 슈퍼로 들어간다.
슬픈 bgm
다시 어두운 조명으로 바꾸고 김병철 핀조명.
김병철 자살 시도를 실패하자 억장이 무너지듯 슬픈 표정을 짓는다.
다시 사람들이 아무 일도 없던 듯 지나가는 모습을 쳐다보며 눈물을 흘린다.

한효순	(조심스럽게) 저…괜찮으세요….
김병철	됐습니다.
한효순	그래도…일으켜 드릴게요….

김병철	(악바리로 쥐어짜며) 됐으니까 제발! 신경 쓰지 말고 가던 길 가! 제발… 흐흑….

한효순 안타까운 표정을 짓고 조심스럽게 퇴장한다.
김병철 바닥에 엎드려 울부짖는다.
핀조명 레드 조명으로 바뀜.
암전.

조명 in
효순의 집. 효순의 엄마가 의자에 앉아 있다. 효순 등장.(문 열리는 효과음)

한효순	엄마 나왔어.
효순엄마	어, 우리 딸 왔어? 효순아….
한효순	엄마 나 여기 있어. (무릎 꿇고 앉아 엄마를 안는다)
효순엄마	그래, 오늘은 학교에서 별 일 없었어?
한효순	아니…그냥 엄마 나 오늘 친구가 생긴 거 같아.
효순엄마	응? 새로운 친구를 또 사귄 거야?
한효순	어… 어… 맞아….
효순엄마	(냄새맡는 척을 하면서) 킁… 킁… 그런데 이게 무슨 냄새야…? 술 냄새 아니야? 효순아 너 친구 사귀었다더니 나쁜 애들이랑 어울리는 건 아니지?
한효순	아니야! 지하철 옆자리에 술 잔—뜩 취한 아저씨가 타서 그래!
효순엄마	그래…? 그럼 어서 씻고 와. 얼른 자야지.

한효순	응….

조용한 음악이 서서히 커지며 조명 out.

4장 불행

다음날이 밝고, 교실이 보인다.
효순 혼자 앉아 그림을 그리고 있는데 빈 옆자리에 은서가 앉는다.

조은서	(어깨동무를 하며) 어제 집에는 잘 들어갔어? (핸드폰을 들어 보이며) 나 네가 준 거 여기다가 달았다! 완전 이쁘지? 어때?
한효순	어? (환하게 웃으며) 어어 잘 어울린다.
김유진	(괴로워하며 등장) 어우— 나 어제 너무 과했나봐. 죽겠다, 죽겠어.
조은서	그러게 누가 병나발을 불라고 했나?
한효순	(사탕을 건네며) 이, 이거라도 먹어 볼래?
김유진	오, 땡큐!
한효순	응, 나 화장실 좀 다녀올게.
조은서	어~갔다 와!

한효순, 자리를 뜨고 김유진이 은서의 옆으로 가까이 붙어 말을 건다.

김유진	야, 앞으로 나랑 너랑 재랑 이렇게 셋이 다니는 거야? 지

금이라도 그냥 다시 쌩 까자. 나 최선영 무섭단 말이야.
같이 다닌다고 우리까지 못 살게 굴면 어쩌려고.

조은서   아 그러니까 최선영한테 안 보이게 몰래 친하게 지내자니
까? 솔직히 효순이, 우리 말곤 친구 하나 없잖아. 얼마나
학교 다니기 싫겠냐? 안 그래?

김유진   걔 불쌍한거야 나도 알지. 하지만 우리 학교생활이 걸려
있는데….

조은서   그래도 쟤 착하잖아. 저런 친구 하나 있어도 괜찮을 것 같
은데 난?

김유진   너 지금 동정이랑 우정이랑 착각하냐? 우리 같이 다닌 지
초등학교 때부터 해서 벌써 9년째인데. 어차피 이렇게 뒤에
서 백날 친하게 지내 봤자 결국에 한효순 혼자 남게 될 거
아냐? 네가 다 해결해 줄 수 있는 것도 아니고. 나 지금 너
걱정해서 이러는 거야.

화장실에 다녀온 효순, 문 앞에서 숨죽여 듣고 있다.

조은서   아, 너무 걱정하지 말자. 흘러가는 대로 가는 거지 뭐.
한효순   (조심스럽게) 얘들아, 나 왔어.

효순이 들었을까 살짝 놀란 듯 한 유진과 은서.

김유진   어, 어 왔어?
한효순   (아무렇지 않게 웃으며) 응, 너희 영어 숙제는 했어?
조은서   아! 깜빡했다. 어떡하지…

한효순	(노트를 꺼내들며) 쉬는 시간 끝나기 전에 얼른 써. 오늘 검사하신댔잖아.
김유진	나도, 나도!

화기애애해 보이는 셋 옆으로 최선영 무리 등장.

최선영	빵순아~ 뭐하냐? 오늘은 그림 안 그리나?

선영 나타난 순간, 효순과 어울려 놀던 은서와 유진 멈칫한다.

최선영	뭐하냐고, 시간 남으면 좋은 말로 할 때 빵이나 사오지 그러냐?
이진아	어 잠깐만. 한효순 너 친구 생겼냐? 어째 양옆으로 떨거지가 붙었다?
장서연	별 일이네. 뭐냐 니넨?
최선영	(가소롭다는 듯) 뭐야, 진짜. 너네 진짜 효순이 친구냐? 오, 이거 뭐야.

선영, 은서의 휴대폰에 걸어진 캐릭터 고리를 발견한다.

최선영	(비웃으며) 야, 진짜 친구인가본데? 니네 언제부터 이렇게 친했냐?
이진아	(박수를 치며) 오오- 이게 바로 오덕들의 모임이냐능.
최선영	야, 그렇게 대단한 친구면 대신 니가 빵이나 사와라. 어때?

장서연	괜찮네. 그렇게 해.
김유진	야, 그만 안 해? 얘랑 우리 그 정도로 친한 거 아니거든. 그냥 잠깐 놀아준 거야. (은서를 치며) 안가? 빨리 가자.
조은서	아니, 야. 잠깐만!
한효순	애, 얘들아….
김유진	(고리를 떼어버리며) 이 정도야. 이제 알겠어? 야, 가자. 아 좀! 가자고!

조은서, 여러 생각이 번갈아 드는 듯 고리를 다시 주워들었다가 (동공지진) 주변의 눈을 의식하며 다시 내던지고 바로 뒤돌아 나가버린다. 그 뒤를 유진이가 따라 나간다.

효순은 그런 은서를 보며 충격을 받은 듯 시선을 고리에 뒀다가 은서가 나간 쪽을 쳐다보며 그 자리에 가만히 서있다.

이진아	(비웃으며) 우리 효순이 어떡하냐~, 친구 사귄 줄 알았더니, 아니었네? 불쌍해. 맨날 버림받고. 우리 효순이가 장애인 딸이라서 그런가?
최선영	(비아냥대며) 야, 오늘은 진짜 불쌍해서 도저히 못 뜯어먹겠다. 어떻게 애가 제대로 된 친구 하나가 없냐? 그냥 가자 얘들아. (고리를 주워 효순의 책상위로 던진다)
장서연	모자란년이라 판단력도 없어요~ (머리를 한번 밀치고 나간다)

최선영 무리 몰려 나가고, 효순 혼자 남아 책상에 있는 고리를 움켜쥐고 책상에 엎드려 흐느낀다.

슬픈 음악 점점 커지고 천천히 조명 out

조명 in

효순이 서서 가방에 짐을 챙기고 가방을 메고 교실을 나가려고 하는데 은서가 쭈뼛쭈뼛 들어온다.
은서가 들어오는 것을 확인하고 잠시 멈춘다.

조은서	저기… 효순아.
한효순	(약간 싸늘한 눈빛으로) 왜.
조은서	아까는 정말 진심이 아니었어, 그냥 나도 모르게….
한효순	나도 모르게 뭐?
조은서	그게….
한효순	(감정이 격해진다) 네가 우린 친구라고 했잖아… 네가 그랬잖아… 나랑 친구가 돼서 좋다고! 정말 내가 불쌍해서 잠깐 데리고 놀아 준 거야? 넌 내가 그렇게 불쌍해 보였니? (울먹이며) 빨리 가, 가서 네 진짜 친구들하고 놀아! 가라고….

조은서. 효순을 붙잡으려 하지만 효순 재빠르게 나간다.

조은서	에라, 모르겠다. 그래, 가라 가! 나, 나도 뭐 너 하나 쯤 없어도.

조은서 혼자 남아 교실바닥에 떨어진 고리를 바라보며 한숨을 쉼

천천히 암전

조명 in. 문 열리는 효과음

집에 들어오는 효순.

효순엄마	(걸레로 바닥을 닦다 멈추며) 효순이니?
한효순	(신경질적인 어투로) 어.
효순엄마	왜 이렇게 일찍 와? 오늘 야자 안 해?
한효순	신경 쓰지 마.
효순엄마	왜, 그래. 말 해봐. 오늘 무슨 일이라도 있었어? (손을 휘저으며) 효순아…
한효순	됐어! 내가 말 해 봤자 엄마가 뭐 해결해 줄 수나 있어? 내가 어떻게 지내는지 알기나 하냐고. 해 준 것도 없으면서 왜 이렇게 신경 쓰는 척이야?
효순엄마	효순아, 무슨 일인데 말을 그렇게 해. 엄마가 도와 줄 테니까 말해봐, 응?
한효순	아, 진짜. 다 필요 없다니까? 엄마는 엄마나 신경 써. 난 내가 엄마 딸로 태어난 게 제일 싫어. 알기나 해? 하나하나 내가 맨날 따라다니면서 챙겨줘야 되고. 불쌍하다고 동정 받는 것도 이젠 지긋지긋해. 엄마가 이래서 내가 이런 거야. 엄마가 장애인인데 나라고 뭐 다를 거 있겠어? 난 내가 이렇게 찌질 하게 태어난 것 도 싫고, 엄마 딸인 것 도 싫어. 정말 죽고 싶을 만큼 너무 싫다고.

| 효순엄마 | (울음을 삼키며) …엄마가 미안해, 그래도 말해봐. 엄마가 들어줄게. 엄마는 항상 효순이 편이잖아. |

효순의 엄마, 앞으로 기어가며 손을 허우적대다 효순의 손을 찾고 두 손으로 꼭 잡아준다.

| 한효순 | (손을 세차게 뿌리치며) 됐다니까! 못 알아들어? 엄마처럼 모자란 엄마 둬서 나도 이 모양인 거고, 그래서 난 몇 년 동안 제대로 된 친구 하나 못 사귀고 매일 무시당해. 차라리 내가 엄마 딸이 아니었으면 좋겠어! 이럴 바에는 죽는 게 나아! |
| 효순엄마 | 엄마가 미안해…일단 엄마랑 얘기 좀…. |

다시 효순의 옷자락을 붙잡는다.

| 한효순 | 얘기는 뭔 얘기를 해? 그건 알아? 나도… 나도 다른 애들처럼 엄마랑 영화도 보고 싶고 쇼핑도 하고 싶고 다른 것들도 하고 싶은데 엄마는 앞도 안보이니까 아무것도 같이 못해 주잖아! 이럴 거면 나를 왜 낳았어, 왜! (엄마 손 더 세게 뿌리침) |

효순 들어왔던 방향으로 다시 나간다.

| 효순엄마 | (허공에 손짓하며) 효순아! 효순아 어디가… (엄마 급하게 일어나려다가 다시 넘어 진다. 대문 쾅 닫히는 소리) 효순아… 엄마가 이 |

런 사람이라서 미안해… (눈물을 흘리며) 미안해…미안해…효순아….

슬픈 배경음악이 커지며
천천히 조명 out

지하철 세트를 설치하고 관객 쪽으로 조명을 2번 쏘고 바로 조명 in

5장 지하철에서

조명 in

지하철임을 알리는 각종 소리들, 효과음.
잔잔한 배경음악.

김병철 목발을 짚으며 오른쪽에서 등장한다. 무대 중앙 까지 와서 대사를
친다.

김병철   그래. 이렇게 되길 원했어. 나 혼자 사라지는 건… 원하지
않았어. 나에겐 전부를 미워할 자격이 있잖아? 모두 나와
함께 불행해줘. 행복하지 말아줘. 더 이상 행복한 당신들
을 볼 자신이 없어. (흐느끼며) 나도 처음부터 이러진 않
았어. 행복할 수 있었단 말이야. (반대 방향으로 퇴장하며
읊듯이) 나도…나도 행복할 수 있었다고….

슬프고 잔잔한 배경음악이 커졌다 서서히 꺼진다.
전체조명 out 노란핀조명 in, 연기는 자욱하고 지하철이 아닌 과거.

김병철, 목발을 짚고 있지 않고 건강한 모습. 굉장히 의욕적으로 보인다.
통화중이다.(전화 거는 효과음)

김병철　　　(걸어 다니며) 아버지, 저 승진 했어요. 이제 현장에서 시
　　　　　　　다 바리 노릇 안 해요. 나 이제 완전 꼭대기에서 이래라
　　　　　　　저래라 부리기만 하면 된다니까? 그래도 나는, 내가 당했
　　　　　　　던 만큼 사람들 쓰면서 편하게 일하진 않을 거예요, 아버
　　　　　　　지가 가르쳐주신 대로 사람들하고 같이 협동하면서 도우
　　　　　　　며 일할 겁니다. 예, 아버지. 건강하세요. 내가 호강시켜
　　　　　　　드릴 테니까.

직원1　　　(종이 몇 장을 보여주며) 병철씨! 벽면에 어떤 타일 깔지
　　　　　　　봐줘. 그리고 또 누가 찾으시던데, 이따 내려가면서 한번
　　　　　　　물어봐. (툭 치며) 젊은 사람이 능력도 좋아~ 여기저기
　　　　　　　서 부르고. 요새 얼굴도 좋아 보인다. 끝나고 보자, 같이
　　　　　　　한 잔해~
김병철　　　그래, 그래. 고마워~

핀조명 암전. 조명 in

도로 효과음. 차 경적 소리들이 들리고 병철 전화를 하고 있다. 김병철 매
우 바쁜 듯이, 하지만 웃으며 주변을 두리번거리며 서류가방을 품에 안고

빠른 걸음.

김병철   (전화하며) 네, 네 거의 다 왔습니다. 조금만 기다려 주세요.

병철 빠른 걸음으로 무대 밖으로 거의 퇴장할 때 쯤 주변 어두워지고 경적소리와 동시에 사이키 조명.
교통사고 효과음. 쾅 효과음과 함께 레드 조명.

레드 조명out. 노란핀조명in.
김병철 목발을 짚고 등장한다. 직원 1 병철에게 다가가 말한다.

직원1   병철씨, 이렇게 돼서 어떡해. 일 감당할 수 있겠어? 병철씨가 괜찮다고 해서 될 일이 아니잖아. 반 불구 된 게 별거 아냐? 난 아무래도 힘들 거라고 봐. 사장님이 이제 그만 나와도 괜찮다고 하셨어. 안타깝게 됐네.

직원 1 핀조명 밖으로 나가 퇴장한다.

암울하고 무거운 배경음악.

병철 한숨을 쉬며 힘없이 한발 짚자, 여자 목소리를 듣고 걸음을 멈춘다.

목소리1   여보, 동생 좀 가라 그러면 안 돼? 같이 사는 거 지긋지긋해. 보기만 해도 싫어, 불편하고.

목소리2	좀 참아, 아무리 그래도 반병신 돼서 써주는 데도 없는데 받아 줘야지 어떻게 해? 이제 지 힘으로 돈이나 벌 수 있겠어? 그냥 이렇게 대충 살다가 가는 거지. 어차피 저러다 죽으면 보험금 다 우리 거잖아.

김병철, 괴로워하며 눈물이 맺힌다.
다시 한 걸음 조금 나아가 직원에게 전화를 건다.

직원1	여보세요?
김병철	(밝아지는 표정) 어, 잘 지내고?
직원1	아, 병철씨 구나. 나야 뭐 잘 지내고 있지. 병철씨는 요새 좀 괜찮아?
김병철	나는 뭐 똑같지… 혹시 시간 되면 오늘 저녁에 술 한 잔 어때?
직원1	아… 미안해서 어떡하지. 요즘 일이 많아져서. 다음에 봐! 병철씨.
김병철	어…어쩔수 없지 그럼.

병철, 전화를 끊으려는데 소리가 들려 다시 갖다 댄다.

직원2	누구야?
직원1	병철씨.
직원2	아, 그 반병신 된? 웬일이래?
직원1	아니, 같이 술 먹자잖아. 병신새끼랑 내가 왜 술을 먹어?
직원2	웃기네, 우리 끼리나 한잔 하자, 이따 끝나고.

김병철, 충격 받은 듯 전화기를 내려놓는다.

옆에 핀조명 하나가 더 켜진다.

병철 목발을 짚고 옆 핀조명 쪽으로 걸어간다. 반대편에서 여학생들이 떠들며 등장.
첫 번째 핀조명 out

이진아	(병철과 마주치며) 야 나 저 나무때기에 맞을 뻔.
장서연	목발이잖아, 무식한 년.
최선영	아 나, 길도 좁아 죽겠는데.

병철 화가 나지만 꾹 참는다. 여학생 무리 핀 조명 밖으로 퇴장.
비참해서 눈물을 흘리며 핀조명 밖으로 퇴장.
암전.

김병철 과거 회상이 끝나고 다시 목발을 짚으며 지하철로 들어가 앉는다.
아직 사람들이 아무도 안 타있다. 김병철 들고 있던 병에 들어있던 기름을 바닥에 흘린다.
−이번 역은, 중앙로, 중앙로역입니다. (영어로 한번 더 나온다)
병철 다 비워진 병을 얼른 뒤로 숨긴다.

문이 열리는 효과음.
사람들이 들어와 다들 자리에 앉는다.
한효순, 우울한 표정으로 헤드폰을 끼고 조용히 자리에 앉는다.

뒤를 이어 장동남이 통화를 하며 들어오고, 손에는 아기 신발과 귤 한 봉지가 들려있다.

장동남   여보, 어제 내가 화내서 너무 미안해. 정말 다 내 잘못이
          야. 여보, 힘든 거 알면서 내가 말이 너무 심했어. 미안해
          그래도 내가 여보 많이 사랑하는 거 알지? 응, 다신 안 그
          럴게. 내가 여보 좋아하는 귤이랑 우리 복덩이 선물도 사
          서 지금 데리러 갈 테니까 푹 쉬고 있어. 사랑해, 쪽. (전
          화기에 대고 뽀뽀를 한다, 웃는 장동남)

한효순, 동남을 보고 한숨을 쉬고, 선주의 전화벨이 울린다.

강선주   네, 여보세요. 네? 네, 저 맞는데요. 합격이요? 지금 또 장
          난하는 거지? …진짜, 진짜요? (감격하며) 정말 감사합니
          다! 네, 네! 네, 감사합니다! 감사합니다!

선주 일어나면서 까지 꾸벅 감사인사를 하고 주위에 앉아있는 사람들에
게도 자랑을 한다.

강선주   (옆자리 사람에게) 저, 합격했대요. 드디어 합격 했대요!
학생1   축하드려요 언니!
옆사람   축하해 학생~
강선주   감사합니다! 정말 감사합니다!

강선주 근처에 앉아 있는 사람들 모두 박수 치며 축하해준다.

장동남	어, 어제 그 학생 아니야! 합격한 거야? 역시, 잘 될 줄 알았어. 축하해!
강선주	아, 아저씨 정말 감사합니다. 다들 감사합니다! 감사합니다! (꾸벅 인사)

김병철 사람들 사이에 섞여있지만 주위 사람들 모두 웃으며 얘기 중이고 김병철은 혼자 우울한 표정이다.
모든 것이 멈추고 김병철에게 스포트라이트

김병철	세상에는 많은 일들이 일어나고 있지… 저 사람들은 저마다 행복을 찾아 갈 수 있는 사람들이기에 살아갈 수도 있는 것이겠지. 하지만 나는? 나는 도저히 행복을 찾을 자신이 없어. 절대로.

스포트라이트out. 지하철 소리 배경음.
김병철, 계속 고민하는 듯 행복하게 웃고 있는 사람들을 보며 라이터를 딸깍인다.

옆사람	어유. 자꾸 그러다가 진짜로 불나겠어. 왜 자꾸 라이터를 딸깍거려요?

김병철	(뜸을 들이다가)…아줌마, 아줌마는 여기에 진짜 불이 나면 어떨 거 같습니까? 당신네들 같이 행복한 사람들이 나 같이 더 잃을 것도 없는 사람이랑 같이 타 죽으면? (실없이 웃으며) 아직 행복을 잃을 준비가 안된 사람들의 삶이

이 불구덩이 속으로 나랑 같이 던져 진다면!

옆사람   뭐야 미쳤어요?

장동남   어? 어제 그 미친놈 아냐? 아니 위험하게 왜 라이터로 장
난을 치고 있어요. 별 이상한 사람 다 보겠네 어제도 내가
얼마나 놀란 줄 알아? 허 참.

옆사람   근데 이게 무슨 냄새래요? (킁킁 거리며) 기름 냄새 같은
데…

장동남   잠깐 당신 설마! 여기에 불 지르려는 건 아니지? 라이터
이리 내놔 어서!

김병철 자리에서 일어나 목발을 짚고 앞으로 나가 목발을 떨어트린다. 손
에 들고 있던 라이터를 든다.

김병철   나랑 같이 죽자고…나 혼자 죽지도 못하게 하는데 그럼
다 같이 죽자 불행하게…

사태의 심각성을 깨닫고 지하철 안 모든 사람들이 놀라서 웅성거린다.
한효순도 헤드폰을 빼고 놀라서 쳐다보다가 어제 그 사람인걸 알고 다가
간다.

한효순   아저씨! 안돼요! 그러지 마세요. …제발 저 알죠? 진정하
세요. 사실 모두가 불행하길 원치 않으시죠?그렇죠? 그러
니까 제발…

김병철   넌… (잠시 망설인다) 하, 니까짓게 뭘 알아 아니 난 모두
가 불행하길 원해. 당신들이 나한테 준 불행들을 똑같이

받길 원한다고! 당신들이 내 불행을 알아? 죽는 것보다 더 불행한 삶을!

한효순　저희 엄마는 앞이 보이지 않으세요. 그래서 조금은 알 수 있어요! 얼마나 힘들고 지치는지! 하지만 이렇게 복수를 하는 건 아니잖아요!

김병철 라이터를 키고 후회와 비참함에 눈물을 흘린다.
이때 장동남이 김병철의 멱살을 잡으려 빠르게 다가온다.

장동남　이 미친놈이 진짜 누굴 황천길로 보내 버리려고 장난해?

장동남 김병철을 주먹으로 치려고 하자 김병철 순간 우발적으로 라이터를 떨어트린다.
불이 켜진 라이터가 바닥에 던져지고, 전체 레드 조명. 사이키 조명. 포그를 켠다.(연기가 나기 시작한다)

김병철 불을 지르고 자신이 놀라 넘어지며 뒤로 기어가 불에서 떨어진다.
탑승객들 웅성웅성하다가 누군가 불이야 라고 하는 소리를 듣고 모두 정신없이 문을 두드리고 혼비백산
모두 정신없이 살려달라고 미친 듯이 소리를 지른다. 점점 심해지는 연기에 기침을 하며 쓰러지는 사람도 있다. 살려달라는 소리가 여기저기서 겹쳐 들린다.

강선주　(다급한 목소리, 울먹인다) 제발 살려주세요, 저 이제야 겨우 대학 붙었는데… 아직 부모님한테 합격했다고 하지

도 못했는데… 문 좀 열어주세요! 제발요…제발… 이제
야 집에서 사람취급 받을 수 있게 됐는데…제발! (악을
쓴다)

사람들에 치여 넘어진 여학생, 체념을 한 듯 전화기를 들어 귀에 가져
간다.

오하나   (울면서) 여보세요? 어, 나야 나. 나 지금 여기 지하철인
데 불이 난 것 같아. 너무 답답해서 죽을 것 같아. 나 어떡
해? 나 너무 무서워, 나 아직 죽기 싫은데… 내가 꼭 살아
서 나갈 테니까, 서방 꼼짝 말고 기다려야 돼, 바람 피 면
죽어! 응? 알겠지….(숨이 안 쉬어지는 듯 기침을 한다)

핸드폰을 놓쳐 전화가 끊겨버리고 울면서 계속해서 문을 두들긴다.

장동남   (급하게 전화를 걸며) 여보, 나야. 미안해. 우리 복덩이 선
물 산 거 못 전해줄 것 같아. 내가 곁에 없어도 언제나 사
랑하는 거 알지? 표현 잘 못하고 매번 무뚝뚝해서 미안해.
정말 사랑해, 사랑해. 나 없이도 우리 복덩이 잘 키워줘…
(울먹이며) 미안해… 미안해 여보…울지 말고…많이 사랑
해….

장동남 기침을 반복하다가 결국 쓰러지고, 울음소리 잠깐 들리다가 소리
서서히 줄어들고 혼란 속에 있던 효순, 이대론 안 되겠다는 듯 자기도 전
화기를 꺼내 든다.

한효순	(말을 쉽게 꺼내지 못하고 흐느낀다)…엄마, 미안해… 내가 아까 엄마보고 엄마 딸로 태어나서 싫다고 한 거, 다 엄마 때문이라는 거 그거 다 거짓말이야. 엄마한테 나쁘게 말해서 미안해. 괜히 화풀이 한 거야. (눈물을 흘리며 주저앉는다) 진심이 아닌데…엄마, 미안해. 엄마가 내 엄마라서 자랑스러웠어. 항상 고마웠고, 못난 딸이라 미안해 엄마….

사람들에게 밀쳐져 전화가 끊긴다.

한효순	엄마… 사랑해, 미안해. 나 지금 지하철 안인데 집에 가고 싶다….

사람들의 비명소리가 계속 들리며 슬프고 혼란스러운 음악이 점점 커지면서 조명 out.
대구 지하철 사고 뉴스를 잠시 틀다가 점점 줄어든다.

뉴스음향
대구 지하철 사고 뉴스를 잠시 틀다가 점점 줄어든다.

6장 기억속의 당신

조명 in
합동 분향소 안에 많은 사람들이 있다. 여기저기서 울음소리가 울려 퍼진다. 학생들이 단체로 들어와서 국화꽃을 하나씩 놓고 나간다.

그 옆에서 윤현숙이 검게 탄 아기 신발을 꼭 껴안고 울고 있다.

윤현숙   여보…흑—흑…여보…우리 복덩이 이제 한 1주일만 있으면 세상 보는데. 아빠 보고 싶어서 어떻게 해. 아직 한 번도 못 봤는데… 여보….

은서와 유진, 효순의 사진을 보고 있다.
조은서, 핸드폰 고리를 손으로 꼭 쥐고 가만히 바닥에 앉아있고 김유진은 옆에 앉아 울고 있다.

조은서   그 때 내가 그러지만 않았어도… 미안해 효순아, 내가 좀 더 용기를 냈어야 하는 건데. 정말 진심이 아니었는데… 그 모습이 마지막일 줄 알았으면(울컥)… 그랬으면… 정말 미안해, 미안해 효순아.

김유진   효순아 미안해. 최선영이 무서워도 우리는 그러면 안 됐는데. 니가 내 친구를 뺏을 거란 생각에 널 미워했어. 용서를 빌어야 하는데 먼저 가 버리면 어떡해….

선영, 진아와 서연과 함께 급하게 분향소 안으로 들어온다.

장서연   아, 뭐야. 진짜 죽은거야? 야, 애 진짜 죽었냐? 죽었냐고.

김유진   (감정이 격해진다) 너희가 여기가 어디라고 와, 살아 있을 때는 그렇게 괴롭히더니 도대체 무슨 낯짝으로 여길 오냐고!

조은서   (유진을 감싸며) 그만 해, 유진아. 쟤네들도 미안해서 여기 온 걸 거야.

이진아	야, 우리가 죽였냐? 애초에 친구했다가 버린 게 누군데. 이것들이 어따 대고 화풀이야? 안 그래, 최선영?
최선영	너는 지금 사람이 죽었는데 그런 말이 나오냐? 우리가 1년 동안 괴롭히던 애가 하루아침에 죽었다고 아무것도 느끼는 게 없어? 생각해봐, 생각해 보란 말야. 지난 시간동안 우리가 걜 얼마나 못살게 굴었는지. 우리 때문일지도 모르는 건데… 우리 때문에 불행해 하기만 했었는데….
이진아	(이해가 안 된다는 듯이 눈이 커진다) 뭐야… 왜 그래 선영아.
최선영	(털썩 주저앉아 눈물을 흘린다)
장서연	아 진짜 왜 이렇게 유난이야? 꼴값들 떨고 있네 진짜. 잠깐 들리자더니 질질 짜고 지랄이야… 야 나 먼저 간다.
이진아	(망설이다가 따라 나간다) 야, 선영아 나 간다! 왜 이래 너답지 않게 진짜.

선영, 혼자 남아 더 서럽게 울기 시작한다.

| 최선영 | 효순아, 미안해. 하란대로 다 해주는 너를 보면서 내가 뭐 대단한 사람이라도 되는 줄 알았어. 사실은 그게 아니라 네가 너무 착해서 그랬던 건데. 효순아, 넌 나만 보면 항상 미안하다고만 했지, 도대체 네가 미안할 게 뭐가 있다고… 너한테 했던 행동들, 너무 후회된다. 이제와서 이렇게 사과하는 것도 염치없지만 너무 미안해 효순아. |

조명 out 블루 핀 조명 in
효순이 촛불을 들고 조명 안으로 등장한다.

한효순　　많은 시간이 흘렀지만 그 때 그 일은 결코 돌이켜질 수 없
　　　　　　고, 문득 문득 떠오르는 기억에, 고통 속에 살 수 밖에 없
　　　　　　는 사람들이 남겨져 있다.

옆으로 걸어가며 울고 있는 이들을 쳐다본다.

나레이션　　남은 사람들 기억 속에 잊지 못할 추억과 함께 죄책감을
　　　　　　남기고 떠난 이들의 이야기. 이 슬프고 안타까운 이야기
　　　　　　속의 가해자와 피해자는 누구 인거 같았나요? 스쳐지나
　　　　　　간 수많은 사람들 중 자신과 겹쳐 보인 방관자는 없었나
　　　　　　요? 세상에는 많은 일들이 일어나고 있습니다. 돌이킬 수
　　　　　　없는 현재에 당신이 후회 하지 않는 행동을 하며 살고 있
　　　　　　는지 생각해 보길…

암전상태에서 스포트라이트

잔잔한 배경음악

나레이션　　이 이야기는 대구 지하철 사건을 모티브로 만든 이야기입
　　　　　　니다. 이 사건에 희생 된 그대들은 언제나 우리의 가슴 속
　　　　　　에 살아 숨 쉬고 있습니다. 시간이 얼마나 흐르던, 그 때
　　　　　　그 일을 잊지 않겠습니다.

촛불을 끄며, 스포트라이트 꺼짐.

암전 후. 음악이 점점 커지다가 줄어든다.

커튼콜

아빠 어디가

김현정(연놂) / 천안청수고 청연

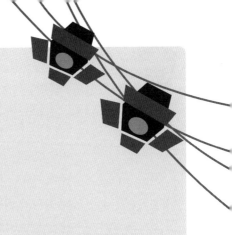

연출의 말

이 작품은 오세혁 원작의 '아빠들의 소꿉놀이'를 바탕으로 확장하여 만든 이야기입니다. 직장을 잃었다는 사실을 숨긴 채 그들만의 연극을 할 수밖에 없는 아빠들의 삶의 무게. 남편의 실직을 눈치 채고도 남편이 제 자리를 다시 찾을 수 있을 때까지 모른 척 가정을 지켜나가는 엄마들의 삶의 무게. 이를 무겁지 않게 그려내고 있는 원작의 틀을 빌리고, 여기에 여러 사람들의 이야기를 더해 가족 전체의 이야기, 나아가 우리 사회의 이야기를 해 보았습니다.

작품 제목의 숨은 뜻은 '아빠 (오늘은 날도 추운데) 어디가(지 마세요)'입니다. 힘든 현실 속에서도 끝내 출구를 찾게 해주는 힘은 서로를 믿고 챙기는 따뜻한 마음이 아닐까 생각해 봅니다. 그리고 이 작품이 혼자서는 찾기가 너무 힘든 출구를 아등바등 찾아내려고 애쓰고 있는 모든 현대인들에게 위로가 되는 극이기를 바랍니다.

작품의 주된 공간인 아파트 엘리베이터에 타고 내리는 장면들을 효과적으로 표현하고, 유치원생부터 할아버지에 이르는 다양한 연령대의 등장인물을 생동감 있게 그려낸다면 더욱 재미있는 극이 완성될 것입니다.

가족 1	아빠(안경) / 엄마(파마) / 남고생(오빠, 아들, 고3) / 막내딸(유치원생)
가족 2	아빠(꾸부정) / 엄마(단발) / 여고생(딸, 고3) / 막내아들(유치원생)
아파트 주민	경비 할아버지 / 오지랖 아줌마 / 여직원
아파트 주민 외	담임선생님 / 유치원 선생님 / 유치원 원장
	면접관 1, 2 / 학부모 1, 2

1장 아빠의 실직

아침 분위기가 나는 음악이 흐르는 가운데 조명이 켜지면 무대의 경비실 문을 열고 나오는 경비 할아버지. 대비로 바닥을 쓸고, 무대를 지나다니는 아파트 주민들의 분주한 아침. 유치원생들 손잡고 유치원 가고, 단어 외우며 지나가는 여고생, 껄렁껄렁 걸어가던 남고생과 마주친다. 서로 비키려 하지만 자꾸 같은 쪽으로 비켜서게 되는 둘. 회사 여직원 분주하게 출근하고, 오지랖아줌마 나와서 분리수거를 한다. 안경 출근하고 파마가 배웅을 한다. 분주하면서도 일상적인 아파트의 아침이다.

한 바탕 아파트의 풍경이 펼쳐지다가 출근하는 안경의 구호에 모두가 함께 정지! 그 뒤 썰물 빠지듯 무대 밖으로 퇴장하고, 바쁜 아침 사무실 소리(팩스, 전화기 등의 소리)가 오버랩 된다. "네, 청연 물산입니다."라는 소리와 함께 코러스들이 바쁜 걸음으로 등장한다. 누군가는 커피를 입에 물고 서류 뭉치를 들고 다니고, 누군가는 시계를 보며 누군가를 기다리고, 누군가는 청소를 하고, 누군가는 열심히 전화를 하며 목소리를 높이고 있다. 아주 바쁜 사무실의 모습이다. 그 모습들 뒤로 꾸부정한 사내가 저 뒤를 향해 정중하게 인사하고 앞으로 걸어 나온다. 바쁘게 돌아가는 사무실에서 어느 누구도 그에게 눈길을 주는 사람이 없다. 바쁜 사람들을 지나 무대 옆면 구석진 자리에 가서 상자에 짐을 정리하는 꾸부정. 전화 소리와 함께 모두가 일순 정지. 꾸부정이 주변을 한 번 쓰윽 돌아본다. 씁쓸한 표정으로 한숨을 내쉬는 꾸부정. 날카로운 전화소리가 정지된 무대를 깬다. 다시 "네, 청연물산입니다!"라고 소리치며 한 사람이 전화를 받고, 사람들은 다시 바쁜 일상의 움직임으로 돌아가며 각자의 짐을 챙겨 그대로 퇴장한다. 꾸부정의 어색한 미소만이 탑 조명 아래 남는다. 무거운 음악이 흐른다.

꾸부정   (손목시계를 본다) 세 시…. 지금 들어가기엔 너무 이른
        시간인데…. (어딘가로 전화를 건다) 정부장, 나야. 바빠?
        (사이) 웬일은 무슨…. 소주나 한 잔 할까 해서 그러지.
        (사이) 오늘 어때? 내가 그리로 갈게. 바쁘다고? 그래, 나
        도 엄청 바빠. (사이) 바쁘긴 하지만, 지난번에 자네가 말
        했던 거 긍정적으로 생각해 보려고. 내가 그 일 도와줄게.
        친구 좋다는 게 뭐고! (긴 사이) 아…. 그렇지? 나도 그렇
        게 생각했어. 하하하~ 아냐, 그냥 소주가 땡겨서 그래! 소
        주가! (사이) 저…. 그래도 동업이나 뭐 그런 거 생각나면
        언제든지 전화해! 바빠도 괜찮으니까, 꼭 전화해~

전화 끊고 다시 시계 보는 아빠. 핸드폰에 있는 이름들을 쭉 살피며 하나
하나 중얼거려 본다. 한숨을 내쉬며 한쪽으로 퇴장. 암전. 음악 흐른다.

2장 아파트의 사람들 (경비 할아버지와 오지랖 아줌마, 여고생과 남고생)

조명 켜지면 엘리베이터 안이다. 오지랖 아줌마가 분리수거 봉투를 들고
무료한 표정으로 서 있다. 딩동~ 엘리베이터 서는 소리가 들리면 엘리베
이터가 1층에 도착한다. 오지랖 아줌마는 분리수거장(관객석)으로 간다.
관객들에게 종이, 캔 등을 쥐어 주며 분리수거를 한다.
할아버지 분리수거장으로 나가보다가 관객들에게 깡통, 비닐, 플라스틱
등을 쥐어주며 분리수거하고 있는 오지랖 아줌마를 발견한다.

경비 할아버지	아지매! 어이, 아지매!
오지랖 아줌마	왜요?
경비 할아버지	거 다른 아파트 사는데 요 와서 버리는 거 아니라? 이 아파트 맞아요?
오지랖 아줌마	나 참, 무슨 소리 하시는 거예요? 이 아파트 맞아요.
경비 할아버지	내가 아지매를 처음 보는 거 같은데….
오지랖 아줌마	저 여기 산 지 20년째예요. 이 할아버진 볼 때마다 이러셔.
경비 할아버지	낯이 선데….
오지랖 아줌마	왜 저 볼 때마다 그러세요? 정말….
경비 할아버지	마, 알았고, 그 분리수거 똑바로 하소.
오지랖 아줌마	똑바로 하고 있잖아요.
경비 할아버지	거~ 뚜끼리, 뚜끼리는 따로!
오지랖 아줌마	알았어요. 뚜껑은 여기 버리면 되잖아요.
경비 할아버지	참! 정해진 날짜에 좀 해요! 목요일(공연 당일의 요일을 말하며)에 하라니까!
오지랖 아줌마	아유~ 집에 쓰레기를 쌓아두고 어떻게 살아요?

경비 할아버지와 오지랖 아줌마 한참 실랑이하다가 화가 난 오지랖 아줌마가 엘리베이터를 타러 간다.

경비 할아버지	(오지랖 아줌마 뒤에다 대고) 진짜로 요 사는 기 맞아?
오지랖 아줌마	아, 맞다니까요! (혼잣말로) 노망이 났나. 사람을 못 알아봐.

오지랖 아줌마 엘리베이터를 기다리고, 경비 할아버지 투덜거린다.

경비 할아버지	아파트에서 퍼지는 온갖 소문이 저 입에서 다 나오는데, 내가 미쳤다고 아는 척을 해? 사적인 이야기는 안 하는 게 좋아. 친해지면 별별 소릴 다 떠들고 다닌다니까!

경비 할아버지는 경비실 쪽으로 퇴장을 하고, 오지랖 아줌마 엘리베이터를 탄다. 다시 무료한 표정. 딩동~ 엘리베이터 서는 소리. 여고생이 등장하여 엘리베이터를 기다린다.

여고생	(핸드폰 일정을 확인하며) 오늘 시간표 너무 하다. 국수영 영수과수⋯. 수학 세 시간!

딩동~ 엘리베이터가 서는 소리. 여고생이 먼저 타고 뒤따라 남고생이 급히 엘리베이터를 잡아탄다. 먼저 탄 여고생을 보고 완전 어색해진 남고생. 둘 사이 어떤 대화도 없이 엘리베이터가 내려가다가 다시 딩동~ 오지랖 아줌마가 탄다.

오지랖 아줌마	(엘리베이터 타면서 여고생에게) 어머나, 1708호 학생! 오 랜만이야. 고3이라 일찍 가는구나.
여고생	네, 안녕하세요?
오지랖 아줌마	그래. (남학생 보며) 너도 고3이지?
남고생	네.
오지랖 아줌마	같은 학교야?
남, 여고생	아뇨.
오지랖 아줌마	그래? 그럼, 그냥 친구야?
남, 여고생	아뇨.

오지랖 아줌마	친구가 아냐? (잠시 고민 뒤) 아~ 너네들 사귀는구나? 호호호호~
남, 여고생	네? 아니에요.
오지랖 아줌마	(둘의 반응에 아랑곳 않고 수다 떨기 시작한다) 미안하다. 아줌마가 이렇게 눈치가 없어요. 여기 가득 찬 이 어색하고 풋풋한 공기에도 알아채지를 못했네. 호호호호호~ (냄새를 킁킁 맡으며) 이게 바로 청춘의 향기 아니겠니? 아~ 좋을 때구나. 나도 어렸을 땐 지금 같지 않았어. 지금은 분리수거 봉투나 들고 다니지만, 여고 땐 등굣길에 남학생들이 기다리고 그랬다구! (남학생을 보며) 널 보니까 웃으면 가지런하고 뽀얀 이가 열개나 보이던 교회 오빠가 생각나는구나. 그 오빠가 날 참 좋아했었지. (여학생을 보며) 내가 너보다 훨씬 예뻤었거든. 어머나, 그러고 보니 보조개가 앙증맞던 절오빠도 생각나네. 교회오빠랑 절오빠랑 날 두고 서로 싸우고 그랬었지….

이때 딩동~ 엘리베이터가 서고 여직원이 탄다. 이번엔 여직원에게 말 거는 오지랖 아줌마. 뒤에서 남고생과 여고생은 계속 어색해 한다.

오지랖 아줌마	어머나~ 9층 아가씨 이렇게 일찍 출근해?
여직원	네, 운동 좀 갔다가 가려구요.
오지랖 아줌마	아유~ 부지런하네. 맞다. 자기 1708호 아저씨랑 같은 회사 다닌다고 안 그랬어?
여직원	어떻게 아셨어요?
오지랖 아줌마	내가 모르는 게 어딨어? 오호호호~ 한 아파트에 살면서

같은 회사 다니기 참 드문 일인데 말이야~ 그지?

여직원	네, 그러게요.

이때 엘리베이터 멈춘다.

여직원	(급히 내리며) 저, 먼저 가 보겠습니다. (후다닥 퇴장)
여고생	저도 먼저…. 안녕히 가세요. (퇴장)
오지랖 아줌마	어머, 그래~ 먼저 가~

오지랖 아줌마 분리수거장으로 가는데, 따라 내린 남학생이 슬쩍 말을 건다.

남고생	아줌마.
오지랖 아줌마	응? 왜?
남고생	근데, 쟤…. 어느 학교 다녀요?
오지랖 아줌마	여자 친구 학교도 모르니? 가포고 다니잖아.
남고생	(혼잣말로) 아씨…. 그 학교 공부 진짜 잘 하는 학곤데….
오지랖 아줌마	(갑자기 생각난 듯) 어머나! 맞다! 여자친구가 1708호 살지? 저 아가씨가 네 미래의 장인어른이랑 같은 회사 다니잖아~
남고생	(장인어른이란 말에 놀란다) 네?
오지랖 아줌마	너무 신기하지? 그지? 호호호호호~ 세상이 이렇게 좁은 거야. 너도 살아봐~ 넓은 것 같으면서도 좁은 게….
남고생	(끝까지 듣지도 않고 인사한다) 저, 먼저 가볼게요. (꾸벅 인사하고 나간다)

오지랖 아줌마   응? 그래~ 학교 잘 다녀와~

오지랖 아줌마 혼자 투덜거리며 다시 분리수거 하는데, 경비실 안에서 경
비 할아버지 나와서 잔소리한다.

오지랖 아줌마   아유~ 요즘 애들은 어른이 말씀을 하시는데, 툭 끊어 먹
              고 가네. 저런 건 어디서 배워먹은 버릇이래? 내가 소싯적
              에는….
경비 할아버지   아지매~ 어이 아지매!
오지랖 아줌마   응? (돌아보고 경비 할아버지임을 확인한다) 아 또 왜요?
경비 할아버지   분리수거 똑바로 하쇼. 뚜껑이 잘 떼서 버리고, 정해진 날
              짜에 좀 갖고 내려오라니까!
오지랖 아줌마   아유~ 알았어요. 그럴 수도 있지. 왜 맨날 잔소리래?

두 사람 다툼 소리 속에 음악 흐르며 암전

3장 엘리베이터 - 남매들의 만남

음악 잦아들다가 딩동~ 엘리베이터 서는 소리가 나면 막내딸의 목소리
가 들린다.

막내딸(목소리)   오빠 빨리 와. 엘리베이터 왔어.

막내딸 목소리와 함께 조명이 들어오면 멀리서 남고생의 목소리가 들리

고, 여고생과 막내아들의 모습이 보인다. 여고생 막내아들의 옷매무새를 다듬고 있다.

남고생(목소리)   네가 잡고 있으면 되잖아~

여고생과 막내아들이 먼저 엘리베이터를 타고, 막내딸은 엘리베이터를 누르고 기다린다. 그제서야 어슬렁어슬렁 등장하는 남고생.

막내딸   빨리빨리~~~

남고생 심드렁하게 엘리베이터를 타다가 여고생이 이미 타 있는 걸 보고는 멈칫. 어색하게 뒤에 선다.

막내딸	빈아. 안녕?
막내아들	지혜야. 안녕. 히히.
막내딸	어쩜 이렇게 딱 맞춰 나왔어? 너. 내가 보낸 텔레파시 받았구나~!
막내아들	응. (손으로 안테나 만들며) 텔레파시 받았어. 띠리띠리.
막내딸	(기특하다는 듯) 그래. 남자는 여자 기분을 잘 알아채야 하는 거야. (여고생에게 조신하게 인사한다) 빈이 누나분 되시죠? 안녕하세요?
여고생	응~ 안녕? 둘이 아는 사이니?
막내아들	같은 유치원 다녀.
남고생	(무뚝뚝하게) 싸우지 말고, 잘 지내.
막내딸	오빠가 말 안 해도 우린 잘 지내. 걱정 마.

여고생	(웃으며) 어디 가니?
막내딸	오빠가 엄마 심부름 가는데 따라 가요.
여고생	그래? 오빠랑 사이가 좋구나.
막내딸	그냥 감시자로 따라가는 거예요.
남고생	야!
막내딸	우리 오빠가 심부름 시킨 돈 들고 PC방으로 튄 적이 있거든요.
막내아들	(감탄하며) 와~ 짱 멋있다!
여고생	빈아, 그런 행동은 멋있는 거 아냐.
남고생	(당황해 하며) 내가 언제 그랬다는 거야?
막내딸	왜? 그래도 부끄럽긴 한가 보지? (여고생에게) 전 안 그러니까 걱정 마세요. (막내아들에게) 넌 어디 가?
막내아들	도서관에 책 빌리러 가. 우리 누나가 책 빌려서 읽어주기로 했거든.
막내딸	역시, 언닌 누구랑 달리 교양 있는 여성이었군요. (오빠를 한 번 보고는, 한숨. 막내아들에게) 정말 부럽다.
막내아들	(으쓱해서) 우리 누나 엄청 똑똑해!
여고생	둘이 친한가 보구나.
막내딸	그럼요, 우리 사귀는 사인 걸요.
막내아들	우와~ 우리 사귀는 사이야? 히히~
여고생	너희 둘 너무 귀엽다. (남동생에게) 여자 친구 어디가 그렇게 좋아?
막내아들	우리 유치원에서 제일 예뻐!
남고생	뭐? 예쁘기는…. (여동생 보며) 야! 넌 쟤가 어디가 좋냐?
막내딸	진달래반에서 행실이 제일 바르고 착해. 누구랑은 달리!

	(막내아들에게 신호를 준다) 빈아!
막내아들	(바로 남고생에게 배꼽 인사한다) 안녕하세요? 저는 새마을 유치원 개나리반 변빈입니다!
막내딸	봐~ 인사도 잘 하지? 오빠보다 훨씬 나아.
남고생	뭐? 이게 정말.
막내아들	그런데 행실이 뭐야?
막내딸	응~ 그런 게 있어. 그냥 넌 인사를 잘 하면 돼.
막내아들	응~ 히히.

딩동~ 엘리베이터 멈추고 다들 내린다.

막내딸	언니, 저희 그냥 놀이터에서 좀 놀면 안 될까요? 둘만의 시간이 필요해요.
막내아들	누나, 나도 지혜랑 놀고 싶어!
여고생	그럴래? 그런데 심부름은? 안 따라가도 되겠니?
막내딸	오늘은 한 번 믿어보죠 뭐. 우리 오빠도 사람인데, 매번 실망만 시키기야 하겠어요?
여고생	그래? (웃는다)
남고생	너 오빠한테 진짜….
막내딸	(말 끊으며) 오빠, 한 번 믿어볼 테니까 잘 다녀와. 그리고 언니랑도 잘 지내. 우리 둘의 관계를 봐서라도 잘 지내는 게 좋지 않겠어? (막내아들에게) 빈아, 손!
막내아들	(막내딸의 손을 잡고) 누나~ 잘 다녀와~
막내딸	(다시 한 번 주의 주듯) 오빠, 잘 지내~ 싸우지 말구!

유치원생 둘이 놀이터로 간다. 남은 두 사람 어색한 기운.

남고생   (쭈뼛쭈뼛 손을 내밀며 기어들어가는 목소리) 잘 지내보
               자….
여고생   (내민 손을 보며 이상한 눈빛으로 바라보다가 퇴장)
남고생   아~씨. 이게 아닌가? (머리 벅벅 긁으며 객석을 본다)

조명 아웃. 음악 흐른다. (유치원에서 나올 법한 음악)

4장 유치원 설명회 - 엄마들

음악이 잦아들고 조명이 밝아지면 한 무리의 사람들이 들어와서 무대 왼
쪽 단에 자리를 잡고 앉는다. 무대 오른쪽 단 옆에 선생님이 등장하여 '다
음은 ○○○ 어린이의 @@공연이 있겠습니다! 자, 박수로 맞아 주세요!'
하면 공연 시작이다. 선생님의 유도로 관객들까지 박수를 치고 나면 무대
(오른쪽 단) 위에 아이들이 차례로 등장하여 공연을 펼친다. 공연 하나하
나가 짧고 강렬하게 펼쳐지는데 굳이 유치원생의 공연이란 느낌이 아니
어도 좋다. 등퇴장과 인사를 귀엽게 하면, 무대 왼쪽의 사람들이 아이들
의 등장에 맞춰 '우리 딸 파이팅!', '석아~ 엄마 여기 있어!'등의 말을 하며
사진을 찍거나 손을 흔든다.

유치원 선생님   새마을 유치원 학예 발표회에 오신 여러분을 환영합니다!
               첫 번째 무대는 5세반 앙증맞은 박성희 어린이의 '나무의
               일생'입니다. 큰 박수로 맞아 주세요. (첫 번째 무대 펼쳐

진다) 두 번째 무대는 6세반 정지혜, 이지혜 지혜 자매의
댄스 공연입니다. 큰 박수로 맞아 주세요. (두 번째 무대
펼쳐진다) 세 번째 무대는 7세반 우유 빛깔 변관석 어린이
의 노래 공연이 있겠습니다. 큰 박수로 맞아 주세요.

마지막 공연이 펼쳐지던 중 객석 쪽에 미리 들어와 있던 유치원 원장이
일어나 무대 위로 올라간다. 리모콘으로 무대를 향해 버튼을 누르면, 모
두가 그대로 정지. 파마와 단발 역시 관객석 쪽에 미리 앉아 있다.

유치원 원장   (객석을 향해) 자, 어머님들 작년 우리 새마을 유치원의
                 재롱잔치 영상 잘 보셨어요?
파마   애들이 너무 귀엽네요.
단발   역시 재롱 잔치로 유명한 유치원답게 수준이 높은 공연이
                 었어요!

공연을 하던 아이는 정지 동작을 풀고 자연스럽게 퇴장한다. 학부모 역할
을 하던 사람들은 정지 동작을 풀고 설명회에 참석한 사람들처럼 원장의
말에 귀 기울인다.

유치원 원장   아시다시피 올해도 재롱 잔치를 준비하며 아이들과 열심
                 히 연습해서 작년 못지않은 무대를 만들도록 하겠습니다.
                 많은 협조와 지원 부탁드려요. 그리고 지금부터 말씀드
                 릴 내용이 오늘 학부모 설명회를 연 진짜 중요한 이유니
                 까 귀 기울여 들어주시기 바랍니다. 요즘 강남 쪽에서는
                 유치원 졸업반 아이들과 해외탐방을 가는 게 대세거든요.

초, 중, 고등학교에선 해외 탐방을 위해 긴 시간을 뺄 수가 없기 때문에 유치원 때 꼭 해야 할 활동이라고 저도 생각합니다. 게다가 우리 새마을 유치원도 강남에 뒤질 수 없잖아요? 그래서 7세 아이들을 대상으로 해외 탐방 졸업 여행을 준비해 볼까 합니다. 부디 적극적인 협조를 부탁드려요.

학부모1   (일어나며) 강남이 그렇다면 우리 아이도 안 보낼 수 없죠.

학부모2   (맞장구친다) 그럼요, 유치원 때부터 뒤질 수야 없죠.

주변 사람들 고개 끄덕이며 호응한다. 단발도 박수치며 좋아한다.

파마   (손을 들며) 저, 근데 비용이 너무 많이 들지 않을까요?

유치원 원장   비용은 걱정 마세요. 아동 해외여행 전문 업체와 협약하여 올해는 무려 30% 할인된 가격에 가기로 했으니까요.

파마   그렇지만 애들도 너무 어리고….

유치원 원장   (말 끊으며) 원치 않는 아이들은 여행 기간 동안 가정 학습 부탁드려요. 그럼 돌아가실 때 입구에서 안내서를 하나씩 받아가 주세요.

원장이 인사하고 나서 무대 위 사람들을 배웅한다. 나가는 사람들은 원장에게 아이를 재롱잔치에서 주인공을 시켜 달라거나 해외탐방 기획을 치하하는 말 등을 건네며 퇴장. 단발과 파마가 일어서서 이야기를 나눈다.

단발	언니, 30% 할인이면 거저네요~
파마	거저는 무슨…. 예상에 없던 70%의 지출일 뿐이야.
단발	(신나서) 우리 빈이 아빠한테 알려줘야겠어요. (전화를 건다) 여보? 어디야? (사이) 왜 이렇게 이상하게 웃어? 암튼 여보, 우리 빈이 졸업여행 해외로 보내자. (사이) 응, 내가 일단 당신 카드로 결제할게. 여보, 사랑(끊긴다) 어머나, 여보?
파마	뭐래?
단발	회의 중이래요. 전화 끊었어요.
파마	바쁜가 보다.
단발	아유~ 이 사람 요즘 이상해. 집에 오면 가만두나 봐. 그나저나 여행 보내려면 준비할 게 많겠어요. 빈이 옷도 좀 사 입혀야 하구~
파마	정말 여행 보내게?
단발	그럼요~ 남들 다 가는데.
파마	애들이 너무 어리잖아.
단발	아~ 그럼, 학부모도 따라가면 어떠냐고 건의해 봐야겠어요. 언니, 같이 안 가실래요?
파마	응, 어차피 첫째가 고3이라 따라갈 수도 없어.
단발	우리 애도 고3이긴 한데, 음…. 전 갈래요!(신나서)

단발 쪼르르 원장에게 뛰어가 이것저것 물어보며 같이 무대 뒤로 퇴장한다. 이때 파마에게 전화가 온다.

파마	여보세요? (사이) 응, 별일 없어. (사이) 부장님이 또? (사

이) 그래요, 조금만 마셔요. (전화를 끊는다. 깊은 한숨 내쉬며) 정말…. 언제까지 모른 척 해야 해?

이때 전화가 다시 온다.

파마   여보세요? (반갑게) 네~ 제가 이력서 냈어요. 맞아요. (시무룩한 목소리) 네, 야간 근무는 좀 어려워요. 어떻게 조정이 안 될까요? 네, 네…. 알겠습니다. (전화 끊고) 나 같은 아줌마들은 일하지 말라는 거야 뭐야. 새벽에 나가서 밤늦게 마치면 애들은 어떻게 해? (크게 심호흡하고 정면을 바라보는 파마. 다시 전화를 건다) 네, 안녕하세요? 저도 형이 엄마예요. 저 부업 일거리 좀 더 주세요. 그럼요, 시간 안 어기고 다 할 수 있어요!

통화하며 퇴장하는 파마. 음악 흐르고 암전.

5장 놀이터·아빠들의 만남

흐르던 음악이 잦아들고 조명이 밝아지면, 안경이 놀이터 의자에 앉아서 얼굴을 신문으로 가린 채 신문을 읽고 있다. 꾸부정이 몸을 한껏 움츠려 팔짱을 낀 자세로 등장한다. 앉을 곳을 살피다 의자에 앉으려 할 때 갑자기 전화벨이 울린다.

꾸부정   (발신자를 확인하고는 벌떡 일어나 허겁지겁 전화를 받는

다) 여보? 어… 어… 어디냐고? (갑자기 과장된 말투로) 어디긴~ 회사지! 하하하하! (사이) 뭐? 해외? (사이) 나 지금 회의 중이야. 나중에 얘기해. 끊어!

전화를 끊고는 털썩 주저앉아 꼼짝을 못하는 꾸부정.

안경	(신문 옆으로 얼굴을 드러내며) 참으로 기가 막힌 발연기로군요.
꾸부정	(놀라며) 네? 누구신지?
안경	뭐, 이 분야의 선배라고 해두죠.
꾸부정	이 분야… 라니요?

안경 대꾸하지 않고 신문을 접는다. 시계를 보더니 짐을 챙겨 일어난다.

안경	내일은 여기서 시간을 때우지 마십시오.
꾸부정	무…무슨 상관입니까?
안경	직거래 장터가 열리는 날이라 아파트 주부들이 왕창 쏟아져 나올 겁니다. 아내분께 100% 들킨다고 봐야죠.
꾸부정	진짜요? (엉겁결에 인사한다) 고맙습니다!
안경	역시…. 잘리셨군요.
꾸부정	아…! 그걸 어떻게?
안경	잘린 지 일주일 쯤?
꾸부정	대단하십니다!
안경	들키지 않길 빌어드리죠. 물론, 불가능하겠지만…. 그럼 전 이만….

안경 가려고 한다.

꾸부정   자… 잠시만요. 왜 들키지 말라는 거죠? 더 늦기 전에 말
          해야 하지 않을까요?

안경   순진하시군요. 솔직하게 말하면 가족들이 위로라도 해 줄
          것 같습니까?

꾸부정   그래도 가족이잖습니까!

안경   가족이기에 더욱 당신에 대한 기대가 클 겁니다. 기대가
          크면 실망도 큰 법! 우선 아내의 반응은 이렇겠죠. (아내
          의 목소리를 흉내 낸다) 여봇! 앞으로 어쩔 거예요? 곧 취
          직될 거라구요? 걱정 말라구요? 그런 태평한 소리나 할
          거예요? 요즘 시대가 어떤지 몰라요? 절대 이렇게 못살아
          요! 우리, 이혼해욧! (자신의 원래 목소리로) 그뿐인가요?
          첫째도 가만있지는 않을 겁니다. (아들의 흉내를 낸다) 아
          빠! 실망이야! 나 이제 대학도 못가는 거야? 하고 싶은 게
          얼마나 많은지 알아? 이게 다 아빠 때문이야. 아빠가 내
          미래를 망친거야! (다시 자신의 원래 목소리로) 늦둥이 어
          린 막내는 도대체 무슨 수로 이해시키죠? (유치원생을 흉
          내 낸다) 아빠, 아빠! 미미 인형 새 옷 입혀야 되요. 사주
          세요. 아빠, 사주세요~! 아아아아앙~~~~ 사줘요! 부엌
          세트랑 궁전도 사줘요! 미미의 화려한 외출~~! 아빠 미
          워! 아아아아앙~~~~~~! (잠시 자신의 연기에 흠뻑 빠
          져 침울해 한다)

꾸부정도 안경의 말을 듣다가 점점 심각해진다.

안경	이래도 솔직하게 말해야 한다고 생각하십니까?
꾸부정	아뇨! 취직될 때까진 말할 수 없겠군요….
안경	그럼, 건투를 빕니다! (안경만의 특이한 동작을 취하며) 파이팅! 힘 빠지면, 돈 든다!

안경 가려고 한다.

꾸부정	잠깐만요, 당신도 잘렸습니까?
안경	(괴로운 신음) 음… 1년이 넘었습니다.
꾸부정	1년이나? 그럼 이미 들키셨겠네요.
안경	천만에요.
꾸부정	아직도 안 들켰나요? 어떻게요?
안경	(시계를 보며) 이런, 더 늦으면 어색합니다. 그럼 이만.

안경 다시 가려고 한다.

꾸부정	(안경 앞을 막아서며) 가르쳐 주십시오! 어떻게 안 들킬 수 있었나요? 네?
안경	이러시면 곤란합니다. 더 늦으면 의심 받습니다. 퇴근하고 도착하기에 딱 적절한 시간이 바로 지금이란 말입니다!
꾸부정	(바짓가랑이에 매달리며) 제발요, 제발. 이렇게 빕니다. 가족이 깨지는 걸 그냥 볼 순 없어요. 조금이라도, 일분일초라도 더 웃게 해주고 싶습니다. 스승님으로 모실게요!

안경 바짓가랑이에 매달린 꾸부정을 내려다보다 한숨을 크게 쉰다.

안경　　(시계를 들여다본다) 할 수 없군요. 이럴 때는 회식을 한
　　　　것처럼 아예 늦게 들어가는 게 좋은 방법이죠. (전화를 건
　　　　다) 나야, 별일 없지? (사이) 부장님이 딱 한잔만 하자고
　　　　하시네. (사이) 당신도 알잖아 부장님이 회사일 힘들면 나
　　　　한테 털어놓는 거. (사이) 그래, 조금만 마실게. 있다 봐.
　　　　(전화 끊자마자 가방에서 반병 정도 남은 소주를 꺼내 한
　　　　모금 마신다) 회식이라고 했기 때문에 입에서 술 냄새가
　　　　나야 됩니다. (오징어 다리를 꺼내 우물우물 씹는다) 술
　　　　냄새만 나면 이상하니까요. 자, 그럼, 시작해 볼까요?

꾸부정　(기쁨) 저…정말이십니까?

안경　　시간이 없으니까 단기 속성반으로 학습을 하죠. 정신 똑
　　　　바로 차리세요.

꾸부정　(차렷 자세로) 옛!

안경　　가장 중요한 것은, 변화입니다.

꾸부정　변화?

안경　　많은 해고자들이 그 사실을 숨기려고 하지만 대부분 들킵
　　　　니다. 왜일까요? 자기도 모르는 사이에 행동의 변화가 생
　　　　겼기 때문입니다. 한숨을 쉰다든가, 밥 먹다가 숟가락을
　　　　멈추고 한참을 멍하니 있는다든가, 밤이 깊도록 식탁에서
　　　　소주를 마신다든가 이런 변화들이 해고를 들키는 가장 큰
　　　　이유죠.

꾸부정　(감탄) 그렇군요.

안경　　변화되지 않는 것. 일상적인 평범함을 유지하는 것. 이게

가장 중요합니다.

꾸부정   (감탄의 연속) 으음….

안경   자, 실전훈련을 해보죠. 이 놀이터가 집이고 제가 부인이라고 설정을 해봅시다. 선생은 회사 일을 마치고 막 퇴근한 상탭니다. 바깥에서 벨을 눌러보세요. (꾸부정이 멍하니 있자) 시간 없습니다. 빨리.

꾸부정   (얼떨결에) 예… 옛! (바깥으로 달려 나가) 띵동!

안경   (부인 흉내) 당신 왔어? 밥은?

꾸부정   (안경을 한참 바라보다가) 풉….

안경   ….

꾸부정   죄… 죄송합니다. 제대로 하겠습니다. 띵동!

안경   당신 왔어? 밥은?

꾸부정   아, 먹었어.

안경   (손을 잡으며) 고생 많았지?

꾸부정   … 흐흑. (흐느낀다)

안경   뭡니까? 왜 울죠?

꾸부정   (흐느끼며) 집사람이 손을 잡아주니까 갑자기 미안한 마음이….

안경   어허, 이러니까 들키는 겁니다. 마음을 강하게 먹으세요.

꾸부정   네…넷! 강하게! 다시 하겠습니다. 띵동!

안경   당신 왔어? 밥은?

꾸부정   (과장되게) 밥? 먹었지! 아주 많이!

안경   (손을 잡으며) 별일은 없었어?

꾸부정   (더더욱 과장되게) 별일은 무슨, 평소랑 또오오옥 같았어 하하하하!

안경	잠깐, 왜 이렇게 들떠 있죠? 회사에서 좋은 일이 있었나 요? 월급날입니까?
꾸부정	아니요… 별일 없었는데….
안경	그런데 왜 그렇게 오버를 합니까? 그렇게 오버하면 진짜 별일이 있는 것처럼 보이잖아요?
꾸부정	아…거기까지는 차마.
안경	자, 눈을 감으세요. 상상을 해봅시다. 여느 날과 마찬가지 로 평범하고 반복적인 회사의 하루, 위에서 눌리고 밑에 서 치이고 정리해고의 소문이 뒤숭숭하게 들려오고, 선 생은 그 틈바구니에서 간신히 하루를 버티고 퇴근을 합니 다. 그 상황에서 초인종을 누릅니다. 띵동! (부인 목소리) 당신 왔어? 별일 없었지?
꾸부정	(상상하다가 정말 지친 듯, 무심하게) 뭐, 똑같지 뭐.
안경	나이스! 그겁니다! 하니까 되잖아요?
꾸부정	아? 정말? 정말 되네?

환호하는 꾸부정. 대견한 듯 지켜보는 안경. 이때 경비할아버지가 등장하 다가 둘의 모습에 구석으로 몸을 숨기고 쳐다본다.

안경	(느닷없이) 당신 왔어? 별일은?
꾸부정	(재빨리) 뭐, 똑같지 뭐.

하이파이브

안경	당신 왔어? 별일은?

꾸부정	(능숙하게) 뭐, 똑같지 뭐.

엄지손가락을 치켜드는 안경. 안경을 부둥켜안는 꾸부정. 안경이 꾸부정의 등을 토닥여 준다.

안경	자, 어느새 시간이 이렇게나 지났군요. 다음에 만나면 좀 더 진도를 나가도록 하죠.
꾸부정	네, 감사합니다.

두 사람 가방을 챙겨 들어가려다 감격에 겨운 꾸부정이 한 번 더 안경을 뒤에서 껴안는다. 그리고 퇴장하다가 지켜보던 경비 할아버지를 발견하고는 엉거주춤 인사하고, 둘이 모르는 사이인 척 각자 반대편으로 퇴장한다. 할아버지가 주춤주춤 무대 앞으로 나선다.

경비 할아버지	저, 17층 아저씨 둘, 둘이 방금 뭐, 뭐 한 거지? (갸우뚱 거리며 따라한다) "당신 왔어? 다음번엔 진도를 더 나가죠…?" 여보 당신 할 때 그, 당신? (도리질 치며) 아무리 말세라지만 멀쩡한 사내놈 둘이서 무슨 짓이야! 안사람들 있고 새끼들도 줄줄이 딸린 가장 둘이서 이게 무슨 사단이야. 자식들은 어쩌라고! 안사람들은 알고 있을까? 알았으면 저리 조용할 리가 없지! 이런, 난 인정 못해. 게다가 저 안경잽이가 여자역할이라니. 으흑. 못 볼꼴을 봤어! 이 일을 어쩌면 좋지? 어쩌면 좋아…. (괴로워한다)

이때 오지랖 아줌마가 등장한다. 경비실 둘러보다가 놀이터에 경비할아

버지가 있는 걸 발견하고 다가온다.

오지랖 아줌마　저기요~ 경비실 비우고 여기 와 계시면 어떻게 해요. 우리 층 복도에서 누가 또 담배를 피웠다구요. 순찰 좀 안 돌아 보실 거예요?

경비 할아버지　(버럭 화를 내며) 아! 알았어요. 거 순찰 돌면 될 것 아닌가? 사람이 이리 괴로워하고 있으면 못 본 척 지나갈 줄도 알아야지!

오지랖 아줌마　아니, 왜 맨날 나한테 화를 내요? 내가 뭘 그리 잘못했다구?

경비 할아버지　사람 마음을 몰라주잖아요! 사람 마음! 응? 내가 지금 이리 괴로워하고 있다니까!

경비 할아버지 휙 돌아 경비실 안으로 들어가 버린다. 남겨진 오지랖 아줌마 어이없어 하다가 아차하고 드는 생각에 관객에게 다가와 혼잣말을 한다.

오지랖 아줌마　가만…. 사람 마음? 혹시…. 저 영감님이 날? 응? (관객에게) 그런 것 같죠? (호들갑 떨며) 어머나~ 세상에, 늙어도 보는 눈은 있어 가지구~ 오호호호호~

오지랖 아줌마의 쑥스러운 듯, 황당한 듯한 웃음과 중얼거림 속에 음악 흐르고 암전.

6장 아빠들의 면접

면접관 두 명이 높은 의자 위에 앉아 있다. 무대 앞 쪽엔 빈 의자 두 개가 탑 조명 속에 놓여 있다.

면접관1, 2   (친절한 목소리) 다음 지원자 들어오세요.

안경과 꾸부정이 들어와 관객을 보고 앉는다. 기대에 찬 안경과 꾸부정. 두 사람이 자리에 앉자마자 면접관들이 서류를 거칠게 넘겨보며 너무나 사무적인 말투로 질문을 툭툭 던진다.

면접관1   278번 지원자, 중소기업 차장이라…. 대학도 지방대 나오셨네요.

꾸부정   네! 중소기업이지만, 내실 있는 튼튼한 회사였습니다.

면접관1   차장으로 오래 있다가 퇴사하셨네요? 정리해고 당하신 거죠?

꾸부정   아, 아닙니다. 좀 더 큰일을 해보고 싶어서 그만 둔 겁니다!

면접관1   큰일을 해보고 싶다라…. 요즘 같은 경기에 꿈같은 소릴 하시네요.

꾸부정   아, 아닙니다! 목표를 높게 가져야 발전할 수 있다고 생각합니다!

면접관1   뭐, 일단 알았구요~

면접관2   124번 지원자, 대기업 부장으로 근무하셨고… 근데, 퇴사한 지 1년이 넘었네요?

안경　네! 실력을 발휘할 회사를 찾아 계속 도전하고 있습니다.

면접관2　면접만 자꾸 본다고 취업이 되나요?

안경　딱 맞는 회사를 못 찾았을 뿐입니다.

면접관2　희망 연봉 적어 내신 걸 보니까 재취업 어렵겠는데요?

안경　아, 그건 어디까지나 희망 연봉이고, 당연히 회사 측과 조정을 할 생각입니다.

면접관2　조정이라… 글쎄요.

면접관1　후배한테 밀렸죠? 후배는 부장으로 승진했네요.

꾸부정　그게 아니라, 후배의 능력과 가능성을 제가 발견하고….

면접관1　다른 사람 가능성은 발견해서 뭐합니까?

꾸부정　서로 도우며 지내야 능률도 오르고….

면접관1　아, 됐습니다. 능률은 경쟁해야 오르는 거죠.

안경　부장급으로 대우 받겠다는 건 아니구요, 그저 일할 기회만 다시 주신다면….

면접관2　이쪽 일 다시 하기엔 너무 오래 쉬셨습니다. 스펙만 좋으면 뭐합니까?

안경　아닙니다! 전 아직 일할 수 있어요! 일을 주십시오!

면접관2　그러니까, 다른 일을 찾아보시라는 거죠.

꾸부정　저도 경쟁에서 이길 수 있습니다!

면접관1　그러시겠죠. 하지만, 워낙 스펙이 부족하신데다 경력도 저희 회사와는 맞지가 않아요.

꾸부정　열심히 배우겠습니다. 신입 사원보다 더 열심히 일할 거구요!

면접관1　회사가 교육센터나 봉사단체는 아니거든요. 아! 아예 그런 쪽으로 알아보세요.

안경   한 가지만 더 질문해 주시면 안 될까요?

꾸부정   다른 질문을 해 주세요. 제 능력을 보여드릴게요.

면접관1   (친절한 말투로) 네, 충분히 들었습니다. 결과는 이메일과
             전화로 수일 내에 알려드릴 겁니다.

면접관2   (친절한 말투로) 혹시 이번에 저희와 같이 일하지 못하시
             더라도 너무 실망하지 마시기 바랍니다.

면접관1,2   다음 지원자 들어오세요!

면접관 쪽 조명이 확 꺼진다. 음악이 서서히 흐르고 안경과 꾸부정에게
비추던 조명이 어두워진다. 어깨를 축 늘어뜨린 두 사람 천천히 일어나
고개를 떨군다. 음악 흐르는 가운데 그들의 고개 숙인 모습이 실루엣으로
남는다. 암전.

7장 아빠의 실직을 알게 되는 아이들

무대 양편에서 오빠(고3)와 여동생이 각자 시간을 보내고 있다.

막내딸   오늘은 미미 옷 좀 갈아입혀야지~ (컴퓨터를 켠다)

오빠   아~ 재밌는 건 하나도 안 해. TV에서 보여주는 게 없어.
             (짜증내며 TV 끄고 방으로 들어온다)

막내딸   (즐겁게) 미미야~ 이 옷은 어때? 이 옷도 입혀 볼까?

오빠   야! 너 안 비켜? 비밀 번호는 어떻게 풀었어?

막내딸   비밀번호? 흥~ 아직도 이거야? 폭풍개간지…. 순 겉멋만

들어가지구~

오빠	너, 설마 뭘 뒤져본 건 아니지?
막내딸	뭘 뒤져봐? C드라이버 '야인시대' 폴더?
오빠	야! 너 혹시 다 본 거야?
막내딸	내가 뭘 봤을까봐 걱정인데? 동양화? 서양화?
오빠	비켜, 비키라구!
막내딸	비킬게. 대신, 5천원! (손 내민다)
오빠	그런 돈이 어딨어? 나 천 원이 없어서 중앙고에서 댓거리까지 걸어왔다구.
막내딸	그래? (갑자기 방 밖을 향해 큰 소리로 부른다) 엄마~
오빠	(다급하게) 천원!
막내딸	천원? (다시 방밖으로 소리친다) 아빠~
오빠	이천 원!
막내딸	삼천 원 아래론 안 돼.
오빠	(어쩔 수 없이 주머니를 뒤져 돈을 꺼내 준다) 엄마, 아빠한테 말하기만 해봐.
막내딸	(자리 비키며 한심하다는 듯이) 이런 거 그만 보고 공부나 좀 해 오빠. 여자들은 이런 거 보는 남자 안 좋아해. 애냐? 아직도 이런 거나 보게.

삼천 원을 세어 보며 기분 좋게 방 밖으로 퇴장하는 막내딸. 컴퓨터 앞에 급하게 앉아 비밀 번호 바꾸는 오빠.

| 오빠 | 아~ 씨, 폭풍개간지 만큼 나한테 더 어울리는 비번이 없는데…. 뭘로 바꾸지? |

이때 파마의 전화벨이 울리고 고뇌하는 오빠 뒤쪽 한 편에 파마가 자연스럽게 들어와 전화를 받는다.

파마	여보세요?
선생님	(파마의 반대편 쪽에 등장하며) 여보세요? 도형이 어머님 되시죠?
파마	네.
선생님	저 학교 담임입니다. 잠시 통화 괜찮으세요?
파마	네, 선생님. 안녕하세요? 제가 먼저 전화를 드렸어야 하는 건데….
선생님	아니에요. 그나저나 도형이랑 대학 얘기는 좀 해 보셨어요?
파마	아요. 아직은….
선생님	녀석이 사립대학이라도 상관없다고 점수 맞춰서 아무 데나 간다는데, 그렇게 원서를 쓸 수는 없어서요.
파마	우리 도형이가 그랬어요? 이노무 시키….

비밀번호를 고민하던 아들의 목소리 갑자기 끼어든다.

아들	(이상한 동작을 하며) 미녀 킬러! 이건 아닌가? (다시 고민한다)
선생님	아무 과나 입학만 하면 집에서 유학도 보내 줄 거라고도 하던데요.
파마	유학이요? 아니에요, 선생님.

아들	(다시 끼어드는 목소리) 원빈 동생~ (얼굴을 쓰다듬는다) 이것도 아닌가? (다시 고민)
선생님	사실, 도형이 성적이 4년제 가기도 힘들어요….
파마	네? 그럴 리가요? 그동안 학원도 보내고 과외도 시키고 그랬어요.
선생님	집에서도 신경 좀 써주세요.
파마	네….
선생님	저, 수시 붙으면 바로 면허 따서 차도 살 거라던데, 그것도 아닌 거죠?
파마	그런 말도 했어요? 아니에요 선생님….
아들	(다시 끼어드는 목소리) 진격의 드라이버!(한껏 폼을 잡으며 운전하는 동작을 한다) 이거 좋네! 좋았어~ (아이디를 바꾸는 아들)
선생님	그럼, 도형이랑 얘기 좀 나눠봐 주세요.
파마	네, 수고하세요, 선생님.

선생님 자연스럽게 무대 밖으로 나간다. 엄마 한숨을 크게 쉬고는 아들 방으로 간다.

파마	(방문 두드리며 문을 열고 들여다본다) 아들, 컴퓨터 해?
아들	어, 이제 끌려고. (컴퓨터를 급히 끈 뒤 핸드폰을 들고 바닥에 벌렁 드러눕는다)
파마	엄마랑 잠깐 이야기 좀 할래? (옆에 앉으며) 엄마가 다 들었어….
아들	(흠칫 놀라서 벌떡 일어나 앉는다) 뭘 들었데? (혼잣말로)

지혜	이게 말하지 말라니까….
파마	그래, 너랑 벌써 이런 이야기를 나눌 나이가 됐나보다.
아들	뭐? 무슨 나이! 무슨 이야기를 하자고? 아, 됐어. 내가 알 아서 해, 쫌.
파마	알아서 할 게 아니라, 이런 중요한 일은 어른들과 상의하 고 배울 점은 배워야 해. 예전에 엄마는 말이야….
아들	아, 뭐래! 엄마 미쳤어? 쫌!
파마	다 이해해, 그렇게 친구들 하는 거 보고 듣고 그러다 보면 너도 '좋은대' 가고 싶겠지.
아들	좋은 데가 어딨노! 그만 해라 엄마. 이제 안 볼게.
파마	보긴 봐야지. 근데 엄마, 아빠도 같이 봐야지. 이제부턴 혼자 보지 말고 엄마랑 아빠랑 꼭 같이 보는 거야!
아들	(거의 울먹이며) 엄마, 이젠 진짜 안 그럴게요. '야인시대' 도 다 지울게.
파마	야인시대? 그런 대학도 있어?
아들	엄마, 쫌.
파마	사실은 선생님께서 전화하셨어. 네 걱정 많이 하시더라.
아들	뭐? 우리 반 담임도 알아?
파마	당연히 아시지.
아들	아씨~ 내가 미쳐!
파마	왜 미쳐?
아들	쪽팔려서 담임을 어떻게 봐!
파마	부끄러워하지 마. 그런 건 원래 선생님이 더 잘 아셔~
아들	아씨~ 난 이제 학교 못 가!
파마	왜 그래? 네가 먼저 사립대학이나 유학 얘기까지 했다면

서.

아들   응? 사립? 유학?

파마   그래.

아들   아…. 그러니까…. 야인시대 말고, 대학 이야기였어?

파마   그럼 뭐?

아들   아, 아니야. 나도 대학 얘기였어.

파마   그래서 말인데, 우리 아들 공부는 안 할 거야?

아들   난 또…. (다시 벌렁 드러눕는다) 나 지금 공부하는 거야.
         취업하려면 정보가 많아야 하잖아~ 그래서 지금 인터넷
         으로 찾는 중이라고!

파마   그러지 말고 공부 좀 해. 사람은 자기 적성에 맞는 일을
         찾아야 하는 거야.

아들   대기업 사장이 내 적성에 딱 맞는 것 같아!

파마   대기업 사장은 아무나 되니?

아들   안 돼? 아~ 왜? 그럼 가게나 하나 차려줘. 아빠 퇴직금
         많이 받을 거 아냐!

파마   그게 무슨 소리야. 그러지 말고, 네 미래를 생각해서 신중
         하게…. (아들이 만지고 있는 핸드폰이 최신형임을 알아
         챈다) 근데, 너 이 핸드폰은 뭐야? 얼마 전에 새로 사 놓
         고, 이건 또 어디서 났어?

아들   원서비 결제하라고 아빠가 카드 줬었거든. 그걸로 하나
         샀어. 이건 이 앞 거랑 차원이 완전 다르거든.

파마   뭐? 너 지금 오륙십 만 원이 우습니?

아들   아, 왜 그래? 엄마가 나한테 해 준 게 뭐 있다고 핸드폰 하
         나 갖고 난리야?

파마	뭐라고? 아빠 월급이 얼만 줄이나 아니?
아들	에이씨~ 핸드폰 땜에 엄마 아들이 기죽는 게 좋아? 애들 다 이걸로 갈아탔다고!
파마	그런 말이 아니잖아. 너 기 안 죽이려고 엄마 아빠가 얼마나 아껴서….
아들	아 몰라. 짜증나. 무슨 집이 핸드폰 하나도 맘대로 못 사? 아빠하고 얘기할 거야. 에이 씨~

아들 벌떡 일어나 방 밖으로 나가버린다. 억장이 무너지는 엄마 따라 나가며 아들 부른다.

| 파마 | 도형아! 아빠 요즘 피곤하셔. 엄마랑 얘기하자. 응? (퇴장) |

잠시 뒤 반대편으로 남고생과 안경이 등장하여 엘리베이터를 타러 간다. 아들은 엄마 흉을 보며 소리소리 지르고, 아빠는 그런 아들 앞에 당당하지 못하다.

남고생	아빠 카드잖아. 엄마 카드도 아니면서 엄마가 뭐라 하는 게 말이 돼? 집에서 살림만 하면서 엄마는 내 평생 도움이 안 돼.
안경	엄마한테 살림만 하면서가 뭐니?
남고생	아빠가 남자는 쪼잔하게 사는 거 아니라며!
안경	그래, 그랬지….
남고생	그리고, 이거 비싸지도 않아. 70만원.
안경	70?

남고생	무이자라길래 할부로 샀다고. 석 달 할부!
안경	무이자는 잘 했는데….
남고생	난 이렇게 엄마 아빠를 생각하는데, 고작 70만원 가지고 엄마가 나한테 이럴 수 있어? (손목에 찬 시계 같은 기계를 보여주며) 그래서 이건 엄마 보여주지도 않았어. 어차피 이해도 못할 거잖아.
안경	그건 또 뭐니?
남고생	여기 시계로 문자도 오고, 전화도 와. 사진도 찍을 수 있어. 신기하지? 이건 특별 행사로 50만원밖에 안 줬어. 무이자!
안경	합이 120?
남고생	응~ 싸게 샀지? 그치 아빠?

이때 반대편에서 여고생과 꾸부정이 등장한다. 여고생을 보고 갑자기 조용해지는 남고생. 꾸부정과 안경은 서로 눈빛만 주고받고는 모른 척 한다.

여고생	(조용히 고개 숙여 인사한다)
안경	그나저나 그거, 저…. 혹시 반품은 안 될까?
남고생	(낮게 목소리를 깔며) 나중에 얘기해 아빠.
안경	아빠가 더 좋은 거 사주려고 그러지….
남고생	나중에 얘기하자니까!

엘리베이터가 서고 오지랖아줌마가 탄다.

오지랖 아줌마	(쾌활하게 인사) 어머나~ 다들 안녕하세요? (남고생, 여고생을 보며) 둘이 데이트 가니?
남고생, 여고생	아니에요!
오지랖 아줌마	어머, 나 좀 봐. (둘에게 다가가 속삭인다) 아빠들 계신데 내가 눈치가 없었네.
여고생	그런 게 아니라니까요.

엘리베이터 9층에 서고 여직원이 탄다. 꾸부정을 보고는 어색하게 인사한다.

오지랖 아줌마	어머어머, 안녕 아가씨? 어디가?
여직원	그냥, 어디 좀 가요.
오지랖 아줌마	어머, 그러고 보니 같은 회사 사람들끼리 같은 엘리베이터를 탔네. 세상 좁기도 하지! 오호호호호~~
여직원	(마지못해 인사하며) 잘 지내셨어요?
꾸부정	하하하~~ 뭘, 매일 보는 사람끼리 안부를 묻고 그래? (어색하게 웃는다)
여직원	네?
오지랖 아줌마	그래도 대단하네. 요즘 다들 정리해고다 뭐다 난린데! 취직도 어려워. 12층 사는 총각같이 생긴 처녀는 대학 졸업한 지 3년인데 아직 백조야. 문제야 문제. 그죠?

안경과 꾸부정은 오지랖 아줌마의 수다에 안절부절 못한다. 엘리베이터가 선다. 딩동~

꾸부정	미스 송, 난 뭐 살 게 좀 있어서 먼저 갈게. 내일 회사에서 봐.
안경	이런! 나두 급한 일이 생각났네!

꾸부정과 안경 다급하게 퇴장하면서 딸, 아들과 인사도 제대로 못한다. 남고생은 여고생 눈치를 보고 있고, 여고생은 아빠를 부르려다 부르지 못한다. 다들 엘리베이터에서 내린다.

여직원	(혼잣말로) 다른 데 취직되셨나?
오지랖 아줌마	(가려는 여직원을 붙들고) 그게 무슨 소리야?
여직원	얼마 전에 정리해고 되셨거든요.
오지랖 아줌마	내일 회사에서 보자고 말하던데?
여직원	글쎄요….아직 집에 말씀을 못하신 게 아닐까요?
오지랖 아줌마	(호들갑 떨면서) 어머나, 어머나 세상에. 잘린 걸 집에 말 안 하면 어쩐데~ 저 안경잽이 아저씨도 잘린 지 1년이 넘었잖아. 근데도 아침마다 출근하는 척 하더라구. 집에선 아는지 몰라~
여직원	그럼, 저는 먼저…. (퇴장한다)
오지랖 아줌마	아유~ 이집 저집 다들 난리네, 난리! (따라서 퇴장한다)

뒤에 남아서 이야기를 듣고 있던 여고생과 남고생. 여고생은 곰곰이 생각에 잠겨 있다.

남고생	(흥분해서는) 들었냐? 너네 아빠 잘렸대. 우리 아빤 잘린 지 1년도 넘었대!

여고생	(차분하게) 나도 들었어. 조용히 좀 해봐.
남고생	1년이나 속인 거야? 엄마는 이런 것도 모르고 뭐한 거야?
여고생	아마 아실 거야.
남고생	우리 엄마가 안다고?
여고생	1년이나 모르실 리 없어. 우리 엄만 아직 모르겠지만….
남고생	아~씨. 이제 어떻게 하나?
여고생	(긴 한숨을 쉬고 뭐가 결심을 한 듯하다) 너도 모른 척 해.
남고생	뭐?
여고생	1년이나 숨기셨잖아. 네가 모르길 바라시는 걸 거야. 우리가 할 수 있는 일은 별루 없어. 그냥, 돈 쓸 일을 안 만들어야지.
남고생	돈 안 쓰고 어떻게 살아!
여고생	생각보다 쉬워. 일단, 걸어 다닌다고 해. 학교도 가깝잖아.
남고생	나 애들이랑 택시 타고 다녔단 말이야.
여고생	다이어트 한다고 해. 그럼 매점 갈 때도 빠질 수 있을 거야.
남고생	매점…. 에이 씨. 병팔이 거 뺏어 먹어야 하나….
여고생	학원도 끊어. EBS 동영상 강의 듣는다고 하고.
남고생	그건 쉽네~ 나 원래 공부 안 해.
여고생	교재도 빌려 보고, 꼭 사야할 책이 있으면, 헌혈도 괜찮겠다. 문화 상품권 주잖아.
남고생	책? 그것도 안사도 돼. 근데, 문상 말고 다른 건 안 주냐?
여고생	빵이랑 우유도 줄 걸.

남고생	오예~ 그게 더 좋은데? 역시 너 가포고라 머리가 좋긴 하구나. 아는 게 왜 이리 많냐?
여고생	뭐?
남고생	맞다! 친구들이 놀자고 하면 어떻게 하냐? PC방도 가줘야 한다고!
여고생	과외 하느라 바쁘다고 해.
남고생	과외 땜에 PC방을 짼다고? 그걸 누가 믿어 주냐? 너라면 믿겠냐?
여고생	그럼 연애하느라 바쁘다고 하든지!
남고생	응? 연애?

잠시 둘 사이 어색한 분위기 흐른다.

남고생	(어색한 분위기를 일부러 깨며) 아끼는 거 말고 돈 벌 방법은 없냐? 아끼기만 해서 어떻게 살아?
여고생	그런 건 네가 지금부터 고민해 봐.
남고생	아! 게임 아이템을 팔아볼까? 아~ 아까운데…. 맞다! 야인시대 파일을 CD로 구워서 팔아 봐?
여고생	야인 시대?
남고생	응? 아무 것도 아냐~
여고생	암튼, 힘내. 난 먼저 간다. (퇴장하다가 멈칫. 뒤돌아보며) 다른 것보다 대학 먼저 고민해 봐야 하지 않을까? 가장 큰 돈 드는 게 대학이잖아. 잘 생각해봐. (다시 돌아 퇴장한다)
남고생	대학? (신형 핸드폰을 보며) 아이씨…. 왜 잘리고 난리야!

(객석을 보며 머리 벅벅 긁는다)

조명 아웃.

8장 일용직 아빠들

음악이 잦아들면서 엘리베이터 정지하는 소리 딩동~ 경쾌하게 들린다.
엘리베이터1에 불이 켜진다. 엘리베이터 소리 딩동~ 전체 조명 켜지며
단발이 전화 통화를 하면서 등장한다. 아파트 집 안이다. 여고생도 곧 따
라 등장하다가 엄마의 전화 통화를 듣는다.

단발	네, 그럼 내일 백화점 갈 때 다시 연락해요. 네~
여고생	다녀왔어요. 엄마, 또 백화점 가?
단발	응~ 빈이 해외 탐방 보낼 때 입힐 옷 좀 사려구. 이참에 엄마도 좀 사구.

단발 거울에 이 옷 저 옷 대보고 있다.(관객의 옷을 벗겨서 입어도~~) 여
고생은 그걸 보며 화가 나지만 마음을 진정시키는 중이다.

여고생	새 옷을 또 왜 사? 옷 많잖아.
단발	우리 빈이 얼굴은 귀공자 스타일인데, 옷이 후지면 다른 애들 앞에서 기 죽어. 참, 너 수능 치고 일주일만 아빠 밥 챙겨 드릴 수 있지?
여고생	엄마도 가려고? 엄마가 거길 왜 따라가!

이때 꾸부정이 퇴근하여 등장한다.

꾸부정	나 왔어. 아이구~ 우리 딸도 있었네.
단발	어, 당신 왔어? 밥은?
꾸부정	응, 먹었어.
단발	별일은?
꾸부정	뭐, 똑같지 뭐.

단발은 계속 옷을 거울에 비춰보고, 모자도 써 본다. 꾸부정은 무심히 아내와 대화하며 넥타이를 풀어 딸에게 준다. 여고생은 아빠의 옷과 넥타이, 가방 등을 받아 준다.

단발	여보, 여보. 이 옷 좀 봐. 유행이 너무 지나서 안 예쁘지? 나 내일 백화점 가서 옷 좀 살게. 빈이 것두!
꾸부정	당신은 뭘 입어도 예뻐. 빈이는 쑥쑥 커서 옷도 얼마 못 입을 텐데… 근데 백화점은 왜 가려고?
단발	다음 주에 빈이 해외탐방 갈 때 입을 옷 좀 사려구요. 우리 빈이 첫 해외여행이니까 기분 좀 내야죠?
꾸부정	해외탐방? 그거 보내기로 했었어, 우리?
단발	아이 참, 당신도… 저번에 전화했었잖아요, (재잘재잘) 내년에 빈이 학교입학하면 시간 오래 못 빼니까 올해가 마, 지, 막, 기회잖아요.
꾸부정	(어찌할 바를 모르다가)…여보, 그거… 내년에 보내면 안 될까?
여고생	그래, 엄마. 그렇게 해요 나도 내년에 같이 가면….

단발	어머, 그거 좋다! 그래~ 이번에 너도 같이 가자. 그게 싸겠다. 나 딸이랑 해외여행 너무 해보고 싶었어. 여보, 근데 당신 혼자 밥 챙겨먹을 수 있겠어요?
여고생	엄마!
꾸부정	아니… 올해는… 당신이랑 애들만 보내기도 불안하고, 아무래도 좀… 내년에 가자.(타이르듯)
단발	(설득하려다가) 어머, 왜요~ 뭐가 불안한데. (퍼뜩) 잠깐, 지금 당신, 내가 못 미더워요? 나 못 믿겠어서 이래?
꾸부정	여보 그런 게 아니라….
단발	아니긴 뭐가 아냐. 아님 혹시 나랑 애들한테 돈 쓰는 게 아까워요? 그런 거예요?
꾸부정	(우물쭈물)….
여고생	엄마, 아빠는 그런 말을 하는 게 아니라….
단발	넌 방에 들어가 있어! 그리고 보니 당신 요새 이상해~ 변했어.
꾸부정	(짜증) 당신 자꾸, 내가 뭘 변했다고 그래?
단발	어머, 당신 지금 나한테 짜증낸 거예요? 이거 봐, 이거 봐. 변했다니까 요새 아침마다 얼굴도 안 쳐다보고 쌩하니 나가고, 회사가면 전화도 잘 안 받고, 당신 요새 왜 그러는데? 이상한 게 진짜 한두 가지가 아니네? 당신, 혹시 다른 여자 생겼어요? 말해 봐요!
여고생	엄마 진짜, 이제 그만해!

꾸부정 계속 안절부절 못하는 눈치다. 결국 전화를 받는 척한다.

꾸부정	아, 여보세요? 부장님! 지금요? 네, 알았습니다.
단발	무슨 전화데?
꾸부정	(급히 다시 윗옷을 챙기며) 부장님이 찾으시네. 나 나갔다 올게.
여고생	아빠! 어디 가려구요? 그냥 집에 계세요.
꾸부정	응, 금방 올게.
여고생	날도 춥잖아요!
단발	여보~ 어디가요, 말하다 말고! 정말 저이가.

꾸부정은 서둘러 퇴장하고, 단발은 짐을 마저 챙겨서 방에 두고 온다.

여고생	아빠 어디 가려구요~~ (아빠가 결국 퇴장하고 나자 화가 난다) 엄마, 여행 가지 마. 옷도 사지 마! 아빠가 지금 어떤 줄이나 알아?
단발	아… 빠? 아빠가 왜?
여고생	아빠가 얼마나 번다고 이래? 엄만 왜 맨날 그렇게 아무 것도 몰라?
단발	엄마가 모르긴 뭘 몰라?
여고생	요즘처럼 아빠가 힘들 땐 눈치라도 채야 하는 거 아냐?
단발	왜 그래? 아빠가 힘들 때라니? 무슨 말이야?
여고생	아빠 잘렸어. 회사에서 잘렸다구. 정말 아무 눈치도 못 챘어?
단발	잘리다니? 아빠 오늘 아침에도 출근하셨잖아. 방금도…
여고생	출근한 게 아냐. 매일 출근하는 척 했던 거라고. 아빠 갈 데도 없어. 아빠가 이 추운 날씨에 매일 어디로 나가는지

엄만, 생각이나 해 봤어?

단발 아냐, 몰랐어. 딸, 엄마 정말 몰랐어. (딸을 잡는다)

여고생 (잡힌 손 뿌리치며)그래, 계속 모르는 걸로 해! 아빠 지금
     온힘을 다해 괜찮은 척 하고 있으니까!

여고생 퇴장한다. 단발 딸을 부르며 따라 퇴장. 무대 반대편에서 한 손에
비닐봉지와 양복 가방을 든 안경이 등장해서 놀이터 벤치에 털썩 앉는다.
양복이 아니라 작업복을 입고 있다. 집에서 나온 꾸부정 역시 비닐봉지를
들고 추위에 떨며 놀이터로 들어서다가 앉아 있는 안경을 본다.

꾸부정 스승님!

안경   아! 마침 잘 만났어요.

꾸부정 그 옷은?

안경   아르바이트 삼아 공사판에서 일 좀 했습니다. 놀면 뭐하
     겠습니까? (손에 든 양복 가방을 보여 주며) 물론, 옷은 아
     침에 나올 때의 모습으로 갈아입고 들어갈 겁니다.

꾸부정 (비닐봉지의 소주병을 들어 보이며) 저어…. 한 잔 같이
     하실래요?

안경   (비닐봉지의 소주병을 보이며) 소주 좋지요.

꾸부정 퇴근했다가 다시 부장님께 불려 나온 컨셉이라….

안경   나도 오늘은 회식으로 피곤한 컨셉입니다. 하하하~ 오늘
     은 특별히 (오징어 다리 네 개를 꺼내며) 안주도 사치스럽
     게 무려 두 개씩 어때요?

소주병을 주거니 받거니 하며 맛있게 소주를 마시는 두 남자.

안경	어떤 사람들은 백 번이 넘게 면접을 보기도 한다더군요.
꾸부정	대단하군요!
안경	대단하긴요···. 이쯤 되니 면접이 무섭고, 징글징글하게 느껴집니다. (깊은 한숨을 쉰다)
꾸부정	네?
안경	아···. 그럴 것 같다는 거죠! 걱정 마십시오. 백 번 넘게 면접 볼 일은 절대로 없을 겁니다.
꾸부정	아유~ 생각도 하기 싫습니다.
안경	당장 급한 돈은 이렇게 구하고 있지만, 절대 재취업을 포기하면 안 됩니다.
꾸부정	그럴 리가 있겠습니까?

두 사람 다시 소주잔을 채운다.

안경	잘리고서 두 번째 겨울이군요.
꾸부정	추우니까 집 나오면 어디로 가야할지 갈수록 막막합니다.
안경	(잔을 부딪치며) 내일 하루도 시간을 잘~ 때우십시오.
꾸부정	네, 스승님도 잘 보내십시오.
안경, 꾸부정	(구호를 외치듯 마주보고 동시에 외친다) 감기 조심! 아프면 돈 든다!

서로 마주보고 고개를 끄덕이며 웃고는 마지막 잔을 비우는 두 사람. 무대 반대편에 외투를 입은 단발이 나와서 남편을 찾는다. 남편에게 전화 거는 단발.

꾸부정	(안경에게) 아, 잠시….

안경 마음 놓고 받으라는 듯 고개를 끄덕여 준다.

꾸부정	여보세요?
단발	여보? 어디야?
꾸부정	어… 어… 어디냐고? (과장된 말투로) 어디긴~ 회사 앞이지!
단발	회사 앞? 언제 들어와요? 날도 추운데…
꾸부정	어어, 알았어 얼른 들어갈게! 끊어~ (전화를 끊고, 안도의 한숨을 내쉬며) 들킬 뻔 했습니다. 스승님.
안경	자, 너무 추우니 이만 옷을 갈아입으러 갈까요?

꾸부정과 안경 소주잔을 마저 챙겨서 퇴장한다.

단발	(끊긴 전화를 들고) 당신 정말 회사 맞아? (울먹인다) 어디 간 건데? 어디 있는데? (흐느낀다) 왜 나한테 말을 안 해…. 난 왜 이렇게 바보 같지…. 미안해….

단발 울음을 참지 못하고 주저앉아 서럽게 흐느낀다. 조명 서서히 어두워지고 음악 흐른다.

9장 고3들의 선택

음악이 잦아들면서 가운데 탑 조명이 하나 켜지고 스마트폰을 보며 남고생이 엘리베이터에서 그대로 무대 아래로 내려서며 등장한다. 중얼중얼 기사를 읽고 있는 남학생.

남고생	'한국 경제는 해마다 넘쳐나는 고급 인력을 다 수용하지 못하고 실업자를 쏟아내는 악순환을 겪고 있다. 이는 경제발전에 심각한….' 아 무슨 말들이 이렇게 어려워! (기사를 드래그하는 동작) '해마다 5만 명의 대졸자가 쏟아지는 가운데 그 중 20% 정도만 취업이 되고 있는 실정이다!'이게 뭐야? 대학 나와 봐야 할 것도 없다는 소리잖아! (갑자기 목소리 바꾸며) 근데 쉴 때도 스마트폰으로 이렇게 수준 높은 기사를 읽고 있다니…. 역시 나는 스마트하다니까~.
여동생(목소리)	잘못 눌렀겠지~.
남고생	저게 정말! 암튼 난 대학은 접고! 삼촌 집에 가서 장사를 배워야겠다. 못가는 게 아니라 안 가는 거라고!

무대 밖에서 파마의 목소리 들린다. (또는 뒤쪽 단 위에 단발이 등장해서 관객을 보고 이야기한다)

파마(목소리)	아들~ 엄마 심부름 좀 해 줄래?
남고생	아~씨. 왜 맨날…. (누그러든 목소리로) 알았어요. 뭐하면 되는데?
파마(목소리)	응~ 마트 좀 다녀와. 혼자 다녀 올 수 있지?
남고생	뭐야? 엄마 나 못 믿어? 뭐 사올까? 말만 해~

아빠 어디 가

파마(목소리)	식탁 위에 메모 있어.
남고생	응~ 참, 엄마! 요즘 아빠 왜 그래? 등 좀 펴고 다니라 그래! (목소리 힘 빠진다) 아빠 왠지 작아진 것 같아서…. (다시 힘찬 목소리) 다녀올게요!

남고생 무대 밖으로 퇴장한다. 곧 무대 전체가 밝아지고, 한 쪽에서 꾸부정이 터벅터벅 걸어 나와 놀이터 그네에 앉는다. 멍하니 앞을 바라보고 있는데, 뒤이어 등장하는 여고생.

여고생	(역시 멍한 표정으로 힘없이 걸어온다. 그러다 아빠 발견) 어? 아…빠? 아빠!
꾸부정	(밝은 목소리, 일어서며) 딸! 이제 왔어? 왜 이리 늦게 다녀.
여고생	근데, 아빠. 너무 오랜만에 마중 나온 거 아니에요?
꾸부정	그런가? 이거. 미안하네. 앞으론 좀 더 자주 나와야겠는걸!
여고생	아니에요, 아빠 회사일로 엄청 바쁘고 중요한 사람이잖아요!
꾸부정	(주저하며) 바쁘기는…. 사실 아빠가 요새는 좀 한가해져서….
여고생	(급히 말 돌린다) 아빠, 근데, 나 대학 말이에요.
꾸부정	대학?
여고생	그냥. 지방 국립대 가려구요.
꾸부정	아니, 왜? 엄마가 너 서울에 있는 대학도 조금만 더 하면 갈 수 있을 거라던데!

여고생	(아무렇지 않은 듯) 서울 너무 멀어요. 주말마다 오가는 거 귀찮기만 하죠 뭐. 그냥 가까운 국립대 다니면서 공무원 시험 준비할래요.
꾸부정	(의아하다는 듯) 너 인권변호사 되고 싶다면서?
여고생	그냥 사회 복지 쪽으로 갈래요. 대학 가서 다시 인권변호사 하고 싶음 그때 다시 도전해 보죠 뭐!
꾸부정	아니 그래도, 여지껏 고생한 게 얼마나 아깝….
여고생	(재빨리 말을 끊으며) 참! 아빠, 나 아빠한테 드릴 거 있어요! (목도리를 꺼내서 아빠에게 둘러준다) 짠~ 별 거 아니지만, 아빠 줄게! 추운데 일찍 들어오세요!
꾸부정	이야~ 이거 얼마 만에 딸한테 받아보는 선물이야?
여고생	난 아빠가 마중 나오는 것 보다 힘내는 게 더 좋아요!
꾸부정	아이구야~ 우리 딸한테 잘 보이려면 있는 힘, 없는 힘 다 내야겠네!
여고생	으~ 춥다. 날씨가 갑자기 더 추워진 것 같아. 그치, 아빠? 우리 빨리 들어가요.
꾸부정	그래, 감기 조심! 아프면…. (특유의 구호를 외치려다 움찔) 아니, 무조건 감기 조심해!
여고생	아빠도 감기 조심!

두 사람 팔짱 끼고 퇴장한다. 퇴장하다가 발걸음이 느려진다. 두 사람 무대를 향해 돌아서는데, 반대편에서 코러스가 들어와 인형들을 바닥에 뉘여 놓는다. 유치원생 인형, 초등학생 인형, 중학생 인형이다. 여고생이 안타까운 표정으로 인형들에게 다가간다. 어린 여고생의 목소리가 차례로 들릴 때마다 여고생은 인형 하나하나를 바로 앉혀 주고, 쓰다듬어 주고,

안아 준다. 꾸부정은 무대 뒤에서 딸의 모습을 지켜본다.

유치원생 목소리 아빠! 근데 변호사가 뭐야? 오늘 유치원에서 현태가 자기 아빠 변호사라고 막 자랑하는 거야. 그거 대단한 거야? (신나는 목소리) 우와! 진짜? 그럼 나 변호사! 그거 할래!

초등학생 목소리 아빠! 오늘 학교에서 나의 꿈 자랑 발표대회 했는데 나 1등 했어! 조회 때 대표로 상장도 받고 선생님한테는 칭찬 스티커도 받았다~ 나 빨리 변호사 됐으면 좋겠어. 공부 완전 열심히 할 거야!

중학생 목소리 아빠! 나 오늘 촛불집회 다녀왔는데, 마음 아파 죽는 줄 알았어. 아니, 세상이 어쩜 그래? 윗선에서 잘못하고, 아무 죄 없이 열심히 일한 직원들만 강제로 해고해 버리고, 부당함을 말하는 아랫사람들 말은 들어 주지도 않고…. 아빠, 나 이왕 변호사 할 거 인권변호사 하려구. 공부 진짜 열심히 할 거야. 그래서 꼭 억울한 사람들 내가 다 변호해 줄 거야. 두고 봐!

여고생 (인형 하나를 품에 꼭 안은 채로 관객을 바라보고) 아빠! 서울은 멀어서 싫어요. 사립대 나와서 로스쿨 가면 뭐해요. 요즘 거긴 스펙 쌓고 학점 관리하기도 너무 힘들대요. 그냥. 집에서 가까운 국립대 갈래요. 그게 좋아 난…. 괜찮죠? 괜찮…죠, 아…빠?

여고생의 말이 끝나자 모두의 목소리가 섞인다.

목소리들 나 변호사 할래! 공부 열심히 해야지! 억울한 사람들 내가 다 변호해 줄 거야! 나 빨리 변호사 되면 좋겠다!

여고생   (목소리들을 끊으며) 그냥 국립대 갈래요.

꾸부정이 인형들과 딸에게 다가온다. 딸의 등 뒤에서 어깨에 손을 올릴 듯 말 듯 망설이다가 결국 고개를 푹 숙인다. 조명이 서서히 어두워지며 음악 커진다.

10장 두 가족의 만남

앞 장면의 음악이 아침을 알리는 밝고 경쾌한 음악으로 바뀌면서 무대 밝아지면 경비실 앞이다. 경비할아버지는 빗자루 질을 하고 있다. 무대 뒤에서 '다녀오겠습니다!'하는 고등학생들의 목소리가 들린다. 여고생과 남고생 반대편에서 등장해 엘리베이터를 타고 1층에 도착한다. 딩동~ 엘리베이터에서 내린 둘은 가려던 방향이 달라 서로 마주치고, 서로 비켜서려 하지만 계속 같은 쪽으로 피하게 된다.

여고생   야! 어느 쪽으로 갈 거야? 빨리 정해.
남고생   나? (왼쪽 가리키며) 난 이쪽으로….

여고생 오른쪽으로 비켜 간다. 남고생 잠시 서 있다 가던 방향에서 휙 돌아 여고생 따라 나간다. 곧 이어 엘리베이터를 타고 내려오는 두 가족. 서로를 챙기고 대화하며 각각 다른 엘리베이터를 타고 있다. 딩동~ 엘리베이터에서 두 가족이 내리고 자연스럽게 인사를 나눈다.

단발	어머, 안녕하세요? 언니~
파마	(꾸부정에게) 출근하세요?
꾸부정, 안경	안녕하세요?
파마	유치원 선생님 말씀 잘 듣고!
막내딸	네~
단발	우리 아들, 잘 다녀와~
막내아들	네~
막내딸, 아들	(배꼽 인사한다) 다녀오겠습니다.
엄마, 아빠들	그래, 잘 다녀와~
막내딸, 막내 아들	(귀여운 동작으로) 사랑해요~
엄마, 아빠들	엄마도 사랑해~ 아빠도 사랑해~ 다녀 와~

엄마, 아빠들 나가는 아이들에게 손 흔들고 경비 할아버지가 이를 흐뭇하게 지켜본다.

꾸부정	가 볼게. 오늘 일찍 들어 올 거야.
단발	그래요, 추운데 일찍 들어와요. (꾸부정의 목도리를 만져준다)
파마	당신도 일찍 와요.
안경	부장님이 잡지만 않으면.
파마	부장님이 잡아도 일찍 좀 와요~
안경	알았어, 알았어!
꾸부정	가시죠~
안경	그럽시다. 운전 조심하세요! 사고 나면, 돈 듭니다~ (살짝 특유의 동작을 취한다)

꾸부정과 안경 퇴장한다. 파마와 단발은 가지고 내려온 쓰레기를 분리수거한다. 경비 할아버지는 이 모습 역시 흐뭇하게 바라보다가 객석을 향해 혼잣말을 한다.

경비 할아버지 아유~ 보기 좋네~ 저렇게 가족이 함께 아침을 여는 모습 얼마나 좋아! 이게 가족이지! 암만! 아빠, 엄마, 아이들~ 그럼! 아빠, 아빠, 아이들~이 아니구! (엄마들에게 다가간다) 가족이 힘들 때일수록 내자들이 잘 참고, 때로는 모른 척도 해 주고 그러는 거야. 그럼~ 그래야 가족이 유지가 되요. 에그…. 맘고생이 심할 텐데….

엄마들 네? 무슨 말씀이신지….

경비 할아버지 그래, 이렇게 아닌 척! 모르는 척! 괜찮은 척!

엄마들 아닌 척! 모르는 척! 괜찮은 척이요?

경비할아버지 그래! 좋아~ 아주 좋아~

이때 오지랖 아줌마가 등장해 그 모습을 지켜본다. 꽃 분홍 스카프를 두르고 빨간 립스틱까지 발랐다.

오지랖 아줌마 (할아버지 옆구리를 찌르며) 아유~ 가만 보면 은근히 자상하고 정이 많으셔~

경비 할아버지 (돌아보고 깜짝 놀란다) 아니, 그 입술이 그게 뭐요?

오지랖 아줌마 같은 아파트 사는 사람끼리, '사람 마음' 그거 좀 신경 써 드리려구요~

경비 할아버지 무슨 똥딴지같은 소리래? 에잇~ 난 순찰 돌러 가야겠네.

오지랖 아줌마 (따라가며) 아니, 왜요? 이런 색깔은 취향이 아니에요? 그럼 어떤 색을 좋아하시는데요?

경비 할아버지	아, 따라오지 마쇼.
오지랖 아줌마	같은 아파트 사는 사람끼리 말 좀 해 봐요~ 내가 잡아먹나?

두 사람의 소리 멀어지고, 잠시 어리둥절해 하던 엄마들 대화 나눈다.

단발	언니, 저…. 우리 빈이도 해외탐방 안 보내려구요.
파마	그래? 잘 생각했어. 애가 너무 어려서 기억도 못 할 거야.
단발	참! 마트 세일하던데, 장보러 안 가실래요?
파마	그래? 집 좀 치워놓고 점심 때 쯤 같이 가자.
단발	네, 그래요.
파마	일자리는 구했어?
단발	아뇨, 아직요.
파마	부업이라도 일단 시작해야 해. 그것도 요즘은 잘 없어.
단발	그래야겠어요.
파마	날이 춥네!
단발	따뜻해 질 때까지 좀 더 힘 내요~
파마	그래, 아닌 척!
단발	모르는 척!
파마와 단발	괜찮은 척! 아자!

두 사람 마주보며 웃는다. 음악 점점 커지며 암전.

2012 그 학교

강병용 / 조명이 있는 교실

고교 시절 나의 꿈은 교사가 되는 것이었다. 이후 여러 우여곡절이 있었지만 내 꿈대로 교사가 되었다. 그런데 교사가 되어 내가 본 학교는 무척이나 실망스러웠다. 아니 충격적이었다. 모든 것이 교장의 일방적 지시에 의해 결정되었으며, 그것에 대해 다른 의견을 내는 것조차 금기시되는 곳이었다. 교직에 대한 이러한 인상을 담아 만든 작품이 〈그 학교〉이다.

〈그 학교〉는 교사극단 「조명이 있는 교실」의 2001년 정기 공연 작품으로 초연되었다. 독일작가 파울 마르의 작품, 〈마법 모자〉에서 모티브를 얻어 쓴 작품이다. 파울 마르의 〈마법 모자〉는 가정 내에서의 아버지의 절대 권력을 '아버지의 모자'라는 상징적 장치를 통해 풍자한 작품이다. 이를 '교장의 지시봉'이라는 장치를 통해 교장의 일방적 지시에 의해 움직이는 학교 문화를 풍자하는 것으로 바꾼 것이다. 2012년, 〈조명이 있는 교실〉은 다시 한 번 〈그 학교〉를 공연하기로 하였다. 10년이라는 세월이 흘렀기에 제목을 〈2012 그 학교〉라 바꾸고 작품 내용도 현실에 맞게 업그레이드(?)하였다. 하지만 학생 캐릭터 몇 명만 바뀌었을 뿐 작품 속의 상황은 그대로이다. 교육현실이 변한 게 하나도 없다보니….

등장 인물

교장

유선생

김삼지

구경숙

박화영

오지선

114직원

프롤로그

무대 서서히 밝아지면 교실이 난장판이 되어 있고, 교사와 학생들 지친 모습으로 사방에 퍼져 앉아 있다.

구경숙   이게 뭐야, 교실이 엉망이야.

오지선   오늘 정말 왜 이래.

박화영   정말 웃기는 학교다. 돌아뿌겠다.

김삼지   그래도 진지는…

학생들 일제히 째려본다. 김삼지 다시 기가 죽는다. 전체, 한동안 침묵.

유선생   (갑자기) 그래. 바로 그거야

유선생   (지시봉을 향해 다가가며) 이 모든 게 바로 지시봉 때문이 야.

학생들   "뭐가요?" "지시봉이 왜요?"

유선생   잘 생각해봐. 오늘의 이 소동도 그렇고, 그동안 우리가 교 장선생님에게 꼼짝하지 못한 것도 그렇고, 모두 지시봉 때문이라니까. 지시봉을 들고 명령만 내리면, 듣는 사람 들이 무조건 다 따르게 돼있는 거라구.

학생들, 어이가 없다는 듯 큰소리로 웃는다.

구경숙   그럼 이게 마법의 지시봉? (어이없다는 듯) 이젠 선생님까 지 왜 이러세요.

김삼지	선생님이 나보다 상상력이 더 풍부한 것 같애.
오지선	혹시 선생님도 머리가…?
박화영	에이, 이놈의 학교. 전학을 가든지 해야지. 돌아뿌겠네.
유선생	내 말을 못 믿겠단 말이지? 좋아. 모두 대가리 박아. 실시.
학생들	('아이, 샘 왜그러세요.' '안그래도 힘들어 죽겠구만' 등등 투덜거리며 유교사말을 무시한다)
유선생	좋아 그렇다면 (지시봉을 찾아 집어 들고는 회심의 미소를 지으며) 모두 대가리 박아. 실시!
학생들	실시! (큰소리로 복창하며 바닥에 머리를 박는다)

경쾌한 음악과 함께 암전.

1장

어둠속. 잔잔한 음악과 함께 유선생의 내레이션이 나온다. 내레이션이 나오는 동안 조명이 어슴푸레하게 들어오고 교장과 학생들이 청소하는 모습의 정지 장면이 보인다.

내레이션(유선생의 목소리) 그러니까 꼭 작년 이맘때쯤, 난 남해의 어느 외딴 섬에 있는 조그만 학교로 첫 발령을 받게 되었다. 그 학교에 처음 도착했을 때 학생들과 교장 선생님은 학교 청소를 하고 있었고, 그 모습이 너무나도 아름다웠다. 그 학교의 첫 인상은 그랬었다. 하지만….

무대 밝아지면 경쾌한 음악과 함께 교장과 학생들이 학교 청소를 하고 있다. 교장은 지시봉을 들고 학생들에게 이것저것 시키고 있다. 교장의 지시에 따라 너무나도 열심히 청소하고 있는 학생들.

〈노래〉 (원곡   summer nights, 뮤지컬 '그리스' 중)

학생1   청소하세 깨끗하게.

학생2   반짝반짝 빛이 나게

학생3   우리학교 화사하게

학생4   교장샘이 미끄러지게

학생들   청소는 신성한 것. 내맘도 밝아지네.

교장   청소란 모름지기 자신의 영혼을 정화시키는 숭고한 행위
              지. 그러니 즐거운 마음으로 열심히 하도록.

학생들   예. 즐거운 마음으로.

이 때 유선생, 커다란 가방을 들고 등장

유선생   (주위를 둘러보다 교장에게 다가가) 저, 실례합니다. 교장
              선생님이세요?

교장   그렇습니다만….

유선생   안녕하세요. 이번에 이 학교로 발령 받은 유현정입니다.

교장   오, 유선생님. 반갑습니다. 그런데 내일 오신다더니.

유선생   아, 예. 빨리 오고 싶어서 하루 앞당겨 출발했어요.

교장   오시는데 고생은 안하셨습니까?

유선생   (겸연쩍게) 배멀미를 좀 했는데, 하지만 이젠 괜찮습니다.
              (주변을 둘러보며) 학교가 참 아담하고 예쁘네요. 애들도
              다 착해 보이고… (청소를 열심히 하는 애들 모습에 감탄

	하며) 어쩜 청소를 저렇게 열심히 하죠?
교장	(의미심장하게) 이 세상에는 두 가지 종류의 사람이 있죠. 청소를 열심히 하는 사람과 열심히 하지 않는 사람. 그런데 우리 학교에는 그 중 한 종류밖에 없답니다.
학생들	(일제히) 청소를 열심히 하는 사람.
유선생	(감탄하며) 어머나. 교장 선생님께서 지도를 잘 하신 모양이지요?
교장	원 별 말씀을. 유선생님, 우리교육청 인성교육 10대 실천 덕목이 무엇인지 아십니까?
유선생	아뇨… 뭐죠?
교장	존중, 질서, 협동, 예의, 자주, 책임, 끈기, 도전, 성실, 공정 이렇게 열 가지입니다.
유선생	아, 네.
교장	우리 학교는 이 중 '책임' 교육을 위해서 '청소실명제 연구학교'로 지정되었지요.
유선생	네. 정말 대단하군요.
교장	얘들아, 이리 모여봐.
학생들	예. (교장과 유선생 곁으로 모인다)
교장	이분이 너희들을 새로 가르치실 유현정 선생님이시다. 인사드려라.
학생들	반갑습니다. (90도로 허리를 숙여 인사한다)
유선생	(다소 의아스럽지만) 그래, 반갑다. 난 초짜 선생님이니까 잘 부탁한다.
교장	자, 하던 일마저 끝내야지.
학생들	예. (다시 청소한다)

유선생	어머. 애들이 인사성이 무척 바르군요.
교장	유선생님. 우리 학교가 무슨 학곤지 아십니까?
유선생	청소실명제 연구학교라면서요?
교장	또 있습니다.
유선생	또 있어요?
교장	우리 교육청 인성교육 10대 실천 덕목이 뭐라고 했지요?
유선생	네, 그게… 뭐였더라. 책임이 일단 들어가고… 또 협동….
교장	유선생님. 따라하십시오. 존질협예자
유선생	(따라한다. 물론 지시봉의 위력 때문) 존질협예자
교장	책끈도성공
유선생	책끈도성공
교장	존중, 질서, 협동, 예의, 자주
유선생	존중, 질서, 협동, 예의, 자주
교장	책임, 끈기, 도전, 성실, 공정
유선생	책임, 끈기, 도전, 성실, 공정
교장	외우세요.
유선생	예, 교장선생님. (외우려 애쓴다)
교장	유선생님.
유선생	네.
교장	외워보세요.
유선생	네? 네…. (가까스로 대답한다)
교장	그렇습니다. 우리 학교는 바로 우리교육청 인성교육 10대 실천 덕목 중 하나인 예의. 그 예의를 위한 '배꼽인사 선도 학교'입니다.
유선생	(감탄하며) 예. 정말 대단하십니다. 제가 이 학교에 발령

	받은 게 정말 큰 행운인 것 같아요.
교장	그건 그런 것 같습니다. 하하하. (유선생의 가방을 발견하고는) 오, 짐이 무겁겠군요. 얘들아, 선생님 짐을 교무실에 갖다 놓고 오너라.

학생들, 서로 짐을 들려고 다툰다. "내가 할래" "니가 무슨 힘이 있다고 그래, 내가 할 거야" "여자 짐이잖아, 내가 할래" 등

교장	(버럭 소리지르며) 조용히 못해? (학생들 갑자기 쥐 죽은 듯이 조용해진다) 삼지, 니가 이 가방을 들고, 이 가방은 경숙이 니가 갖다놔.

삼지와 경숙, 가방을 들고 퇴장한다. 화영과 지선은 책상을 정렬한다.

유선생	(감탄한 듯) 아이들이 어쩜 이렇게 착하죠? 남의 짐까지 서로 들려고 하고….
교장	우리 학교가 또 무슨 학곤지 아십니까?
유선생	또 있어요?
교장	또 있지요.
유선생	잠깐만요… 음… 존질협예자, 책끈도성공… 음… 서로 돕는거니까… 협동?
교장	아닙니다. 이건….
유선생님	자, 잠깐만요… 음… 선생님 짐을 들어주는 거니까 선생님에 대한 존중… 정답! 존중.
교장	아닙니다. 이건…

유선생	잠깐만요!
교장	유선생님. 이건. 우리 교육청이랑 관계없습니다.
유선생	그래요? 뭐죠?
교장	교과부 지정 '궂은 일 내가 먼저' 거점학교입니다.
유선생	네, 정말 대단하군요. 그런데 그 많은 일을 하려면 무척 힘드시겠어요. 하긴 학생들이 저렇게 잘 따라주니….
교장	(무슨 소리냐는 듯) 모르시는 말씀입니다. 내가 보는 앞에서만 그렇죠. 그래서 일일이 지켜보고 시켜야 한다니까요. 이 학교는 내가 없으면 엉망입니다. 엉망.

유선생, 당황스럽게 쳐다보는 가운데 정지 동작. 음악과 함께 암전.

2장

교실. 무대 밝아지면 교실. 학생들 자리에 앉아 있고, 유선생이 교탁 앞에 서 있다.

구경숙	차렷, 경례!
학생들	반갑습니다. / 안녕하세요.
유선생	그래, 반갑다. 오늘은 선생님이랑 하는 첫수업이지?
학생들	네!
유선생	오늘은 처음이니까 (잠깐 사이) 수업은 하지 말고,
학생들	와~ / 오예. / 아싸.
유선생	우리 처음 만났으니까, 선생님이 먼저 소개를 할게. 그런

	데, 평범하게 하지 않고 좀 특이한 방법으로 해볼 거야.
	(흰 종이를 꺼내어 들고) 짠! 이게 뭐지?
학생들	종이요. / A4용지요.
유선생	그래, 종이야. 지금부터 이 종이를 가지고 내 소개를 해볼
	거야. 잘 봐. (종이를 찢고 접어서 나무를 만든다) 자, 이
	게 뭘까?
학생들	마이크. / 솜사탕? / 몽둥이!
구경숙	(진지하게 생각하다가 조심스럽게) 선생님. 혹시… 나무?
유선생	(좋아하며) 맞았어!
학생들	(감탄하며) 우와~
구경숙	선생님, 가산점 없어요?
학생들	(비난하며) 에이….
오지선	샘, 그냥 계속해요.
유선생	(웃으며) 응, 그래. (자신이 만든 걸 내보이며) 이건 나무
	야. 난 너희들에게 이 나무와 같은 선생님이 되고 싶어.
	너희들이 언제든지 찾아와서 편하게 기대어 쉴 수 있는
	나무 같은 선생님 말이야. 여름이면 그늘이 되어 주고, 또
	가을이면 맛있는 과일도 줄 수 있겠지? 난, 너희들이 학
	교에서 행복하고 즐거웠으면 좋겠어. 너희들 각자가 가진
	장점이나 특성들을 맘껏 펼칠 수 있도록 앞으로 선생님이
	많이 도와줄게. 끝!
학생들	(박수치며) 우와~ / 오~
박화영	(깐죽대며) 근데, 샘들 처음에는 다 저런다 아이가? 금방
	변할 거면서.
유선생	(정색하며) 아니거든.

학생들	(유교사를 향해) 우리가 지켜보겠어.
유선생	(표정 풀고)그래 지켜봐. (종이를 나눠주며) 자, 이제 너희들 차례야. 이 종이를 찢거나 구기거나 접어서 너희들을 자유롭게 표현해 보는 거야.
학생들	네. (종이를 받아들고 저마다 고심하는 모습)
구경숙	(진지하게) 선생님, 이거 수행평가예요?
박화영	야! 또 평가 타령이가? 순수한 마음으로 좀 하자고, 순수한 마음!
구경숙	너보다는 내가 더 순수하거든?
유선생	(말리며) 수행평가는 아니야. 그러니까 더 자유롭고 솔직하게 한 번 만들어 봐.
박화영	샘, 이거 막 찢어도 돼요?
유선생	응. 관계없어. 마음껏 표현해봐.
구경숙	샘, 종이 한장 더 사용하면 규정에 어긋나나요?
유선생	(약간 생각하다)음… 괜찮아. (종이를 한장 더 준다)

학생들, 제각각 열심히 만든다. 잠시 후

유선생	다 됐니?
학생들	네.
유선생	그럼, 한 사람씩 발표해 볼까. 누가 먼저 해볼래?

학생들 모두 자기가 하겠다고 손을 든다. 유선생은 김삼지를 지목한다.

유선생	음, 여기 맨 앞에 남학생

김삼지	(앞으로 나와) 제 이름은 김삼지입니다. 영어로는 쓰리지. 빠름 빠름 빠름…
유선생	그건 LTE아냐? 쓰리지는 요즘 느려서 답답하던데…
구경숙	그래서 쟤가 좀 느려요.
유선생	(당황하며) 그래? 그래도 우리 삼지는 참 똘똘해 보이는걸…
학생들	(어이없어하며) 똘똘? 풋! (웃음 터뜨린다)
김삼지	(유교사의 칭찬에 기분이 좋아) 선생님, 역시 사람 보시는 눈이 있으시군요. (자신이 만든 물건을 보여주며) 전 저처럼 똘똘한 스마트폰을 만들었습니다. 저는 스마트폰 없이는 단 하루도 살 수가 없어요. (유선생에게 다가가 폰으로 사진을 찍으며) 선생님 닮은 연예인 알아봐 드릴게요. (찍고 나서 폰을 들여다보며)선생님, 얼굴을 인식할 수 없대요. (웃음) 선생님, 전 이처럼 앱을 가지고 놀거나 아니면 주로 게임을 해요. 그리고 친구들이랑 대화를 하기도 하구요, 좋은 정보가 있으면 서로 막 주고받고 그래요.
구경숙	좋은 정보? 야한 정보겠지~
김삼지	(야동보다 들킨 아이처럼 굉장히 당황해하며) 아냐, 야동은 내가 좋아하는 장르가 아냐.
유선생	삼지는 꿈이 뭐야?
김삼지	네? 꾸민 거라구요? 아니에요. 저 진짜 야동 그렇게 좋아하는 거 아니에요. 가끔…
학생들	(답답해하며) 아, 그게 아니고!
박화영	꿈이 뭐냐고, 꿈! 돌아뿌겠네.
김삼지	아, 꿈~ 제 꿈은요, 학생들에게 도움이 되는 각종 앱을 개

발하는 거예요. 선생님, 학생들이 가장 관심 가지고 있는 게 뭔지 아세요? 그건 바로 급식 메뉴예요. 그래서 오늘의 급식 메뉴가 뭔지 알려주는 앱을 만드는거예요. 이름하여 '오늘 뭐먹지?' 어때요? 이거 만들어 올리면 대박나겠죠?

유선생   와, 정말 대단하다. (학생들에게) 그렇지 얘들아?

학생들   샘, 그거 이미 나와 있는 거예요.

유선생   그래?

구경숙   선생님, 쟤는요 수업 시간에도 휴대폰 써서 맨날 선생님들한테 뺏겨요.

김삼지   (눈이 반짝 빛나며) 안 그래도 그것 때문에 제가 요즘 구상하고 있는 앱이 있는데요, 선생님눈빛인식 순간이동 앱이라고요. 내가 폰 만지는 걸 선생님이 발견하고 다가오는 순간! 폰이 자동으로 선생님 눈빛을 인식하고 순식간에 (사이) 내 사물함으로 공간이동을 하는 거랍니다.

학생들   (학생들 솔깃하다 마지막 말에) 에이.

박화영   마, 니는 말이 되는 소리를 좀 해라. 돌아뿌겠네.

오지선   선생님, 쟤는요 학교에서 하루 종일 자다가도 게임이나 앱 이야기만 나오면 막 흥분해서 난리예요.

유선생   그래. 그럼 앱 개발 얘기는 다음에 마저 들을까? 삼지는 참 상상력이 풍부한 학생인 것 같애. 우리 삼지에게 박수 쳐주자.

학생들 박수 친다. 삼지, 기분 좋아져서 자기 자라로 돌아간다.

유선생   또 해볼 사람?

박화영과 구경숙 동시에 손을 들지만, 유선생은 구경숙을 지목한다.

유선생   음, 얌전하고 착해 보이는 학생.

구경숙   (종이로 스펙 사전을 만들었다) 제 이름은 구경숙이에요.

박화영   쌤, 쟤 동생 이름 뭔지 아세요? 국사과예요, 국사과. 국영
         수—국사과.(학생들 따라 하며 웃는다)

구경숙   (학생들을 향해) 야!(선생님을 향해) 선생님, 저 외동딸입
         니다. (다시 앞을 보고) 저는 제 인생을 한 눈에 보여드릴
         수 있는 구경숙 라이프 포트폴리오를 만들었습니다. 저는
         어릴 때부터 영재라는 말을 들으며, 누구보다 알차고 바
         쁘게 살아왔습니다. 6살 때, 전국 유아논술대회에 참가하
         여 1등상을 받았고, 7살 때는 십구구단 빨리 외우기 대회
         에서 초등학생 언니, 오빠들을 제치고 1등을 차지하였습
         니다. 초등학교에 들어가서는 매년 3개의 자격증을 취득
         하고, 교육청이 주최하는 영재캠프나 각종 대회에 빠짐없
         이 참가하여 현재 29개의 1급 자격증과 64개의 상장 26개
         의 이수증을 가지고 있습니다. 이 포트폴리오가 두꺼워질
         수록 제 마음은 가벼워진다고나 할까요? 선생님, 그런데
         이렇게 바쁘게 달려오다 보니 삶에 여유가 없어지는 것
         같아서요, 요즘엔 자기 전에 10분 동안 명상을 하고 잡니
         다.

유선생   우와~ 명상도 하는구나. 어떤 명상인데?

구경숙   제가 개발한 정문명상이라는 건데요, 어떻게 하는거냐면
         요. 허리를 곧게 펴고, 의식은 단전으로~ 숨 깊게 들이마
         시고, 내쉬고, 다시 깊게 들이마시고 내쉬면서… 서울대

학교 정문을 상상하는 겁니다. 그러면 마치 제가 지금 서울대에 다니고 있는 것과 같은 환희가 밀려오면서 (갑자기 두 손으로 머리를 싸 쥐고는) 악! 선생님, 큰일났어요!

유선생　왜 그래?

구경숙　(큰일이라도 난 듯 진지하게) 제가 이렇게 자기소개를 하고 있는 이 시간에도 특목고 애들의 수학문제집은 넘어가고 있을 거 아니에요.

학생들　(짜증내며) 아, 진짜!

구경숙　(친구들을 한심한 듯 바라보며) 너희들도 그렇게 마음 편히 놀 때가 아니야. 야, 박화영! 지금 니가 자다가 흘린 침이 미래에 흘릴 피눈물이 되는거라구. 답답하다.

박화영, 욱해서 자리에서 일어나려 하자, 다른 친구들이 말린다. 다들 고개를 절레절레 흔들며 구경수를 별종 취급한다.

유선생　그럼 경수는 나중에 어떤 사람이 되고 싶어?

구경숙　전국 1등이요.

유선생　(당황하여) 음… 그러니까 1등을 해서, 그 다음에 어떤 사람이 되고 싶냐구.

구경숙　서울대학교 수석 합격 할 거예요.

유선생　그 다음엔?

구경숙　열심히 공부해서 서울대학교 수석 졸업 할 거예요.

유선생　그 다음엔?

구경숙　초일류 글로벌 기업의 당당한 신입사원이 될 거예요.

학생들　(선생님과 같은 말투로) 그 다음엔?

구경숙	거기서도 열심히 해서 제일 먼저 승진해서요….
박화영	(말을 끊으며) 야, 평생 공부만 하다 뒈지겠다. 돌아뿌겠네.
구경숙	(정색하며) 아무리 공부해도 죽지는 않아. (초조해 하며) 저, 선생님. 저 얼른 들어가봐야해요. 지금 수학프린트 18번 문제 풀다 나왔거든요.
유선생	(아이들의 싸한 분위기를 느끼고는 애서 분위기를 바꾸려 한다) 경수는 참 성실하고 솔직한 학생인 것 같다. 근데 경수야, 조금 더 여유를 가지면 좋을 것 같아. 힘내. 경수도 발표 잘했으니까, 자, 박수!

경숙, 조급한 마음으로 자기 자리로 돌아간다.

박화영	(두 번이나 지목되지 못하자 이번엔 먼저 앞으로 나오며) 쌤! 이번에는 제가 한 번 해보겠습니다. (앞으로 걸어 나온다)
유선생	오~ 호탕한 남학생이네.

다른 학생들은 당황하여 유선생에게 화영이 남학생이 아니라 여학생이라고 신호를 보낸다. 화영은 안색이 울그락푸르락한다.

박화영	제 이름은 박화영입니다. 그리고 전 여학생입니다. (불모양의 종이를 내밀며) 전 불을 만들었습니다. 제 마음 속의 불. 전 우리 학교나 우리 교장만 생각하면 너무 화가 나서 이 불이 막 타오릅니다. 돌아뿌겠습니다. 이 불로 우리 학

교나 우리나라의 가식적이고 부조리한 면들을 모두 태워
버리고 싶어요.

유선생   화영이는 학교나 사회에 불만이 많은 모양이구나.

박화영   예. 정말 많습니다. 돌아뿌겠습니다.

오지선   쟤 불만만 많지 정작 교장 선생님 앞에선 한마디도 못해
요.

박화영   전, 그런 제 모습에도 정말 불만입니다.

유선생   자, 화영이의 솔직한 자기 고백, 아주 멋있었어. 박수.

학생들 박수친다. 화영 으쓱해하며 자리로 들어간다.

유선생   근데, (이해할 수 없다는 듯이) 우리 학교가 어때서? 내가
보기엔 참 좋은 학교인 것 같은데.

학생들, 입에 거품을 물고 저마다 학교의 불만을 토로한다.

유선생   그만 그만~ 그 이야기는 우리 차차 하기로 하자. (학생들
을 둘러보며) 이제 누가 남았지?

오지선   (앞으로 나서며 뮤지컬을 하듯이) 제 소개를 해 볼게요.
진정한 주인공은 마지막에 나오는 법이니까~

학생들, 또 시작이라는 듯 지선의 모습을 바라보고, 유선생은 엄청 좋아
한다.

유선생   어머, 정말 독특한 소개가 나올 것 같은데? 기대된다.

오지선	제 이름은 오지선이구요, 저는 이렇게 (종이로 만든, 눈만 가리게 되어 있고 손잡이가 달린 가면을 얼굴에 대고) 가면을 만들었어요.
유선생	그럼 너… 혹시 꿈이….
오지선	(노래-거위의 꿈- 앞부분을 뮤지컬처럼 부른다) 그래요 난 난 꿈이 있어요 그 꿈을 믿어요 나를 지켜봐요~

유선생, 감탄하며 박수를 친다.

오지선	저는요 장차 뮤지컬 배우가 될 거예요. 무대 위에서 멋진 노래와 연기로 사람들을 사로잡는 게 제 꿈이죠.
유선생	근데 그거 많이 힘들지 않아?
오지선	(갑자기 사투리로, 신세 한탄하듯이) 그러니까여 쌤. 주말마다 여기저기 싸돌아댕기면서 오디션 본다고 대 죽겠어요. 사람들 앞에서 하면 진짜 가슴이 벌렁벌렁 하면서 아무 생각도 안 나거든여. 근데 문디 심사위원들이 끝까지 듣지도 않고 막 독설을 날리뿌면 힘이 쫙 빠진다 말이에여. 뭐 그래도 우짜겠어? 제 꿈을 위해서라면 이 정도는 마 이겨내야져.
유선생	우와, 정말 멋지다. 애들아 그럼, 우리 지선이 노래 좀 더 들어볼까?
학생들	(손을 내저으며 강력하게 거부한다) 싫어요!
구경숙	우리는 초등학교 때부터 들어왔다구요.
김삼지	그리고 재요, 전국의 오디션이란 오디션은 다 쫓아다니는데요, 맨날 예선 1차에서 탈락한대요~

박화영	쌤, 쟤는 평소 우리한테 말할 때도 (나름대로 음을 만들어서) "오늘 숙제 좀 빌려줘~" "매점 가자~" 이런다니까요. 완전 돌아 뿌리겠습니다.
구경숙	야, 내가 언제 그렇게 했어. (완전 똘끼 가득하게) "오늘 숙제 좀 빌려줘~" "매점 가자~"
학생들	헐~ 에바다.
구경숙	(맘이 상하여) 니들은 예술을 몰라. (자기 자리로 돌아가다가) 그러지 말고 선생님이 노래 하나 하세요. (학생들에게) 야, 선생님 노래 들어보는 거 어때? 좋지?
학생들	콜! 선생님, 노래 하나 하세요.
유선생	노래? (잠시 고민하며) 좋아. 박수!
학생들	(박수치며) 와~
오지선	(박수를 리드하며) 하나 둘,
학생들	(다같이) 하나 둘 셋 넷!

유선생이 노래를 시작하고 교실이 소란해지자, 교장이 교실에 들어온다.

교장	왜 이렇게 시끄러워! 모두 조용히들 못해? (학생들, 일제히 조용해진다. 유선생을 발견하고는) 아, 선생님 계셨군요. (학생들에게) 이놈의 새끼들, 선생님이 계시는데도 이렇게 떠들어? 젊은 선생님이라고 멋대로 해도 되는 거야?
유선생	교장선생님, 그게 아니구요….
교장	(단호하게) 유선생님은 가만히 계십시오.
유선생	네.
교장	(학생들에게) 예의를 중시하는 우리 학교에서 선생님을

무시하는 이런 행동은 절대 용납할 수 없다. 모두 손들어!

학생들 모두 손드는데, 유선생도 같이 손을 든다. 이를 본 학생들, 킬킬거리고 웃는다.

교장　　　　아니, 유선생님까지 왜 그러십니까. 선생님은 손 내리십시오.

학생들, 웃음이 터진다.

교장　　　　(화를 내며) 이놈들이 웃어? 모두 앞으로 나와 한 줄로 서!

유선생, 학생들과 함께 나와 줄을 선다.

교장　　　　(답답한 듯) 아, 선생님은 빠지시라니까요.
유선생　　　네, 교장선생님. (교장 뒤로 빠진다)
교장　　　　봐라, 이놈들아. 선생님의 저 태도를 잘 보고 배우란 말이야. 선생님 스스로 책임을 통감하고 너희들과 함께 벌을 받으려 하시잖아. 그런데 니놈들은 낄낄거리고 웃어? 전원, (유선생을 의식하고 유선생 쪽으로 뒤돌아보며) 아, 유선생님만 빼고 전원 귀 잡아!

유선생을 제외하고 학생들만 엎드린다. 교장, 이 모습을 확인하고는 미소를 짓는다.

교장	(학생들을 향해) 앉으면서 '선생님을', 일어서면서 '존경하자'를 크게 외친다. (지시봉을 들며) 전원, 100회 실시!
학생들	실시!

학생들, 앉았다 일어서며 '선생님을 존경하자'를 외친다. 유선생 역시 귀만 안 잡았을 뿐 학생들과 똑같이 외치고 있다. 3번 정도 하다가 정지 동작. 음악과 함께 암전.

3장

어둠 속에서 유선생의 화난 목소리가 들린다. 서서히 조명이 밝아진다. 무대에는 유선생 혼자뿐이다. 교장에게 따질 연습을 하고 있는 것이다.

유선생	(강한 어조로) 교장 선생님, 저에게도 나름대로의 교육관과 수업방식이란 게 있습니다. 어떻게 교사가 수업하고 있는 교실에 벌컥 들어와 학생들 벌을 줄 수가 있습니까? 이건 엄연한 교권침해입니다. (혼자 소리로) 교권침해? 이 말은 좀 심한가? 사실 교권 침해가 맞지, 뭐. 그래도 너무 직설적으로 이야기하는 건 좀 그래. 그리고 내가 너무 흥분해서 소리를 지르고 이러면 오히려 안좋아. 좀 부드럽게 해보자. (자신에게 주문을 걸 듯) 부드럽게. (다소곳한 목소리로) 교장선생님. 물론 제가 경험도 부족하고 교장 선생님 보시기에 불안해 보이겠지만 그래도 제가 수업하고 있는 교실에 들어오셔서, 물론 수업 시간에 교사가 노

래를 부른 게 적절한 행동은 아니지만… (말을 멈추고 고개를 갸우뚱하며 불만에 차서 투덜거린다) 너무 약하게 나가는 거 아냐, 교사가 애들과 가까워지기 위해 노래도 할 수 있는 거지. 안그래? 그렇다고 교사가 있는 교실에 들어와서 벌을 주면 내 체면은 뭐가 되냐고… (창피해 하며) 난 바보같이 왜 같이 벌을 받고… 아이 몰라….

음악 흐르고, 유교사의 노래
〈노래〉 (원곡 지금 이 순간, 뮤지컬 '지킬 앤 하이드' 중)
지금 이 순간 지금 여기 간절히 바라고 원했던 이 교단
어릴 적 꿈이 간절한 소원 무너질지 몰라 여기 바로 오늘
지금 이 순간 지금 여기 말로는 뭐라 할 수 없는 이 굴욕
흘렸던 코피 포기한 연애 다 사라져 간다 연기처럼 멀리
지금 이 순간 마법처럼 난 교장샘의 사슬에 묶여 버렸다
지금 내겐 망신만 있을 뿐 남은 건 이제 복종뿐
즐거웠던 첫 번째 내 수업 교장샘 들어와 엉망으로 망쳐놓았어
지금 이 순간 내 모든 걸 내 육신마저 내 영혼마저 다 걸고
말하리라 따지리라 꿈꾸어 왔던 절실한 소원을 위해
지금 이 순간 싸우리라 교장이 나를 어리다 무시하여도
내 마음 속 깊이 간직한 꿈 나무와 같은 사랑의 교사
행복한 학교를 위해

이 때, 교장이 등장한다.

교장   유선생님.

유선생	(깜짝 놀라며) 어머, 교장선생님.
교장	여기서 혼자 뭐하십니까?
유선생	(조심스럽게) 저, 긴히 드릴 말씀이 있는데요….
교장	그래요? 무슨 말인데요? (유선생, 말하려하는데) 아, 여기서 이렇게 아니라 교장실로 갑시다.
유선생	예.

교장이 앞장서고 유선생은 뒤를 따라 교장실로 간다.

교장	그래, 학생들 지도하시느라 힘드시죠?
유선생	예, 조금요.
교장	고생이 많을 겁니다. 그런데 하고 싶다는 말은 무엇입니까? 어서 해보십시오.
유선생	네, 실은 어제 수업 시간에 교장 선생님께서 제 교실에 들어오셨잖아요. 교사가 수업하고 있는 교실에 벌컥 들어와 학생들 벌을 주는 것은 아무래도 지나치신 것 같습니다. 물론 저를 도와주시기 위해서란 건 이해하지만….
교장	(말을 끊으며) 아, 그 일 말입니까? 아무튼 그 녀석들은 내가 없으면 그 모양 그 꼴입니다. 앞으로도 만약 애들이 말을 안 들으면 언제라도 나한테 이야기하세요. 내가 단단히 혼을 내도록 하겠습니다.
유선생	네, 알겠습니다.
교장	물론 내가 수시로 순찰을 돌면서 떠드는 녀석들이 있으면 그 자리에서 당장 박살을 내도록 하겠습니다.
유선생	감사합니다.

교장	그리고 유선생도 애들한테 너무 순하게만 하지 마십시오. 학생들이란 조금만 풀어 줘도 선생 머리 위에서 놀려고 하는 그런 놈들입니다. 그러니 조금도 틈을 줘서는 안 됩니다. 꽉 잡아야죠, 꽉. 안 그렇습니까, 유선생님?
유선생	맞아요. 꽉 잡아야 해요, 꽉. (감탄하며) 교장선생님은 정말 카리스마가 넘치는 것 같습니다.
교장	카리스마… 바로 그겁니다. 모름지기 교사는 카리스마가 있어야 합니다. 교장은 더욱 그렇죠. (일어서며) 유선생님, 이런 이야기 들어 보셨습니까?
유선생	무슨…?
교장	어머니와 아들이 사는 집이 있었습니다. 어느 날 아침, 아들이 학교 갈 시간인데도 잠자리에서 일어나질 않는 겁니다. 그래서 어머니가 아들을 깨웠죠. '얘야, 학교 갈 시간이다. 어서 일어나거라.' 그랬더니 이 아들이 '엄마, 나 학교 가기 싫어. 학교가 정말 싫어.' 이러는 겁니다.
유선생	그래서요?
교장	그래서 어머니가 물었죠. '왜 그래? 학교에서 무슨 일 있었니?' 그랬더니 이 아들이 울먹이면서 이렇게 얘기하는 겁니다. '학교에 가면 애들은 다 나만 보면 피하고, 선생님들도 뒤에서 맨날 내 욕만 한단 말이야.'
유선생	왕따 당하는 거로군요.
교장	왕따… 그렇다고 할 수도 있겠죠. 그런데 그 어머니가 뭐 하고 하신 줄 아십니까?
유선생	글쎄요. 힘내라고 격려하지 않았을까요? 음, 저 같으면…
교장	(유선생의 말을 끊으며) 그 어머니는 이렇게 말했습니다.

'얘야. 그래도 교장이 학교를 안 가면 어떡하니?'

유선생   (사이) 어머 그럼 그 아들이 교장. 호호호. 정말 웃기는 이
         야기군요.

교장   (유선생을 째려보며) 유선생님은 이 이야기가 웃긴단 말
         입니까? 난 너무나도 슬픈 이야기라고 생각합니다. 우리
         나라 교육의 문제점이 너무나도 잘 담겨 있는 그런 슬픈
         이야기가 아닙니까?

유선생   (울먹이며) 그래요, 그러고 보니 너무 슬픈 이야기네요.

교장   (흥분하여) 요즘 학교폭력이 왜 이렇게 심각한지 아십니
         까? 그건 바로 교장이 힘을 잃었기 때문입니다. 학교민주
         화니 학생인권이니 하면서 너도 나도 자기 할 말 다 하고
         사는 세상이 됐어요. 아니, 학생이 선생 위에 있고, 선생
         이 교장 위에 있는 게 그게 학굡니까, 개판이지? 그런 곳
         에서 무슨 교육이 이뤄지겠습니까?

유선생   맞아요. 그래선 교육이 안 되죠.

교장   교장이 살아야 학교가 사는 겁니다. 교장이 힘이 있어야
         교육개혁도 힘있게 밀고 나가는 거라구요. 그러니 교장은
         모름지기 카리스마, 이 카리스마가 있어야 한다 이 말입
         니다.

음악 흐르고, 교장의 노래
〈노래〉 (원곡 카리스마, billy)
이 세상에서 꿈꾸던 나의 인생은 여기저기 눈치보는 그런 게 아니야
학생들 존경받고 교사들이 충성하는 교장 그게 바로 나야 영웅처럼 사는
거야

이 세상에서 꿈꾸던 나의 학교는 개판처럼 굴러가는 그런 게 아니야

교장의 한마디면 뭐든 척척 실행되는 학교 그게 바로 나야 황제처럼 사는 거야

학생을 제압하는 불타는 눈빛 교사를 휘어잡는 넉넉한 가슴

세상 모든 학부모들 고개를 숙이고

1등을 휩쓰는 위대한 능력 세상을 뒤바꾸는 뜨거운 정열

그게 바로 나야 거침없는 카리스마

교장	(노래가 끝난 후) 유선생, 미안하지만 내 어깨 좀 주물러 주겠소? 나이가 드니 몸이 영 예전같지 않구만.
유선생	예, 교장 선생님. (교장의 어깨를 주물러 준다)
교장	어, 시원하다. 유선생이 해주니 집사람이 해주는 것보다 훨씬 시원하구만.

이 때, 교실에서 아이들 떠드는 소리가 난다.

| 교장 | (벌떡 일어서며) 이놈의 새끼들이 또 떠들고 있어. 이놈들을 그냥…. |

교장, 교실을 향해 퇴장하고 유선생은 뒤를 따른다. 정지 동작. 음악과 함께 암전.

4장

교실. 조명 밝아지면 학생들, 교장을 성토하는 노래를 부른다. 춤을 곁들여서.

〈노래〉(원곡 해석남녀, 쿨)
우린 엽기학교 학생들이다. 우리 교장을 싫어한다.
이제부터 교장 얘기를 시작한다. 원투 잘 들어봐.
랄랄랄라 랄랄랄랄라
교장은 항상 이런 말을 서슴없이 하지 모든 게 다 너희 위해서란 말
도대체 알고 하는 소린지 말로는 우릴 위한다면서
자신의 권위밖에 모른다는 사실을
교장은 항상 이런 말을 은근슬쩍 하지 큰 꿈이 없는 학생 정말 싫다고 오
예
도대체 알고 하는 소린지 우리가 가진 각자 꿈들을
오히려 무참하게 짓밟는단 사실을
우리 교장 뭐니뭐니해도 내세울 건 카리스마지만
우리는 너무 너무 괴롭단 사실을
우리는 교장 말에 기죽어 한마디 대꾸조차 못하지
교장은 그걸 두고 존경이라 생각해
권위로 똘똘 뭉친 우리 교장 누구도 감히 어쩌지 못해
교장 왕국 이 학교가 싫어요 탈출하고 말거야

이 때 교장이 등장한다. 유선생도 따라온다.

교장	동작 그만.

학생들, 모두 하던 동작 그대로 멈춘다. 유선생도 멈춘다.

교장	이놈의 새끼들. 그저 나만 없으면 엉망이야, 엉망. 모두 대가리 박아. (뒤늦게) 아, 유선생은 빼….

그러나 그 사이 '대가리 박아'란 말을 잘못 해석한 유선생은 교장의 머리를 들이받는다. 교장, 기절한다.

유선생	교장 선생님, 교장 선생님.

학생들, 교장 주변에 모여든다. 교장이 기절한 것에 대해 오히려 기뻐한다.

유선생	(자신도 모르게 교장의 지시봉을 손에 들고는) 좀 조용히 좀 해.

학생들, 일순간 조용해진다.

유선생	(당황하여) 빨리 114에 연락해. 어서. 구급차 좀 빨리 보내달라고 해.
학생들	(일제히 휴대폰을 꺼내들고 114에 전화한다) 여보세요. 114죠? 여기 구급차 좀 빨리 보내주세요? 예? 저, 선생님,
박화영	선생님, 114에는 구급차가 없다는데요.

유선생	무슨 소리야? (전화기를 빼앗아 들고) 지금 교장 선생님이 기절했단 말이에요. (전화에서 뭐라뭐라 하자) 아, 구급차가 없으면 사람이라도 빨리 와주세요.

모두 정지동작. 음악과 함께 암전. 다시 조명이 들어오면 114직원이 숨을 헐떡이며 뛰어 들어온다.

114직원	(헐떡이며) 힘내세요 고객님. 114에서 나왔는데요, 기절한 교장선생님 어디 계세요?

다시 음악과 함께 암전.

5장

잠시 후 조명 밝아지면 교실에서 학생들이 아까 일어난 사건에 대해 이야기하며 무척 떠들고 있다. 유선생 등장.

구경숙	(유선생을 발견하고) 선생님 오셨어.
학생들	(바로 앉는다)
유선생	자, 조용히들 해봐. 교장 선생님 병원에 모셔드리고 왔는데… 다행히 뇌에는 이상이 없대. 그런데 며칠간 병원에서 요양을 하셔야 된다구 하니까 학교에는 못 나오실 것 같애. (학생들 '와'하고 신나하며 떠든다)
유선생	(떠드는 와중에) 우리 교장 선생님, 학교 못 나오시는 동

안 학교 생활 흐트러지지 말고 더 잘해 보자.

학생들, 오히려 좋아하며 떠든다. 유선생, 학생들을 조용히 시키려 하지만 속수무책이다. 삼지는 이 와중에 휴대폰으로 통화를 하고 있다.

유선생   야, 조용히들 좀 해. 삼지, 휴대폰 안꺼? 지선아 바로 앉아. 너희들 교장 선생님 안 계신다고 정말 이럴 거야. (그러나 학생들은 아랑곳하지 않고 떠든다. 화가 난 유선생, 교실 바닥에 떨어져 있는 지시봉을 발견하여 주워들고는) 조용히들 못해? 제자리에 앉아! (삼지에게) 넌 전화기 넣어!

학생들, 일순간 조용해진다.

유선생   (어이없어 하며) 나 참, 기가 막혀서. 말로 할 때는 들은 척도 안 하더니, 이렇게 매를 드니까 말을 들어? 너희들 정말 웃기는 애들이구나.

학생들, 서로 쳐다보며 웃긴다면서 막 웃는다.

유선생   (지시봉으로 교탁을 두드리며) 그만!

학생들, 웃음을 멈춘다.

유선생   너희들 정말 왜 이래? 교장 선생님 입원 하셨다는데 어떻게 이렇게 웃고 떠들 수가 있어? (중얼거리는 소리로) 어휴, 짐승같은 것들.

학생들, 각자 동물 울음소리를 낸다. 마구 돌아다니며 난장판이 된다.

유선생   (지시봉으로 교탁을 마구 두드리며) 그만! 그만! 그만! 모두 손들어!

학생들, 동물 흉내를 멈추고 손을 든다.

유선생   (힘없는 목소리로) 손 내려. (지시봉을 던지며) 아무래도 너희들 눈에는 내가 아니라 저 지시봉이 선생으로 보이는 모양이다. 나 나갈 테니까 지시봉하고 잘 해봐라. (나간다)

학생들 웅성거린다.

박화영   (일어서서 나오며) 그래, 그럴 줄 알았다. 선생들은 다 마찬가지다. 교장과 다를 게 하나도 없다. 뭐? 나무같은 선생님? (지시봉을 집어들고) 나무몽둥이같은 선생님이겠지. (눈빛이 변하고 음악이 흐른다) 우리를 행복하고 즐겁게 해준다고? 웃기고 있네. (결심한 듯) 더 이상 이렇게 당하고만 살 순 없다. 돌아뿌겠다.

학생들   맞다. 돌아뿌겠다.

박화영   이제 일어서는 기다

학생들	(제자리에서 일어서며) 응, 일어섰어.
박화영	(돌아보고는 답답하다는 듯이) 그기 아이고, 학생 혁명을 일으키는 기다….
학생들	혁명? 옳소.(가운데로 모이며) 혁명, 혁명, 혁명….
박화영	자, 마음의 준비들은 됐나?
학생들	됐다.
박화영	그럼, 우선 무기부터 준비해와.
학생들	알았어.

학생들, 밖으로 나가 무기를 하나씩 들고 들어온다. 우스꽝스러운 것들이다.

박화영	야, 다들 무기가 그기 뭐꼬?
구경숙	(양손에 필통을 들고) 이걸로 적들의 얼굴을 마구 두들겨 패주는 거야. (동작을 직접 해보인다)
오지선	(밀대 걸레 자루) 이걸로 적들에게 똥침을 놓는 거야. (동작을 직접 해보인다)
김삼지	(밥솥과 젓가락) 난 급식병할게. 잘 싸울려면 우선 잘 먹어야 하잖아.
박화영	(지선에게) 무기라고 할 만한 건 니 거 밖에 없네. 바꾸자.
오지선	그래! (둘이 무기를 바꾼다)
박화영	(새 무기를 손에 들고 도취된 표정으로 무대 전면으로 나와) 자, 이제 숙명의 시간이 다가왔다. 이제 암울했던 교장왕국의 시대를 무너뜨리고 새 희망의 학생 공화국 시대를 여는 거야. 다같이 학생 공화국 만세를 외치자. (두 손

을 치켜 들며) 학생공화국 만세!

박화영   (학생들이 따라하지 않자 돌아보며) 와 안 하노? (모두 자리에 앉아 있는 걸 보고 화를 내며) 다들 지금 뭐하는기고? 싸우러 나가야지?

김삼지   야, 우리가 무슨 조직 폭력배냐? 싸우러 나가게.

박화영   무슨 소리고, 학생 혁명을 일으키잔 말이다. 혁명.

구경숙   야, 그러면 공부는 완전 접게? 에이, 너 때문 수학프린트 18번 문제 풀다 또 끊겼잖아. 벌써 몇번째야… 에잉.

오지선   (일어나서 화영을 향해) 야, 솔직히 학교를 뒤집기 어떻게 뒤집어? 교장 앞에 가면 찍소리도 못할 거면서. 안 그래?

박화영   그래 맞다.

오지선   야, 우리 혁명같은 거 집어치우고 음악과 함께 신나게 즐겨보자구.

학생들   음악? 그래 좋아.

오지선   각자 들고 있는 것을 무기라 생각하지 말고 악기라고 생각해봐.

학생들   악기?

오지선   잘 봐. (지시봉으로 드럼치듯 책상을 두드리며 리듬을 연주한다) 어때, 이 리듬? 신나지?

학생들   그래, 신나는데? (각자 물건으로 연주를 해본다. 서서히 신이 나서 모두들 심취하여 열심히 연주한다)

오지선   (학생들을 조용히 시키며) 야, 잠깐, 어디서 음악소리가 들리지 않니?

음악 소리가 들려온다. 학생들 그 음악에 맞춰 몸을 흔들며 악기 연주를

한다. 한창 열이 오르면 지선, 앞으로 나와 노래를 부른다. 이 때, 유선생 등장

유선생	지금 뭣들 하는 거야?
오지선	선생님도 함께 하세요.
유선생	그래.

유선생도 함께 춤을 추며 노래를 부른다. 지선은 나중에 노래에 도취되어 마이크(지시봉)를 던졌다 받으려 하다 마이크를 놓친다. 그러자 다른 사람들은 노래를 중단하고 자기 자리로 돌아간다. 지선 혼자 그런 줄도 모르고 계속 노래 부른다.

유선생	오지선. 오지선!
오지선	(그제서야) 예?
유선생	그만해.
오지선	계속해요. 여기가 클라이막스라구요.
학생들	(짜증내며) 아, 그만해.

오지선, 섭섭해하며 자리에 가 앉는다.

유선생	오늘은 정말 이상한 날이구나. 반장. 교장 선생님 지시봉은 어디 갔지?
구경숙	(지시봉을 찾아 와서) 여기 있습니다. 선생님.
유선생	그래, 경숙아, 그거 교장실에 좀 갖다놓고 올래?
구경숙	제가요?

웅장한 음악이 흐르고 경숙은 비장한 표정을 지으며 무대 앞쪽으로 걸어 나온다. 그리고 멈춰서서.

구경숙	(울분에 가득차서) 선생님, 이런 것까지 꼭 반장시켜야 하나요. 이런 거 시키시려고 반장 뽑은 건가요? … 그리고요, 저, 수학프린트 18번 문제… 벌써 열번째 다시 풀고 있다구요~~~. (비통해하다가 갑자기 무슨 좋은 생각이 난 듯 눈이 반짝한다. 그리곤 삼지를 바로보며) 삼지야.
김삼지	응?
구경숙	나, 지금, 수학문제 풀어야 하는데, 이 지시봉, 니가 대신 좀 갔다 놓고 올래?
김삼지	응. (경숙에게 다가와 지시봉을 받아든다)

음악 멈추고, 경숙이는 좋아라 하며 자기 자리도 들어간다. 삼지, 교실 밖으로 나가려다.

김삼지	(유선생에게) 선생님, 교장실이라고 하셨죠?
유선생	그래. 교장선생님 퇴원해서 학교 오시면 찾으실 거야.
김삼지	(말을 잘못 알아듣고 깜짝 놀라며) 예? 교장 선생님이 학교에 오셨다구요?
학생들	그게 아니고, 퇴원하시면 그렇다는 얘기지.
김삼지	무슨 소리야. 분명히 교장선생님 오셨다고 하셨단 말야.
학생들	맞아. 그렇게 말씀하셨어.
김삼지	(다급한 목소리로) 막아야 해.
학생들	막아? 어떻게?

김삼지	(들뜬 목소리로 스타크래프트를 연상한 지시를 내린다) 자, 지금부터 방어선을 구축하는 거야. 지선이는 앞문, 경숙이 뒷문에 벙커를 만들어.
지선, 경숙	알았어. (행동을 하려다가) 그런데 어떻게 하는 건데?
김삼지	(답답한 듯) 책걸상으로 막으란 말야.
지선, 경숙	알았어. (책걸상을 양쪽으로 옮겨 쌓는다)
박화영	(지켜보다가) 야, 스타네? 스타 이제 한물가지 않았나?
김삼지	(버럭하며) 무슨 소리야. 게임은 스타가 최고야.
박화영	(급동의하며) 맞아. 게임은 스타가 최고야. 난 뭐할까?
김삼지	넌 시즈탱크를 해.
박화영	시즈탱크? 알았어. (알아서 시즈탱크를 만든다)
유선생	난 뭐하지?
김삼지	선생님은 다친 사람을 치료하는 메딕을 하세요. (이 때 지선이 '악'하고 비명을 지른다. 부상당한 모습)
유선생	응. 알았어. (지선에게 달려가 치료를 한다)

삼지는 여기저기 다니며 상황을 점검하다가 경숙을 보고는

김삼지	(화를 내며) 야, 구경숙! 벙커를 그렇게 만들면 어떻게 해?
구경숙	왜? 뭐가 잘못됐어?
김삼지	(답답해하며 가서 직접 만드는 시범을 보인다. 이 때 무심결에 지시봉을 놓는다) 야, 벙커는 이렇게 높게 만들지 말고 이렇게 넓게 만들어야 한단 말야. 그래야… (그동안 다른 사람들 다 퍼져 앉는다. 사람들의 흐트러진 모습을 발견하고는) 뭐해. 빨리 진지를 만들지 않고.

학생들	너나 해. 우린 힘들어서 더 이상 못하겠어.
김삼지	교장이 곧 쳐들어 온단 말이야.
유선생	교장 선생님은 아직 퇴원도 안했는데 무슨 소리야.
김삼지	아까 선생님이 교장 선생님 퇴원했다고 그러셨잖아요.
유선생	내가 언제?
김삼지	애들아, 선생님이 분명 그렇게 말씀하셨지?
학생들	(짜증내며) 아니라니까.
김삼지	(억울한 표정을 짓다가) 그래도 언제 올지 모르니 만들던 진지는 계속 만들….
학생들	(제각각 흥분하여 한마디씩 쏟아 붓는다)
박화영	그리고 스타 한물 간지가 언젠데, 돌아뿟겠네.
김삼지	무슨 소리야. 그래도 게임은 스타가 최고야. 그러니 계속….
학생들	(버럭하며) 야!

김삼지, 기가 죽어 한쪽 구석으로 가서 쪼그려 앉는다.

구경숙	이게 뭐야, 교실이 엉망이야.
오지선	오늘 정말 왜 이래.
박화영	정말 웃기는 학교다. 돌아뿟겠다.
김삼지	그래도 진지는….

학생들 일제히 째려본다. 김삼지 다시 기가 죽는다. 전체, 한동안 침묵.

유선생	(갑자기) 그래. 바로 그거야

유선생	(지시봉을 향해 다가가며) 이 모든 게 바로 지시봉 때문이야.
학생들	"뭐가요?" "지시봉이 왜요?"
유선생	잘 생각해봐. 오늘의 이 소동도 그렇고, 그동안 우리가 교장선생님에게 꼼짝하지 못한 것도 그렇고, 모두 지시봉 때문이라니까. 지시봉을 들고 명령만 내리면, 듣는 사람들이 무조건 다 따르게 돼있는 거라구.

학생들, 어이가 없다는 듯 큰소리로 웃는다.

구경숙	그럼 이게 마법의 지시봉? (어이없다는 듯) 이젠 선생님까지 왜 이러세요.
김삼지	선생님이 나보다 상상력이 더 풍부한 것 같애.
오지선	혹시 선생님도 머리가…?
박화영	에이, 이놈의 학교. 전학을 가든지 해야지. 돌아뿌겠네.
유선생	내 말을 못 믿겠단 말이지? 좋아. 모두 대가리 박아.
학생들	('아이, 샘 왜그러세요.' '안그래도 힘들어 죽겠구만' 등등 투덜거리며 유교사말을 무시한다)
유선생	좋아 그렇다면 (지시봉을 찾아 집어 들고는 회심의 미소를 지으며) 모두 대가리 박아. 실시!
학생들	실시! (큰소리로 복창하며 바닥에 머리를 박는다)
유선생	(의기양양하게) 어때? 이래도 못 믿겠니?
학생들	(힘들어하며) 믿어요.
유선생	그럼 다들 일어나.

학생들, 일어난다.

김삼지	(일어서서 머리를 만지며) 그러면… 저게 마법의 지시봉? (부럽다는 듯이) 야, 교장 선생님은 정말 좋겠다.
오지선	야이, 바보야. 무슨 소리 하는 거야? 그럼 우리 신세는?
박화영	선생님. 그 지시봉, 교장선생님한테 돌려드리면 안 됩니더.
유선생	돌려 드리지 않으면?
구경숙	(선생님에게 달려와) 저 주세요. 전 한 번도 못 써먹었잖아요.
김삼지	(경숙을 밀쳐 내며) 안 돼. 니 손에 들어갔다간 우리 모두 죽도록 공부만 하게 될걸?
구경숙	공부 많이 한다고 죽지는 않아.
김삼지	그래도 안 돼. (선생님에게 애교부리며) 샘, 저 주세요.
오지선	그건 더더더 안 돼. 지금 교실 모습을 보세요. 쟤 손에 들어가면 맨날 이 꼴이 벌어 질 거예요. (뮤지컬 하듯) 선생님, 저 주십시오.
박화영	안 된다. 니도 마찬가지다. 맨날 노래나 부르고 우리는 백댄서나 해야 하고 그럴 끼다. (사이. 지시봉을 달래는 동작으로) 선생님,
학생들	(일제히) 넌 절대 안 돼.
박화영	(학생들과 서로 노려보다 체념하며) 돌아뿌겠네.

학생들, 지시봉을 어떻게 처리해야 할지 고민한다.

김삼지	그럼 어떻게 해야 하지? 교장도 안 되고, 우리도 안 되고… 그럼 이 지시봉을….
박화영	없애버리는 기다.
아이들	뭐?
박화영	저 지시봉을 없애버리잔 말이다.
아이들	('말도 안돼' '미쳤어?' 등등 격렬히 반대)
유선생	난 찬성이야. 애들아, 우리 이 지시봉, 없애자.
학생들	(지시봉의 위력에 의해 흔쾌히) 예.
유선생	(지시봉 위력 때문임을 알아차리고 한참 생각을 하다 결심한 듯 지시봉을 가만히 내려놓으며) 애들아. 다시 한 번 물을게. 지시봉을 없애 버리는데 다들 찬성하니?
박화영	예. 없애요.

학생들, 화영을 쳐다본다. 화영의 말에 선뜻 동의하지 못하는 학생들, 어떻해야 할 지 몰라 갑갑해한다.

구경숙	(고민하다 솔깃한 제안을 한다) 그럼 이건 어때? 우리가 일주일씩 돌아가며 이 지시봉을 가지는 거야. (학생들, 고개 끄덕끄덕) 난 아직 못 써 봤으니까 나부터 시작하는 걸로.
박화영	구경숙! 니 잔머리 굴리지 마라. 니부터 한다 해놓고 지시봉을 들고는 "이 지시봉은 이제부터 영원히 나의 것이다." 이럴라고 그라제. 돌아뿌겠네.
구경숙	아냐. 절대 아냐.
오지선	넌 그렇지 않다고 해도 다른 사람은 그럴지도 모르지.

김삼지	양심적으로 일주일씩 돌아간다 해도 그러면 일주일마다 새로운 난장판이 벌어질 거 아냐. 오늘처럼.
학생들	그러게. (다시 고민)
오지선	그러면 선생님이 가지고 계시는 게 어떨까? 선생님은 그래도 우리를 이해해 주시는 편이잖아.
학생들	싫어.
박화영	그래. 선생님도 완벽하신 건 아이다이가. 그리고 지금은 아니지만 나중에 교장처럼 변하지 않는다고 어떻게 장담하노?
유선생	그래, 그건 나도 싫어. 아까 봤잖니? 웃기는 짐승들의 모습. 그리고 난 누군가의 일방적인 지시에 의해 움직이는 것이 아니라 서로 다른 생각들을 존중하면서 서로 의논하여 결정하는 그런 학교가 되었으면 좋겠어.
오지선	(맞는 말이긴 하지만…) 그래도 이걸 버리기는 너무 아깝잖아요.

학생들, 모두 갈등에 빠진다.

| 박화영 | (답답해하며) 이렇게 우물쭈물하다 이 지시봉 다시 교장 샘 손에 들어가면 우리 끝장이다. 우리 지시봉 없애자. |

음악이 흐르고, 학생들 고민하다 드디어 동의한다.

| 김삼지 | (고심하다 드디어) 그래 없애자. |
| 오지선 | (다소 아쉽지만) 그래 나도 찬성이야. |

경숙	(무척 아쉬운듯) 난 한번도 못 써먹어 봤는데… (미련을 털며) 그래 없애자. 없애 버려.
유선생	지시봉을 없애는데 이제 다들 찬성하는 거야?
학생들	(이젠 밝은 마음으로) 네.

〈노래〉 (원곡 사랑하고 싶어, 레이지본)

오랜 시간- 우리는 너무 괴로워 끊임없는 지시 명령 견딜 수 없어

절대 권력 지시봉 너무 끔찍해 말 못하고 따르는 건 이제는 싫어

벗어나고 싶어 이젠 벗어나고 싶어라 벗어나고 싶어 이젠 벗어나고 싶어라

나 역시도 지시봉 휘두르고 싶지만 우리 모두 노예-로 만드는 위-험한 지시봉

절대권력 버리긴 너무나 아깝지만 지시봉 없애 버려

김삼지	선생님. 절대 반지처럼 이 지시봉도 화산 속에 던져버려요.
구경숙	야, 여기 화산이 어딨어?
오지선	선생님, 그냥 부러뜨러버려요.
박화영	맞아요. 당장 뿌사뿌지요.
유선생	그럴까? 다들 좋아?
학생들	(기쁜 마음으로) 예!
유선생	(지시봉을 두 손으로 잡아들고) 좋아, 그럼… 하나, 둘, 셋! (지시봉을 무릎에 힘껏 친다. 그러나 지시봉이 부러진 것이 아니라 다리가 부러졌다) 악!
학생들	(놀라서) 선생님!
유선생	빨리 114에 연락해서 구급차 좀 보내달라고 해. 어서.

학생들   (일제히) 여보세요? 114죠?

정지. 음악과 함께 암전. 끝.

곰은 왜 사람이 되고 싶었을까?

서호필 · 정혜영 / 담양한빛고

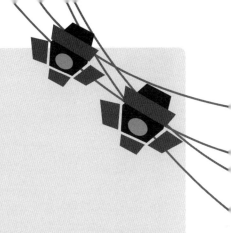

연출의 말

이 작품은 2012년, 고등학교 연극반 동아리('둥지')와 함께 공동 창작하였다. 제1회 518청소년 연극제부터 참가한 동아리이다. 역사적 사건인 5 · 18민주화운동을 현재를 살아가는 청소년들은 어떻게 인식하고 받아들여야하는가를 고민하면서 함께 창작했다. 1980년 당시의 자료를 찾으면서, 곰 등의 별명을 지니고 시민군으로 참여했던 기사를 만나면서 작품의 토의가 시작되었다. 그러면서 현재를 살아가는 우리는 어떤 삶을 살아야하는가, 하는 고민을 하였고, 토의-즉흥-수정, 이런 과정의 반복을 통해 작품이 만들어져서 공연을 했다.

극본이 먼저가 아니었고, 즉흥과 토의를 통해 극을 만들고 최종 정리한 것이 이 극본이다.

대사보다는 몸짓, 즉흥적 요소가 많은 연극이다. 만약에 이 작품을 새롭게 공연한다면, 학생들의 창의성, 자신들이 만들어낸 몸짓, 그리고 자신들의 이야기를 녹여내어 재구성하면 좋겠다.

"역사란 과거와 현재의 대화"라고 한다. 이런 역사적 주제를 가지고 극을 만들 때, '현재'의 자신들을 들여다보고, 그것을 통해 성숙하게 된다는 점을 고려하면 좋겠다.

문선미	- 연극부 부장
변영찬	□ 연극부원. 기타연주
박한서	- 연극부원
이승민	- 연극부원
장금조	- 연극부원, 여우
정준원	- 연극부원, 계엄군
이서정	- 연극부원, 곰
한예담	- 연극부원, 기동타격대 곰(시민군)
손민아	- 연극부원, 계엄군
코러스	- 서정 엄마, 사회자

프롤로그. 여우야, 여우야 뭐하니?

조명이 켜진다.

모두   (밖에서) 여우야, 여우야 뭐하니? (무대로 나와 손을 잡고
            돌다가 여우를 감싸며 돈다) 여우야, 여우야 뭐하니? 여우
            야 여우야 뭐하니? 여우야 여우야 뭐하니?

여우   잠잔다.

모두   잠꾸러기! 여우야, 여우야 뭐하니?

여우   세수한다.

모두   멋쟁이! 여우야, 여우야 뭐하니?

여우   밥 먹는다.

모두   무슨 반찬?

여우   개구리 반찬

모두   죽었니? 살았니?

여우   살았다!

여우가 다른 사람을 잡으며 술래가 바뀐다.

모두   여우야, 여우야 뭐하니―

거센 빗소리

누군가   어? 비와!

빗소리로 인해 흩어지는 모두들, 조명이 약간 어두워졌다 밝아지고 빗속에서 곰 등장
빗소리가 점점 약해진다.

모두	(밖에서) 곰아, 곰아 뭐하니? (곰에게 더 가까이 간다) 곰아, 곰아 뭐하니? 곰아, 곰아 뭐하니?
곰	쑥 먹는다.
모두	쑥? (모두들 고개를 갸우뚱하며) 왜? (다시 묻는다) 곰아, 곰아 뭐하니?
곰	마늘 먹는다.
모두	(뒤로 물러서며) 마늘? (모두들 냄새가 싫다는 표정) 으으— 먹었니? 뱉었니?
곰	먹었다!
한 명	그걸 왜 먹어?
모두	그걸 왜 먹어?
한 명	꼭 그래야해? 이해할 수 없어
모두	꼭 그래야해? 이해할 수 없어. 대충 살아!

곰이 천천히 고개를 숙이다가 엎드린다.

모두	(궁금하다는 듯이) 죽었니, 살았니? (모두들 곰을 가까이 보려고 무릎을 꿇고) 죽었니 살았니? (더 가까이 기어오며) 죽었니, 살았니? (천천히 천을 덮어준다) 죽었니, 살았니? (곰이 죽은 것을 보고 슬퍼서 일어나며 관객을 쳐다보며) 죽었니– 살았니?

다시 빗소리. 비를 손으로 막는 몸짓과 표정

조명이 꺼진다.

1장 동아리실-연극 연습 회의

조명이 켜진다.

이서정	(등장해서 동아리실을 둘러보고 한숨을 쉬더니 자리에 앉아 책을 펼친다)
문선미	(급히 들어오며) 어, 서정이 왔구나!
이서정	짱! 지금 몇 신데 애들이 한 명도 안 와있어!
문선미	미안해, 서정아― 애들이 바쁜가 보다.
이서정	(짜증내며) 나도 바쁘거든?
장금조	(본드걸 연기 연습을 하면서 입장) 내 미션은 너를 지키는 것! (선미에게 총을 겨눔)
문선미	(장금조의 손을 잡으며) 장금조 너 지각이야.
장금조	(머리를 손으로 긁으며 미안하다는 투로) 미안, 늦었지. 내가 요즘 연극 좀 연습하느라고⋯.
문선미	(장금조의 자리를 가리키며) 알겠어, 앉아.
손민아	(요란한 몸짓으로 들어오며) 미안 새로운 컨셉을 잡아보느라고. (도도한 표정으로 자리에 앉는다. 손민아, 자리에 앉는다)

장금조, 손민아를 향해 총 쏘는 시늉을 한다.

한예담, 박한서 같이 입장

박한서   (선미 옆에 서서) 야, 문선미! 한예담이 너 좋아한대!

한예담   (털썩 주저앉으면서) 비밀이잖아….

장금조   (선미 옆으로 나오며) 헐, 대박, 대박!

손민아   날 좋아하는 거 아니었어?

문선미   (신경 쓰지 않으며) 너네 그런 장난친다고 지각한 거 안 없어져!

박한서   아직 다른 애들도 안 왔는데 뭐 (예담을 일으켜 세우며) 애 왜 이래.

한예담 계속 앉아있다 자리로 들어간다. 정준원이 들어온다.

장금조   야, 정준원! 시간이 몇시야! 왜 이렇게 늦게 와?

손민아   감히 나보다 늦게 와?

다들 준원에게 한 마디씩 한다.

정준원   아, 늦었네. 미안. 뉴욕에서 거리공연 하다가 앤디워홀이랑 의정부에서 부대찌개 먹고 오느라 늦었어. (그리고 자리로 간다)

손민아   너 나랑 수준이 좀 맞는다, 여기 앉아.

문선미   다 온 거지?

이서정   승민이가 없는데….

한예담   승민이 사회봉사 갔어. (입 앞에 손가락을 대 담배를 연상

케 함) 이거 때문에.

영찬, 기타를 들고 조용히 들어와 자리에 앉는다.

손민아	웬일이니, 웬일이니—
장금조	헐! 대박—
문선미	(영찬이를 보며) 어, 영찬이 왔네.

한예담, 박한서, 변영찬에게 인사.

문선미	(주위를 둘러보며) 얘들아, 다들 자료 가져왔지?
장금조	당연하지!
박한서	미안, 농구하느라 깜빡했어.
문선미	(자료로 시선을 돌리고) 그래도 다들 연극제 주제는 기억 나지?
장금조	그럼—5·18 청소년 연극제!
문선미	어휴, 그게 주제냐!
정준원	난 기억나! 나의 이야기,
손민아	너의 생각,
한예담	꿈,
박한서	친구!
이서정	야, 근데 이거 시험기간이랑 일정이 겹치던데. 이대로면 난 못할 것 같아.
장금조	(서정의 어깨를 잡아 앉히며) 서정아, 그러니까, 니 말은 참가하고 싶은데 부끄러워용 이거지?

이서정	(장금조를 뿌리치려 하며) 그런 거 아니거든?
장금조	그러지 말고 우리 선미 말을 좀 더 들어 보자.
문선미	내가 꼼꼼히 안 읽어봤네. 미안해 그럼 우리 어떻게 하지?
한예담	어떡하긴! 당연히 해야지. 나는— (춤추는 시늉을 하며) 로맨스하고 싶어.

기타연주곡(무도회의 노래)이 흘러나온다.

한예담	무도회에서 만난 그녀를 잊지 못하고,
장금조	아 오글거려!
한예담	그녀가 흘린 구두를 그녀의 발에 신겨주기 위해서… 숲 속을 헤치고 늪을 지나서… 그녀의 집에 다다라 드디어 그녀의 발에 유리 구두를 신겨주며—
손민아	(앞으로 나오더니 공주처럼 한예담의 머리에 손을 얹고 한예담 손에 발을 올린다)
한예담	(환상에 빠져 있다가 발의 주인을 보더니 놀라 자빠지며) 아! (자신의 자리로)
손민아	나나나나나~ 신겨줘—
장금조	(손민아를 뒤로 밀며) 들어가 들어가!
손민아	(공주 말투로) 앉혀줘.
장금조	(손민아를 자리에 앉히고) 야 얘들아 이건 좀 아닌 거 같 아. 너무 오글거려 (앞으로 나오며) 우리 로맨스 말고, 음— 우린 피 끓는 청춘이니까,
모두	또 액션?
장금조	당연하지 액션!

기타연주곡(007)이 흘러나온다.

장금조	(본드걸 연기, 의자에 올라감)
모두	(혼자 액션연기에 빠져 있는 장금조를 한심하단 듯이 쳐다보다 총을 겨눈다) 빵—
장금조	(자신을 겨누고 있는 애들을 보고 놀라곤 총을 맞고 내려옴)
손민아	넌 죽었어
정준원	(일어나서) 한심하네. (앞으로 나가서) 진정한 액션은 그게 아냐. 내가 진정한 액션을 보여주지.
각자	오—

기타연주곡(미션임파서블)이 흘러나온다.

정준원	(총을 든 행동을 취함) 내 아버지의 원수! 어디 있는 거지.
각자	멋있어, 멋있어.

장금조, 총을 든 척하며 정준원의 등에 자신의 등을 붙임. 정준원과 장금조, 등을 맞대고 돌다가 장금조는 넘어진다. 정준원이 느리게 총을 겨누는 시늉을 하자 금조는 준원에게 빠르게 총을 겨눈다.

장금조	(정준원을 겨누며) 빵!
정준원	아니, 치사하게, 벌써 쏘다니—
박한서	벌써 죽어?
손민아	둘 다 들어와.

박한서	야, 액션보단 스포츠지! 스포츠하면 농구고! (예담에게 공을 패스하고) 우리의 피나는 노력과 열정으로 마침내 결승전에 왔어! 마지막 일분이 남은 순간!

기타연주곡(록키 ost)이 흘러나온다.
정준원 골대 역할, 장금조는 관람객

박한서	패스! (예담에게 공 받고) 한 명 제치고! 받고 뛰기고 받고 덩크슈우우웃! (골 넣는 부분에서 슬로우)
손민아	냄새나.
박한서	야, 니 화장품 냄새가 더 심하거든 나거든. (자리로 들어감)

기타연주곡(발랄할 곡이면 좋다)이 흘러나온다.

손민아	이런 거 가지고 연극제는 나가겠니? 역시 주인공은 내가 해야 해. 난 아름다운 미모 때문에 마녀에게 쫓기고 숲속으로 도망가 일곱 난쟁이를 만나지. (뒤 돌아 앉아있는 친구들을 난쟁이 보듯이 한 명씩 손가락으로 집다가 의자를 치우려 하는 한예담을 보더니) 난쟁이 의자!
한예담	백설공주는 무슨, 엄지공주겠다.
손민아	백마 탄 왕자님이 날 찾아와 결혼하고, 난 왕비가 되서 아름다운 궁궐에서 영원히 행복하게—
이서정	야, 너네 자료나 제대로 한번이나 읽어 봤어? 이 연극제는 5·18정신을 표현해야 하는 진지한 연극제야—
장금조	그러니까 서정아, (이서정의 어깨를 잡고 앉히려 하며) 넌

5·18 이야기를 진지하게 하고 싶다 이거잖아? 그러니까
우리 조금만 더 들어보자—

한예담	그래, 역시 로맨스가 최고지—
박한서	농구, 농구, 농구지!
손민아	신겨줘—
정준원	내 아버지의 원수!
장금조	빵! 빵!
변영찬	(기타를 친다. 어떤 곡이든 상관이 없다)
문선미	(애들 사이로 들어가 말리며) 그만, 그만.
이서정	그만 그만 그만! 그만하라고!

모두들 동시에 다 멈춤.

이서정	어차피 이대로 하다간 될 것 같지도 않고, 나 먼저 간다 (밖으로 나간다)
문선미	서정아! 서정아!(나가려는 서정을 잡으며) 우리— 이야기 마무리하고 가자. (애들 쪽으로 다시 온다) 아무래도 오늘은 여기까지 해야 할 것 같고, 다음 모임까지 너희가 하고 싶은 내용을 극본으로 써오자. 그 때 다 같이 연습해 보자.

이서정 밖으로 나간다. 선미와 금조, 준원은 자리를 정리한다.

박한서	(한예담에게 손을 내밀며) 한예담, 우리도 농구하러 가자.
한예담	(일어남) 싫어. 난 우정보단 사랑이거든. 선미야, 떡볶이

	사줄게. 같이 먹으러 가자. (박한서를 뿌리치고 선미를 끌고 나간다)
문선미	(예담이에게 끌려 나가며) 잠깐만— 애들아 꼭 내용 생각해 와야 돼.
손민아	(놀라며) 정말 날 좋아하는 게 아니었어?
장금조	야, 나도, 나도, 떡볶이—
박한서	(충격 먹은 손민아를 쳐다보다 위로하는 척 하고 공으로 위협하고는 획 나가버림)
손민아	(박한서가 나가자 허망하게 쳐다보다가 뒤를 돌아봄. 변영찬과 정준원을 번갈아 보다가 정준원 쪽으로 손을 올림) 나 위로해줘. (손을 정준원 쪽으로 올림)
정준원	(손민아의 손을 잡아 주는 듯 하다가 머리를 잡으며) 내 아버지의 원수! (끌고 나간다)
손민아	(끌려 나가며) 야, 내 머리!

변영찬은 모두가 나간뒤, 일어서서 의자를 정리한다. 나가다가 한 번 더 동아리실을 둘러본다.
조명 어두워졌다가 환해진다.

2장 동아리실-연극 연습

손민아	역시 주인공은 예쁜 내가 해야 맞지. 그래서 날 주인공으로 하는 극본을 써왔어. 자, 킬러가 쫓아온다. 킬러에게 (달리며) 쫓긴다.

정준원	(킬러인 척 등장) 32년 전 아버지의 주먹밥을 뺏어먹은 내 아버지의 원수! (손민아를 쫓아가는 듯 시늉)
손민아	(갑자기 멈추며) 아냐, 이건 너무 힘들다. 마녀로 바꿔.
정준원	(마녀가 된다) 똑똑.
손민아	누구— 세요?
정준원	백설공주—
손민아	아. 누구시냐니까요.
정준원	음— 사과, 먹을래?
손민아	어머, 맛있겠다. (사과를 받아들고 사과 먹는 시늉) 와삭! 아, 어지러워— (쓰러짐)
정준원	(웃음)
박한서	(말 탄 듯이 달려오며) 다그닥 다그닥— 다그닥 다그닥— (백설공주를 지나치고 계속 가다가 갑자기 돌아보며) 어! 돈이다. (다시 갈 길 간다)
손민아	(일어나서 박한서를 향해) 야야 잠깐 그게 아니잖아. 날 살려야지 다시 이리와, 후진!
박한서	(한 팔을 돌리며 후진하듯이 백설에게 가서 고개를 들어 봄) 아니! 공주! (공주의 얼굴을 보고 놀라더니 정준원에게 가서) 네 녀석! 공주에게 무슨 짓을 한 거야?
정준원	너도— 사과, 먹을래?
박한서	그래. (사과를 받아들고 사과 먹는 시늉) 와삭.
정준원	으흐흐— 내 아버지의 원수를 갚았다.
손민아	이제 일곱 난쟁이들이 나와 나의 죽음을 슬퍼할 때야.

하나둘씩 나와 손민아에게 발을 올림

손민아	어머머머
이서정	이게 뭐야! 이거―
한예담	그래! 이게 뭐야―
이서정	야! 나 말하고 있잖아. 이런 걸로 대회 나갈 수 있겠어?
한예담	그래! 이게 로맨스냐? (말타는 시늉을 하며) 다그닥 다그닥 (백설공주 코스프레) 으흐흐 이게 뭐야. 내가 격이 다른 로맨스를 보여 주지. (오른쪽 가리키며) 여긴 계엄군이 있으면 되고 (왼쪽) 여긴 시민군이 있으면 돼. 시작하자.

계엄군과 시민군이 느린 동작으로 나옴. 계엄군이 총을 쏘자 문선미와 한예담만 남기고 나머지는 느린 동작을 풀고 빨리 달려나감. 한예담이 문선미를 부둥켜 안는다. [사랑과 영혼 ost 음악]

이서정	이거 완전 한예담 사심이구만!
손민아	어머머 어머어머!
장금조	(한예담과 문선미를 갈라놓으며) 야야야야! 이건 좀 아냐!
한예담	왜? 뭐 어때서?
장금조	(몸을 비틀며) 오글거려.
이서정	야, 이게 대체 뭐야?
한예담	이거? 칠흑 같은 어둠속에서 피어나는―
장금조	뭐뭐
한예담	피어나는―
장금조	뭐뭐?
한예담	피어나는―
장금조	아 뭐!

한예담	사랑!
박한서	이거 진짜 좀 아닌 것 같아
문선미	영찬아, 네가 보기엔 어떤 거 같아?
변영찬	(절레절레 고개를 젓는다)
장금조	그래 이건 아닌 것 같아. 그러지 말고 내가 짜온 거 한 번 해보자.
이서정	또 액션이겠지
한예담	뻔하다 뻔해
장금조	빵!

아까 같은 대치상황 다시 재연. 장금조가 갑자기 삼단뛰기 뒤로 구르기 풍차돌리기를 하며 나타남

장금조	빵! 난 안젤리나 졸리!
박한서	야!
모두	야!
장금조	멋있지! 나 안젤리나 졸리 좀 닮은 거 같지 않냐?
이서정	야 이게 뭐야?
한예담	맞아. 넌 맨날 액션이냐.
문선미	영찬아 니가 보기엔 어때?
변영찬	(절레절레 고개를 젓는다)
박한서	우리 이제 뭘 하지?
손민아	내가 주인공인 거 하자
이서정	(금조 밀치며) 그러지 말고… 내가 조금 조사해 왔거든? 그니까—

곰은 왜 사람이 되고 싶었을까? 　　225

이승민	(뛰어오며) 얘들아 미안! 내가 늦은 건! 주인공이니까—
애들	아! 냄새—
한예담	야! 넌 사회봉사 갔다면서! 또 했어?
이승민	학교랑 집이 날 슬프게 만드는데 너네까지 그러면 진짜 너무하다. 아 근데 뭐하는 중이야?
이서정	연극연습 중이었어. 그니깐 우리 진지하게 5·18 그 상황을 재현해 보는 거야.
모두	오일팔?
이서정	그래 80년대 광주의 처참한 상황을 말이야. 아마 이쪽엔 계엄군이 있을 거고 무고하게 희생당한 일반인이나, 불의에 저항하는 시민군, 자진해서 헌혈하는—
이승민	야! 난 뭐해!
이서정	잠깐 기다려봐, 여긴 자진해서 헌혈하는 사람들이 있었을 거야.
이승민	야 난!
이서정	(승민이 쪽을 보고는) 아, 승민이 넌 저기서 계엄군! 자— 시작!
손민아, 장금조	(시위 중) 전두환은 물러가라! 독재타도! 독재타도!
이승민	(시위 중인 손민아를 꿇어 앉힌다) 무릎 꿇어! 이 쓰레기!
한예담	(장금조와 변영찬을 쏴 죽이고, 도망가는 일반인 박한서를 잡아다 앉힌다) 빵!빵! 이리와! 이 폭도새끼!
손민아	(고개를 들며) 우린 할 일을 했을 뿐이오.
이승민	(손민아의 고개를 내리 누르며) 닥쳐 이 폭도새끼!
박한서	(고개를 들며) 전 시민군 아니에요!
한예담	(박한서를 아래로 처박으며) 닥쳐, 거짓말하지마!

손민아	(머리를 정리하며 고개를 들고는 짜증스러운 말투로) 야, 나 머리 망가졌어.
이승민	어, 미안~.
박한서	(다리를 풀며) 나 다리 아퍼.
한예담	진짜? 주물러 줄까?
박한서	됐어.
정준원	(웨이터 부르듯이 의자를 톡톡치며) 저기요. 저기요. 여기 헌혈하는데 초코파이 안줘요, 초코파이?
모두	초코파이?
손민아	아 수준 떨어져.
이서정	야! 초코파이? 미용실? 시체들 꼬라지하고는. 죽는 건 또 어떻고 지금 우린 1980년 오월 광주의 정의를 재현하는 거잖아 이게 뭐야 장난해!
장금조	(벌떡 일어난다)
손민아	자꾸 정의 정의 하는데 네가 무슨 정의의 사도니? 재수없어! (퇴장한다)
정준원	맞아. 왜 초코파이 가지고 지랄이야.
장금조	야 그럼 네가 직접해봐
문선미	그만해
이서정	난 기본적인 태도를 문제 삼은 거잖아!
장금조	내 태도 가 뭐 어때서. 야! 네가 봤어? 내가 성심성의껏 죽는 연기까지 했잖아.
이서정	내가 너한테 그랬어?
장금조	니가 오일팔에 대해서 뭘 안다고 그래! 어? 니가 오일팔에 대해 뭘 알아!

곰은 왜 사람이 되고 싶었을까?   227

이서정	알아! 사진도 찾아봤고, 그 사람들 기사도 자료도 전부 다 찾아봤어. 그럼 아는 거 아냐!
장금조	아, 그렇게 머리로만 이해하면 아는 거야? 자료만 찾아보면 다 안거야? 그럼 다 안거냐고—그딴 단어 나도 말 할 수 있어. 오일팔 시민군 정의 광주! 나도 말할 수 있어. 너 그렇게 똑똑하다고 잘난척 하지 마. 존나 재수 없어 내가 보기엔 우리 연극 아무 문제도 없어. 내가 볼땐 네가 문제야 니가 니가!
이서정	진짜 그렇게 생각해. 내가 문제냐고, 내가. (주위를 둘러보며) 그래. 내가 문젠가 보네 (나간다)
한예담	금조야! 서정이가 너한테 그런 거 아냐. 영찬이가 웃어서 영찬이 한테 화낸 거야. 그리고 나도 우리 연극 뭐가 뭔지 모르겠어. 대체 뭐가 문제야? (주저앉는다)
박한서	맞아. 나도 대체 뭐가 문젠지 모르겠어. 뭐가 문제지?
이승민	야! 찌질해. 뭐 그런거 가지고 싸우냐. 오일팔 시민군 정의! 나한텐 전부 멋있는 척하려고 하는 걸로 밖에 안보여. 오일팔, 사일구! 훌륭한 일인 건 알겠는데 솔직히 너네한테도 시험 아니면 외울 일 없는 귀찮은 숫자들 아니냐?
정준원	맞아! 나는 몸이 약해서 헌혈 한 번도 안 해봤거든. 그때의 맘? 나 사실 잘 못 느끼겠어.
문선미	내가 오일팔 연극하자고 했는데 솔직히 머리로만 알고 있는 거 같아. 어떻게 하면 마음으로 알 수 있을까
장금조	얘들아, 화내서 미안 나 먼저 갈게 (퇴장)
문선미	(금조를 따라나가며) 금조야!
박한서	예담아 우리도 가자. (예담이를 데리고 나간다)

이승민	여기가 그나마 맘 붙일 곳이라고 생각했는데 여기도 집이랑 똑같네, 아 또 담배 빨고 싶게 만드네.
정준원	(생각하는 표정으로 짓다가) 헌혈? (퇴장한다)
변영찬	(빈 동아리실을 한 번 돌아보고 조용히 퇴장한다)

조명이 꺼진다.

3장 각자의 장소-자신의 고민들

각각의 인물이 있는 곳은 각각의 장소이다.

이승민	(담배에 불을 붙이며) 아, 진짜 구질구질해. 지가 나를 알면 얼마나 안다고, 쓰레기, 넌 학교도 나올 필요 없다고? 누가 나는 학교 가고 싶데?
장금조	"난 당신의 인형에 불과한 아내였어요, 난 당신이 상대가 되어 놀아주면 기뻤어요, 그게 우리의 결혼이에요, 아ー, 아! 이거 어떻게 하지, 아아아아아아 난 당신의 인형에 불가한 아내였어요, 난 당신이 상대가 되어 놀아주면 기뻤어요, 그게 우리의 결혼ー아! 이게 아닌데 뭐야 아 대체, 연극이 뭐야 아아아아!
변영찬	(기타를 치며 노래한다) 나 그대를 생각해요, 가끔 혼자 우는 그대를. 왜 그대 혼자 우나요, 누가 곁에 있다면 좋을텐데. (고개를 숙인다)
문선미	(무언가를 적거나 푸는 듯. 문제가 잘 안 풀려 답답한 듯

펜으로 긋고 종이를 찢고 마침내 소리를 지르며 책을 던
져버린다) 아아아 으아아아아악!

박한서   오늘은 꼭 죽자. (결심한 듯 의자 위에 올라가 가파른 숨을
쉼. 망설이다가 밑을 보고 다시 의자에서 뛰어내려온다)

이서정   다녀왔습니다.

무대를 나누어 현재의 상황과 1980년대 상황이 동시에 보여진다.

서정 엄마   (서정이를 끌어다 앉힌다) 너 이리 와 앉아.

계엄군   (시민군으로 분한 한예담을 바닥에 내동댕이친다) 이 새
끼 이리 앉아!

서정 엄마   지금까지 어디 있다 왔어. 학원에도 없었어!

계엄군   너 지금까지 무슨 짓을 했는지 알기나 해?

시민군   우리는 이 땅의 민주화를 위해 싸웠을 뿐이오.

서정 엄마   연극?

계엄군   민주화?

계엄군 · 서정엄마   쓸 데 없는 소리 하지 마!

서정엄마   공부하라고 학원 보내줬더니 연극연습을 하고 다녀? 도
대체 누구랑 놀고 다니길래 이러니?

계엄군   혼자서 꾸민 짓은 아닐테고. 누가 시켰어? 어떤 새끼야!

이서정   제가 하고 싶어서 한 일이에요. 왜 엄만 절 이해해주지 않
으세요?

시민군   우리 모두의 뜻이다. 당신은 부끄럽지 않나?

이서정   전 엄마의 꼭두각시가 아니에요!

시민군   인간답게 살고 싶을 뿐이오.

계엄군	입 닥쳐!
서정 엄마	시끄러워! 난 너 대학 보내겠다고 뼈 빠지게 일하는데, 넌 네 욕심이나 차리겠다고! 그래. 네 마음대로 해봐!
계엄군	널 곰이라고 부르던데. 곰! 기동타격대의 곰? 그래, 네가 원하는 게 뭐야?
시민군	나 곰은, 사람다운 삶을 살고 싶소.
계엄군	흐흐! 사람답게 살고 싶다고! 말장난 말고 네가 원하는 게 뭐야?

조서의 내용을 적는 타자기 소리

장금조	내가 원하는 건 나를 표현하는 거야.
계엄군	니가 원하는 게 뭐야?

조서의 내용을 적는 타자기 소리

문선미	비겁하게 뒤로 숨고 싶지 않아.
계엄군	니가 원하는 게 뭐냐고!

조서의 내용을 적는 타자기 소리

박한서	내가 원하는건-(의자 위에서 내려온다)
계엄군	도대체 니가 원하는게 뭐야

조서의 내용을 적는 타자기 소리

곰은 왜 사람이 되고 싶었을까?   231

이서정	제발 날 좀 내버려둬!
계엄군	니가 원하는게 뭐냐고 이 폭도새끼야!
이승민	(화를 내며) 아 씨발! 말하면—들어줄 거야?
계엄군	네가 원하는 게 뭔데?

조서의 내용을 적는 타자기 소리

변영찬	(기타를 부서질 듯이 친다)

조용한 음악

문선미	왜 이렇게 아프지. (주저앉음)
장금도	왜 이렇게 답답하지.
이서정	나처럼 그 사람들도 이렇게 힘들었을까?
이승민	이렇게 화가 나고 억울했을까?

천천히 조명이 꺼진다.

4장 각자의 장소 - 변화의 시작

시계소리가 효과음으로 계속 나온다.

아이들이 양쪽에서 나와 등교하거나 걷거나 하는 몸짓으로 천천히 나온다. 모두 들어가고 시간이 흐르자 박한서와 한예담이 양쪽에서 나온다.

박한서	(공을 튀기고 있다)
한예담	패스! (공을 뺏어 버림)
박한서	야! 공 내놔! (예담이를 쫓아 들어간다)

서정이와 손민아가 나온다.

이서정	(사진기를 가지고 여기저기를 찍다가 손민아를 본다) 민아야, 내가 찍어줄게.
손민아	이쁜 건 알아가지고
이서정	찍는다. 하나, 둘! 한번 더! 하나, 둘!

문선미가 나온다.

이서정	자 이제 마지막! 잘 나왔다.
문선미	이쁘다! 연극 연습 늦으면 안 돼!
손민아	생각 좀 해보고

강준원이와 이서영이가 나옴

문선미	헌혈했네? 너 헌혈했다고 연습 늦으면 안 돼.
장금조	(연극 연습을 하며 나온다) 아 이건 아니지, 오늘 연습 땐 어떤 표현을 하지?

빠른 시계소리로 바뀌고 아이들이 각자의 동작을 취하며 나오다 호루라기 소리에 멈춘다.

막 뒤에서	얘들아 얘들아 뭐하니?
모두	우리? (관객을 보며) 오일팔! 연극연습!

5장 5·18연극제 공연

사회자	오일팔 청소년 연극제 다음공연은 한빛고등학교 학생들의 "무궁화 꽃이 피었습니다"를 보시겠습니다.
이승민	무궁화 꽃이 피었습니다(밖에서)

아이들이 하나 둘씩 나와 "무궁화 꽃이 피었습니다"를 한다. 호루라기 소리가 들린다. 계속 호루라기 소리가 나자 아이들이 귀를 막으며 몸을 움츠리거나 허리를 숙인다. 정준원이 계엄군 복장으로 나와 손가락을 아래로 향하자 아이들이 모두 쓰러지거나 허리를 더 숙인다. 이 모든 동작은 군인들의 훈련 모습처럼 절도가 있어야 한다. 정준원이 계속 호루라기를 불자 아이들이 군인처럼 걷기 시작한다. 군인처럼, 기계처럼—
정준원이 비열하고 악랄하게 웃으며 퇴장한다. 아이들 꼭두각시 인형처럼, 줄에 매달린 듯 걷는다. 어두운 배경, 슬픈 음악이 이어진다. 한 명이 낮게, 그러나 묶인 줄을 풀려고 몸부림을 치며 "무궁화 꽃이 피었습니다"를 외친다. 모두들 "무궁화 꽃이 피었습니다"를 외친다. 외침이 정점에 이른 순간 모든 소리가 멎는다. 하나둘씩 꿈틀거리며 밧줄을 풀려고 한다. 음악(마이 네임이즈 링컨 아일랜드 오에스티)이 흘러나온다.
속박에서 풀려난 아이들은 자신의 몸을 보며 천천히, 자유를 만끽한다. 주위를 둘러보고 아직 엎드려 있거나 풀지 못한 친구들의 줄을 함께 풀어

주며 한곳으로 모인다. 모두들 태양을 보며 뭉친다. 천천히 손을 든다.

조명이 꺼지고, 빗소리가 들린다.

에필로그

곰이 엎드려 있다.

모두   (밖에서) 곰아 곰아 뭐하니? (우산을 들고 하나둘씩 들어
                    오며 엎드려 옴) 곰아 곰아 뭐하니? 곰아 곰아 뭐하니? 곰
                    아 곰아 뭐하니?

곰 둘레로 모여 곰을 보며 우산으로 곰과 자신들을 가린다.

모두   죽었니─살았니? 죽었니─살았니? 죽었니─

우산으로 모두 가려진 상태. 곰의 대사와 함께 우산이 펼쳐진다.

곰   살았다!
모두   살았다!

조명이 꺼진다.

꼬막이

가덕현 / 근흥중 · 태안중 연극동아리

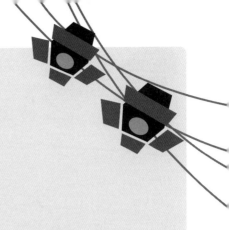

연출의 말

작품 '꼬막이'는 주인공 꼬막이의 가정과 학교생활을 통해 우리나라 농어촌 지역 특히 태안지역의 일반 중·고등학생들의 삶과 진로 그리고 학업에 대한 부모님들의 다양한 고민과 어려움을 학생과 학생, 자녀와 부모, 부모와 부모 세대 간 갈등의 문제를 무대 위에 보여주고 싶다. 태안군 근흥면 바닷가 마을의 실제 삶을 바탕으로 극화시킨 결과물이다. 이에 희곡 '꼬막이'는 처음부터 희곡 대본을 창작하는 과정을 거친 것이 아니라, 동아리 학생들과 함께 자신이 태어나고 살아온 바닷가 마을을 탐방하는 현장 조사를 거치면서 시작하였다. 따라서 대본 창작보다는 장면 창작을 먼저 거쳤다는 점이 다른 작품들과 다른 점이라 할 것이다.

오늘날 학생들의 힘겨운 일상, 아버지와 아들 꼬막이 간의 갈등, 태풍으로 모든 것을 잃은 현실 등을 노래와 동굴을 헤쳐가는 장면, 찢어진 그물 등으로 형상화했다. 장면짜기 중심으로, 학생의 입말 중심으로 이루어진 희곡작품인 탓에 다른 작품들에 비해 대사가 훨씬 구어체적이라고 할 수 있을 것이다. 그리고 작품의 절정 부분에서 마지막 대단원으로 넘어가는 과정이 생각보다 쉽게 이루어졌다는 느낌이 들수도 있어, 공연 과정에서는 좀 더 세심한 지도가 필요할 것이다.

등장인물

꼬막이	아버지
어머니	선생님
학생부장	경욱
공주	인엽
소현	명진
반장	진해
지희	날라리 1, 2
아줌마 1, 2, 3	

1장 학교

■ 1-1 등교시간

무대가 서서히 밝아지면, 잔잔하면서도 경쾌한 음악을 배경으로 무대 뒤에서 아이들이 재미있는 움직임에 맞춰 노래를 부르며 등교한다. 무대는 전체적으로 연한 푸른색을 띠다 노래 중간부터 조금씩 밝아지기 시작한다.

〈음악. '제발제발 때리지 마세요.'〉

제발제발 툭툭 때리지 좀 마세요.
내가 무슨 칠판지우갠가. 뭐
이건 하면 안돼. 저것도 하면 안돼.
그저 모든지 안 돼 밖에 모르시나봐.

주물럭주물럭 대지 좀 마세요.
내가 빨래 감인가요.
축 처진 빨랫줄에 걸린 내 모습이
불쌍하지도 않으세요. 흑

아침마다 골병제조기를 타고서
학교에 가 보세요.
조금만 늦었다간 벌로 변기청소 –
누군들 지각을 하고 싶어 하나요.

참내 들들 볶아 대지 마세요.
제발 가만히 좀 놔두세요. 네~에
어렸을 때 생각을 조금만 해보시면
우리 심정 알잖아요.
– '제발제발 때리지 마세요.' 중에서 –

꼬막이   (투정을 부리며) 엄마! 도시락!

어머니   엄마가 바빠서 도시락을 못 썼다. 우선 이걸로 먹을 만한 거 사 먹어라.

꼬막이   (반항하는 말투로) 아이–씨! 맨날 이게 뭐야.

어머니   그럼 엄마가 어떻게 하니!

일시에 동작을 정지하면 무대가 약간 어두워진다. 다시 아이들이 굴속을 통과하는 율동과 함께 노래를 부르며 등장하여 다양한 움직임을 만들어 간다.

〈음악2. '제발제발 때리지 마세요'〉

캄캄한 굴속에 들어가는 기분을 아세요. 네?
그 캄캄한 굴속에 들어가기보다
더 싫은 시험은 왜 있을까?
시험보고 매 맞고 통지표 받고,
통지표 받고 또 매 맞고–
어떻게 해야 만이 어른이 빨리 돼서
회초리를 안 맞을까?

– '제발제발 때리지 마세요.' 중에서 –

무대가 밝아지면, 지각하는 아이들이 등장한다. 머리에 노란색 물을 들인 아이들과 교복대신 체육복이나 점퍼를 입은 아이들이 선생님 앞에 서서 기합을 받고 있다.

학부	(호루라기 소리) 야! 너희들 빨리 안 들어 가! 너, 너, 너! (아이들 들어가다가 멈춘다) 엎드려 뻗쳐! 이 자식들! 신성한 학교에 수업을 받으러 오면서 지각을 해. (한 여자아이의 머리카락을 지시봉으로 들어올리며) 너! 머리가 이게이게…. (얼굴을 자세히 살펴보더니 아주 부드러운 목소리로) 너 왜 늦은 거야?
공주	(머리를 만지며 아주 힘이 들게 일어난다) 아, 아~파서요.
학부	(머리를 쓰다듬어 주면서) 아퍼서? 아프면 안 되지. (어깨를 토닥거리며) 그래, 넌 들어가라. (아이가 사라지는 곳을 음흉하게 바라보며 미소를 짓는다) (표정을 바꿔 다른 아이들을 쳐다보며) 야, 너희들. 누가 늦게 오라고 했어?
경욱	(공주의 동작을 따라한다) 아~, 아파서요.
학부	(갑자기 눈을 부릅뜨며) 이 자식이 지금. 너 지금 장난하냐? 엎드려 뻗쳐! (지시봉으로 엉덩이를 때린다) (꼬막이 고개를 들쳐본다) 너, 꼬막이 오늘도 지각이냐? 이 자식은 맨날 지각이야. 너, 다음 번에도 걸리면 정말 부숴버리겠어. 전부기상! 기상! 귀 잡고 쪼그려 앉는다!

토끼뜀 10회 실시!

학생들	실시! (불만과 원성으로 투덜거리며 복창한다) 하나, 둘, 셋. 하나!
학부	(힐끔 쳐다본다) 이 자식들이. 똑바로 안 해! 다시, 똑바로 서. 토끼뜀 10회 실시!
학생들	하나! 둘! 셋! 하나!…(복창하면서 토끼뜀을 뛴다)
학부	그 자리에서 교실까지 오리걸음으로 들어간다. (발로 차려고 한다) 이 녀석들 봐라. 빨리 안 들어가!

아이들이 빠른 오리걸음으로 서둘러 기어간다.

— 무대 어두워지고 우울한 음악이 낮게 깔린다. —

조명 : Fade Out(50%)

〈음악. 오리걸음〉

■ 1-2 교실

다시 무대 밝아지면 교실이다. 여기저기 왁자지껄한 모습으로 어수선하다. 반장의 지시에 따라 아이들이 각자 자신의 자리를 잡고 앉을 때, 자각한 아이들이 투덜거리며 교실로 들어온다.

경욱	야 너 오늘 짜증나는 과학숙제 다 해왔냐?
인엽	물론 안 해왔지. 숙제를 뭐하러 하냐?
공주	(자리로 가면서) 아, 머리 아퍼!
소현	어휴, 재수 없어!
명진	(엉덩이를 어루만지며) 아씨. 학부는 왜 맨날 지키냐? 지가 뭐 집 지키는 개냐. 오늘도 맞아서 엉뎅이가 퉁퉁 부었잖아 지각 좀 하면 어때.
경욱	아휴, 누군 안 맞았냐? 이것 봐, 나도 이렇게 부었잖아!
소현	(걱정스럽게) 어머머머 어떻게, 많이 아퍼! 내가 호- 해줄까?
명진	(엉덩이를 내밀며) 응, 나 많이 아퍼!
공주	(쪽팔린다는 듯) 이게 씨~.
명진	야, 근데 꼬막이는 오늘도 지각이냐? 꼬막이 때문에 우리 반 완전히 지각반으로 찍혔어.
소현	야, 친구들끼리 그게 무슨 말이야!
명진	빙신, 아침부터 꼬막 잡나부지. 뭐
학생들	(서로 공감하는 표정으로 눈길을 맞춘다) 마저, 마저
경욱	야이 자식아. 니덜은 그렇게 꼬막이를 놀려서야 되겠냐? 나를 잘 봐!

〈음악〉
구전민요 노래 가락에 맞춰 절름발이 흉내를 내며 마당을 돌아다닌다.

꼬막이네 아버지는 절룩 절룩 절룩 절룩

꼬막이도 아빠 따라 절룩 절룩 절룩 절룩

경욱이 노래와 동작을 따라하며 아이들이 한바탕 웃고 떠들고 있을 때,
무대 상수에서 꼬막이가 등장한다.

꼬막이	(화가 난 표정과 목소리로) 야, 너 지금 뭐라고 했어?
경욱	뭐라고 하긴, 남자 새끼가 맞는 말 한 거 같고….
꼬막이	(멱살을 잡으며) 너, 정말 죽고 싶어?
경욱	뭐~어 죽고 싶어! 그래 죽여 봐. 죽여 봐 이 자식아!
꼬막이	어이 이 자식이!
경욱	야이 자식아!
소현	야 야, 하지 마! (싸움을 뜯어말리며) 하지 말라니까.
공주	(다급한 목소리로) 야 야, 선생님 오셔. 빨리 자리에 앉아!
경욱	너, 이따 남아
꼬막이	어이, 이 자식이!

서로 다시 싸우려고 서로 막 엉키는 중에 선생님이 들어오신다.

■ 1-3 싸 움

선생님이 교실에 들어오시자, 일순간 교실 전체가 조용해지고, 아이들이
잔뜩 긴장한 눈초리를 하며 앉아있다.

선생님	교실이 왜 이렇게 소란스러워!
반장	차렷! 선생님께 대하여 경례!
아이들	안녕하세요.

선생님	(아이들과 교실을 쭉 한 번 둘러본 후에) 오늘 어디 배울 차례냐?
명진	그건, 그때그때 달라요! (아이들이 웃는다)
선생님	(한 아이에게) 너 지금 장난하는 거냐? (머리통을 친다)
명진	죄송합니다.
선생님	반장!
반장	48페이지입니다.

선생님이 한창 수업을 진행하고 있는데, 교실 뒤편에서 꼬막이와 경욱이가 신경전을 벌이고 있다. 잠시 후에 꼬막이가 일어나 아이들 셋을 발로 찬다.

경욱	야, 꼬막이 (약을 올린다)
꼬막이	이 자식이 (발로 찬다)
경욱	아야! 선생님. 꼬막이 저 자식이 때렸어요.
선생님	(뒤를 돌아본다) 뭐야! (꼬막를 바라보며) 꼬막이 당장 나와! 너 뭐하는 놈이야! 감히 나의 수업시간에 장난을 쳐 그리고 친구를 때려?
꼬막이	그게 아니구요….
선생님	그게 아니긴 뭐가 아냐. (지시봉으로 몸 이곳저곳을 마구 때린다) 너 임마. 맨날 지각이나 하는 주제에 뭐가 잘났다고 친구를 때려. (분을 참지 못한다) 너 같은 놈은 학교에 있을 필요가 없다. 당장 복도로 나가!
꼬막이	그게 아니구요. 저 자식이 저를 자꾸 놀리고….
선생님	이게 어디 꼬박 꼬박 말대꾸야? 집구석에서 그렇게 배웠

	냐? 너 이리 와!
꼬막이	(울먹이며) 그, 그게 아니구요. 그게 아니라니까요.
선생님	(귀때기를 잡아댕기며) 그게 아니긴, 뭐가 그게 아냐.
꼬막이	선생님. 진짜 그게 아니구요.
선생님	뭐가 아니구. 이 녀석아. 너, 내일 당장 아버지 오시라구 해!
꼬막이	(더 이상 분을 참지 못한 채로, 밖으로 뛰쳐나가다 돌아보며) 에이, 씨발
선생님	어-, 어쭈 저 놈 봐라. 야! 야 꼬막이 너! 거기 안 서! (선생님이 소리를 치며 뒤쫓아나간다.)

음악 준비

반장	(손가락질하며) 하여튼, 너희들 때문에 우리 반이 잘되는 꼴을 못 봐!
소현	마저. 다 너희들 때문이야.
아이들	맞아! 맞아! 맞아!
경욱, 명진	우리가 뭘!
공주	(거울을 보는 척 하면서) 난 화장이나 고치러 가야겠다.
아이들	(모두들 한심하고 기가 막힌 듯) 어휴!

2장 마을

꼬막이 아버지가 그물을 어깨 위에 둘러멘 채로 등장한다. 엄마는 무언가

담긴 함지박을 머리에 인 채로 뒤따라 나온다. 이때 마을 아줌마들이 웅성거리며 등장한다.

아줌마1   아이고. 배부르다. 잘 먹었네! (트림을 한다) 아이고 냄새! 꼬막이 아버지 뭐 허셔유. 즘심은 드셨슈?

아버지   (건성으로) 대충 먹었슈.

어머니   아이고, 근홍댁은 맛있는 거 먹고 왔나부네.

아줌마2   (먹을 때가 장면이 생각나는 듯이) 나요. 호호호 오늘 계모임이 있어가지고. 읍내 나가서 괴기 좀 먹구 왔슈. 본전 뽑느라고 얼매나 먹어댔는지, 배가 다 터질 것 같네유. 호호호 근데, 꼬막이네는 지금 뭐하시는 거래유.

아버지   (귀찮다는 듯이) 그물 손질하지 뭣 해유.

아줌마3   (하늘을 한 번 보고) 하늘에 구름이 잔뜩 낀 게 금방이라도 비가 올 것 같은데 그물 손질은 뭣하러 헌대유 이런 날엔 그냥 쉬시지.

아버지   놀면 뭣해유. 이거라도 해야지유.

아줌마1   그건 그렇고. 꼬막이넨 꼬막배 말고 다른 걸로 바꿔보는 게 어때유?

아버지   (어이없이 웃으며) 허허. 그래도 배운 게 도둑질이라구, 지금껏 이것으로 우리 식구들 먹여 살렸는디, 애들 핵교도 보냈으니 계속 해야지유.

아줌마1   옛날에야 꼬막잡이가 돈이 됐지만…. 지금은 그렇지도 않잖어유. 아, 기름난리 난 후로는 다들 대하잽이다. 낚시배로 바꾸는 판에 꼬막잡이로 먹고 살기 힘들어유. 그래서 이참에 우리도 다른 걸로 바꾸려구유.

어머니	(동의하는 표정으로) 하긴 그래요. 옛날 같지가 않어유. 바다에 나가 봤자, 꼬막두 읎구. 꼬막금도 별루구. 근디 뭘로 바꾸실려구유?
아줌마1	요즘 캠핑이네 뭐네 사람들이 놀러 댕기는 걸 좋아혀서, 이참에 우린 펜션사업이나 혈려고 하는디…. 있는 배는 낚시배로 돌리구.
어머니	(아버지를 쳐다보며) 꼬막이 아부지! 우리도 이참에 다른 걸로 바꿔보는 게 어떻겠시유.
아버지	(벌컥 화를 낸다) 당신 지금 무슨 소리 허는 겨. 옛날 같지 않다구 다들 대하잡이다 낚시배로 바꿔버리구 나면, 꼬막은 누가 잡을 겨!
아줌마2	꼬막이 아부지는 벌써 잊었슈. 옛날이 태풍쳤을 때, 꼬막배 땜에 지금처럼 다리 병신 됐잔유? (얼른 손으로 입을 막으며) 애구, 애구구구…. (작은 소리로) 이놈의 주둥아리가 또…. 아무튼 우리는 고깃배는 지긋지긋혀서 바꾸려구유.
아버지	(아줌마를 한 번 째려본다)
어머니	(꼬막이한테 미안해 하며) 애들도 커가는 디, 뭔가 돈이 되는 걸 해야지 안 컸슈.
아버지	무슨 말이여. 그래도 이 꼬막배가 지금껏 우리를 먹여 살린 겨. 허튼 소리들 집어 치워.
아줌마3	(한창 젊은 시절을 떠올리며) 옛날이 좋았지유. 바다에 꼬막배 한 번 떴다 허면, 집집마다 꼬막이 철철 넘치도록 잡아 와서 우리 포구 마을이 얼마나 풍성허구 흥겨웠는지…. 아, 근디 요즘은 그렇지두 않구유. (현실로 돌아오

자 갑자기 말투가 바뀐다) 요즘 애들 말로 뭐랫더라. 와—
왕따. 응, 그려 맞어. 왕따라고 혀서 낚시배하는 애들은
낚시배 허는 집 애들끼리, 또 대하잡이 하는 애들은 대하
잡이 허는 집 애들끼리. 아, 끼리끼리 논대잖어유. 아, 애
들 때문에라도 언능 바꿔야 겄슈.

어머니	계속 이러다간 꼬막이 대햌교나 보낼까 몰러유.
아줌마2	뭐여 비오는 거 아녀? 참 내 정신 좀 보게. 빨래 널어놓고 그냥 왔네. 꼬막이 아부지! 그럼 지들 먼저 들어가유?

아줌마들 서둘러 퇴장한다.

아버지	(퉁명스럽게) 그러셔유
어머니	그럼 들어들 가셔유.
아버지	(그물을 마저 챙기며) 우리두 언능 챙겨 들어가자구!
어머니	꼬막이 아버지. 그러지 말구 우리두 한 번 바꿔바유?
아버지	아니 이 여편네가 오늘따라 왜 이런댜.
어머니	꼬막이 아버지~~!
아버지	꼬막이는 아직두 안 온겨. 핵교 끝났으면 퍼뜩퍼뜩 집에 나 들어올 일이지!
어머니	애들이 놀러두 댕기구 해야지유.
아버지	지금이 어디 놀러 다닐 때여. 헐 일이 워디 한두 가지냔 말이여? 헛튼 소리들 말고 언능 밥이나 줘!

막 집안으로 들어가려는데, 선생님과 학생 한 명이 등장한다.

학생	선생님, 여긴데요.
선생님	그래. 고생했다. 빨리 집에 들어가고. 내일 일찍 와라.
	(꼬막이 아버지에게 가까이 다가서며)
선생님	저…. 여기가 꼬막이네 집 맞습니까?
아버지	네. 지가 꼬막이 애빈디. 누구시유.
선생님	네. 꼬막이 학교 담임선생인데요.
아버지	(한껏 허리를 굽혀가며) 아이구. 그러세유. 애들만 맽겨놓구 한 번 찾아뵙지도 못 했는디…. 근디 무슨 일이데유?
어머니	우리 꼬막이헌티 무슨 일이라도 생겼나유?
선생님	별건 아니구요. 학교에서 친구들하고 별로 안 좋은 일이 있었나 본데…. 선생님한테 야단을 좀 맞다가, 그냥 나가 버렸습니다.
아버지	(놀라며) 네! 내 이눔의 새끼를, 어디 들어오기만 해봐라. 그냥
선생님	(약간 당황하며) 저 아버님. 너무 야단치지는, 마시고…. 들어오면 저한테 연락을 좀 주십시오.
아버지	네. 알것슈.
선생님	그럼. 이만….
어머니	이거 모처럼 들리셨는디…. 대접도 변변히 못허구. 어떻게 차라도 한 잔….
선생님	아, 아뇨. 괜찮습니다. 저는 또 읍내에 나가 꼬막이가 있을 만한 곳이라도 좀 찾아 볼까합니다.
어머니	(뒤따라 나오며) 어이구 선생님. 증말 고맙습니다. 면목이 읍습니다.

선생님이 퇴장한다.

어머니   아이고! 우리 꼬막이 워쩐디야.

아버지   (집안으로 들어가며) 내버려 둬. 그 놈은 고생을 더 해봐
             야 허니께. 언능 집으로 들어와! 내일 태풍도 온다는 디,
             일찍 배에 나가 봐야 혀!

어머니   그나저나, 날씨도 안 좋은디 우리 꼬막이가 워디 갔댜.

서서히 무대가 어두워진다.

〈 음악 / 퇴장 〉

3장 화려한 도시의 밤

〈음악. 젠틀맨〉

퇴폐적이면서도 경쾌하고 발랄한 음악이 낮게 깔린다. 더불어 현란한 색
조명이 섞인 무대 분위기에 춤추는 리듬의 음악이 길게 흐른다.

이어, 클럽 음악과 아이들의 춤(집단적인 춤)이 이어지고, 무대 위에는 현
란하고 섹시한 옷차림의 여자 한 명이 미리 등장하여 춤을 추고 있다. 잠
시 후에 남자 날나리들 몇 명이 등장한다.

남자들   야호~!

날나리1   야호! 야, 우리 오늘 기집애들 꼬셔서 제대로 한 번 놀아

보자.

날나리2	좋지! 내 오토바이에 타고. 야! 타!
날나리1	야 짜식아! 그렇게 밖에 못 노냐? 이왕 놀 거면 화끈하게 놀아보자고!

이때 다른 여자 날라리들이 등장한다.

진해	야. 여기 물 좋다며? 근데 이게 뭐야!
지희	아직 시간이 안 돼서 그래. 조금 더 기다려 보면 우리가 찾는 스타일을 찾을 수 있을 거야.
진해	야 오늘 끝까지 가는 거다.
다 함께	(춤을 추다. 하이 파이브 동작으로 손을 높이 올리며) 야호~!
날나리1	(지희를 향하여) 야. 너 딱 내 스타일이다. (춤추는 동작) 나랑 놀래?
지희	나 원래 예뻐. 근데 너희들은 내 스타일이 아냐.
날나리1	뭐! 그러는 너희는 얼마나 잘났냐? 그러지 말고 우리랑 놀자.
진해	됐네요. 너희는 우리 스타일이 아니라고….
날나리2	뭐 그럼 니네 스타일은 뭔데?
여자애들	우리 스타~일?

이때 꼬막이가 두리번거리며 무대 상수 앞쪽으로 등장한다.

진해	(무엇을 발견한 듯이) 어머! 쟤. 딱 내 스타일이야.

날나리2	스타일 좋아하네. 척 보니 가출 똘마니구만. 야! 그러지 말고, 이 오빠가 잘 해 줄게. 이리 와봐!
진해	숏다리 넌 빠져. (꼬막에게) 너 나랑 놀래?
꼬막이	(어떨 결에) 으――응
진해	따라 와!
날나리3	(달려들며, 애원하듯) 우리도, 우리도
진해	좋아. 오늘 하루만 같이 놀아준다.
모두들	가자! (무대를 한 바퀴 돌고 난 뒤에 한 명씩 앉는다)

〈음악. 몽환적〉
음악이 나오면, 느린 동작으로 각자의 위치에서 댄스동작 섹시하며, 흐느적거리듯 춤을 춘다.

날나리1	(담배를 피우다 연기로 도너츠를 만들어 날리면서) 야-. 죽인다. 야! 너, 이거 해봤냐?
꼬막이	아, 아니.
날나리2	병신! 아직 이깟 담배도 한 번 못 피워 봤어? (본드를 마시는 흉내를 내며) 너 그럼, 이건 해봤어?
날나리1	(환상적인 장면을 상상하는 목소리로) 와! 세상이 너무 아름다워…. (여자를 향하여) 엄마, 너무 아름다워요. 안아 주세요~.
지희	(남자를 향하여) 아저씨! 조금만 더 있다가 가세요. 나 난, 너무 무서워요….
날나리1	(힘차고 야심만만하게) 야! 모두 덤벼라! 나는 광개토대왕이다! 내 앞을 가로막는 놈은, 모조리 죽여버릴 테다!

하ㅡ, 하ㅡ, 하ㅡ. 청룡아! 날자!~

날나리2 (여자를 향하여) 으ㅡ흐흐흐… 아가씨~! 너무 이뻐~! 나랑 놀면 안돼~? 나랑 놀자~!

진해 (공포에 질린 표정으로 눈을 동그랗게 뜬 채로) 아빠! 때리지 마세요! 다신 안 그럴게요. 흑ㅡ, 흑ㅡ, 흑ㅡ. (갑자기, 미친 사람처럼 주위를 두리번거리다 공포에 질린 목소리로) 한 번만 용서해 주세요~! (다시 눈빛이 변하면서) 넌, 또 뭐야? 내가 누군지 알아? 난 이제 아무 것도 두렵지 않아~~!

꼬막이 우와! 구름 위를 걷는다. 나는 하늘을 날고 있어. 이제 나는 자유야~~! 친구들도…. 선생님도…. 모두~! 날, 부러워하겠지…!

아이들이 하나둘씩 사라지고, 무대에 꼬막이 혼자 웅크리고 앉아 있다. 서서히 암전 되었다 환상적인 무대로 바뀌어 간다.

■ 3-1 환상과 환청 - 꿈속에서

무대 다시 약간 환해지면 꼬막이가 지쳐 쓰러져 있다. 본드 봉지를 잡다 놓치고, 겨우 잡으려다 다시 놓친다. 다시 천천히 머리를 드는데 정신이 어지럽다. 어두운 가운데 멀리 꼬막이에게 아련한 조명 주위로 아이들 또는 사람들의 목소리가 들려온다. 사람들은 무대 위, 또는 밖에 있을 수 있다.

꼬막이	(환하고 부드러운 목소리로) 우와, 따뜻하다. 정말 따뜻해. (먼 곳을 바라다보며) 햇살이 비쳐오네.
코러스	(작은 목소리에서 점점 크게) 불이다. 불이다. 불이다. 불이다.
사람들	불이다! 아이구 이걸 워쩨! 저기 배들 다 타겠네.
소리(어머니)	꼬막이 아부지! 어휴. 지금 안 나가면 다 죽어유!
소리(아버지)	그러니께 꼬막이 데리구 어서 나가라니께! (더욱 크고 다급하게) 어서! 아, 아아―. 아―악――――.
소리들(아이들)	(아주 작은 소리에게 점점 크게 변해간다) 절름발이―. 절름발이―. 절름발이―. 절름발이―.
소리들(모두)	(어두우면서도 느렸다가 점점 커져가는 목소리로) 절룩 절룩 절룩 절룩 절룩 절룩 절룩 절룩
꼬막이	(천천히 정신을 차리듯 꿈틀거리며 일어서다. 다시 머리를 싸매고 엎드려 몸을 부르르 떤다. 몸을 떨면서) 아버지. 엄마, <u>흐흐</u>―흑. <u>흐흐</u>―흑
소리(무대 뒤)	(꼬막이를 찾아 헤맨다) 꼬막아! 꼬막아! 꼬막아!

꼬막이 부분조명 + 전체 블루

전체블루 + 화이트 50%

꼬막이	(머리를 쥐여 잡으며) 아 ! 어지러워 머리가 부서질 것 같

아. 누구 없어요. 나 좀 살려줘요.

반장 　(꼬막이를 찾아 헤맨다) 꼬막아! 꼬막아! 꼬막아! 야! 너 꼬막이 봤어. 대체 꼬막이는 어디 있는 거야? 꼬막아~!

반장 　(꼬막이를 발견하고) 선생님! 선생님! 여기 꼬막이에요! (꼬막이에게 달려든다) 꼬막아! 꼬막아! (다급한 목소리로) 선생님! 꼬막이가 이상해요.

꼬막이 　누구세요? 나 좀 살려줘요.

선생님 　꼬막아. 정신 차려!

꼬막이 　(비몽사몽한 표정과 목소리로) 너 누구야? ㅎㅎㅎ 우리 담임이랑 많이 닮았네.

선생님 　(따귀를 때린다) 정신 차려! 너 지금 이게 무슨 짓이야!

반장 　꼬막아!

꼬막이 　(갑자기 딴사람이 된 것처럼 선생님을 노려보며) 아무도 필요 없어!
　　　　(천천히 무대 앞으로 걸어나간다) 난, 이제 자유란 말야! 내겐 아무도 필요 없다고…!

선생님 　꼬막아! 집에서 기다리는 부모님을 생각해야지. 니가 이러면 되겠어!

꼬막이 　(무엇을 비웃는 듯한 목소리로)으, 으흐흐흐…. (갑자기 표정을 바꿔, 울먹거리듯이) 창피해요~! 친구들도 날 놀리고…! (울먹이며 외치는 목소리로) 집에 가기 싫어요! 난, 아버지가 창피하단 말이에요! 그깟, 꼬막배 하나 때문에…. 우린 안중에도 없고…. 맨날, 일만 시키고…!

선생님 　꼬막아! 아버지는 너희들을 위해서 그 힘든 일을 하시는 거야.

꼬막이	다른 집 애들 아버지는…. 그깟 꼬막배 안 해도…! 잘만 키우잖아요! 같이…, 놀러도 가고….
선생님	꼬막아! 아버지는 그 꼬막배를 지키려다 지금처럼 다리를 다치신 거야?
꼬막이	그건 지금 나한테 중요하지 않아요! 아버지는 꼬막배만 있으면 아무 것도 필요 없어요…! (밖으로 뛰쳐나간다)
선생님	(뒤쫓아나가며) 꼬막아! 꼬막아!

친구도 함께 뒤쫓아 나간다.

4장 화해

음향 효과 / 천둥 번개소리
조명 / 번개 장면(싸이키 효과)

아버지	(배를 보러 뛰어간다) 아이고! 웬 비가 이렇게 쏟아진댜?
마을사람들	꼬막이 아버지 배 지붕 날러가겄슈
어머니	꼬막이 아버지 위험해유 조심하셔유
아버지	위험허니께 언능 집으로 들어가!
마을사람들	(안타까워하며) 아이고 아이고! 일을 어쩐대 꼬막이네 배 날라가네.
아버지	(다급하게) 어서 밧줄을 던져!
아버지	(부서지는 배를 보며) 아이고---! 저 배가 워떤 밴디!
어머니	아이고-! 꼬막이 아버지 어째유-!

이때, 꼬막이가 무대 한 귀퉁이로 등장하여 서 있다.

꼬막이   (무대 앞에서 무릎을 꿇고 울먹이면서) 아버지…. 죄송해
          요. 난 아버지가 그런 줄도 모르고…. 아버지. 제가 잘못
          했어요.
어머니   (꼬막이를 쳐다본다) 꼬막아!―
아버지   (멀리, 배가 사라진 바다쪽을 바라보면서) 내가 꼬막배를
          지키는 게 바로 너희를 지키는 거여.
어머니   (천천히 꼬막이에게 다가가 등을 두드리며 함께 바다를
          바라본다)
아버지   (먼 바다를 바라보면서) 내게 있어서 꼬막배는 바로 꼬막
          이 너여.

무대 서서히 어두워지면서 배경음악이 흘러나오고, 잠시 후에
어둠 속에서 나지막한 실로폰 소리가 천천히 울려나온다. 다시 하모니카
연주가 시작되면서 아이들의 노래가 함께 이어진다.

꼬막이, 아버지, 엄마 셋이 무대 앞으로 나아가면서

노래 / (하모니카 연주와 함께)

이 여린 가슴도 세상을 조금씩 배우면서
제일 처음 눈 뜬 건 사―랑.
참으로 진실한 사랑이 얼마나 아픈지를
이 작은 가슴도 알았네.

혜성, 명진, 경욱, 지희, 소현, 진해, 인엽, 은상, 태숙, 기운 등의 인물들
이 모두 천천히 무대 위로 등장하면서….

아침에 눈을 뜰 때면
열려진 작은 창문으로 열린 만큼 쏟아지는 햇살
우리 사랑도 그 만큼만 쌓인다고 하던데
내 마음은 얼마나 열어 놓았는지

노래 '우리들만의 세상' 가사 중에서

무대 서서히 어두워진다.

開!꿈

백인식 / 인천광성고 연극반

연출의 말

- 이 작품은 남자고등학교 연극반에서 공연하기 쉽도록 남학생들만으로 배역을 설정했다. 두 남학생의 이야기를 중심으로 극이 전개되며, 학생들은 여러 가지 배역을 연기한다.

- 이 극에서는 코러스(정령)가 중요한 역할을 한다. 코러스는 교실에서 학생들의 속마음을 보여주는 연기를 펼친다. 이러한 코러스의 연기는 특히 정적으로 묘사된 장면에서 극이 처지지 않도록 하는 효과를 낸다. 수업 시간 학생들의 생각을 간단하고, 반복적이며 때로는 일치된 동작으로 나타내는 것이다. 대본에는 코러스의 연기에 대한 묘사가 빠져있는데, 연습할 때 학생들에게 수업 시간에 선생님의 눈에 띄지 않는 요정들이 교실을 돌아다니고 있다면 어떤 모습일까를 상상하게 해서 표현해 보면 좋은 장면을 만들 수 있다. 학생들이 몸으로 표현하는 것에 어려움이 있을 경우 정지 동작을 활용한 연출 등이 필요할 것으로 생각한다.

- 소품, 무대 장치, 효과는 우리 주변에서 쉽게 얻을 수 있는 종이 박스, 호스 등을 이용하는데, 재활용품들을 가지고 '어떤 효과를 낼 수 있을까?, 어디에 이용할 수 있을까?'를 고민하면 만들고 즐기는 재미가 있을 것이다.

등장인물

철수	태호
형오	민수
국어 교사	수학 교사
교장	학생들
정령들 1, 2, 3, 4	

때   2학기 중간 무렵.
장소   학교, 버스 정류장, 공원.

1장 꿈

철수는 꿈을 꾸고 있다.

악몽 - 1

이상한 웃음 소리가 들린다.
여자가 나타난다.
철수를 향해 유혹의 손짓을 보낸다.
철수는 여자에게 다가가지만 여자는 살짝 살짝 피한다.
철수는 계속 여자를 쫓아다니지만 잡을 수가 없다.
철수가 여자를 붙잡고 껴안는 순간 엄마의 목소리가 들린다.

엄마   (목소리로만) 철수야! 철수야.

여자가 사라진다.

악몽 - 2

철수는 사라진 여자를 쫓아 이곳 저곳을 헤맨다.
정령들이 나타나 동굴을 만든다.
여자를 찾아 동굴 속으로 들어간다.
동굴이 점점 좁아지며 결국에는 철수를 그물로 잡듯이 얽어맨다.

철수는 빠져 나오려 몸부림치지만 그럴수록 정령들은 더욱 강하게 철수를 얽어맨다.

엄마의 목소리가 들린다.

꿈의 정령들과 철수는 동작을 멈춘다.

엄마   (목소리로만) 철수야! 빨리 일어나. 학교 늦겠다.

꿈의 정령들은 다시 서서히 움직인다.

악몽 - 3

새로운 정령들이 호스를 가지고 빙빙 돌리며 소리를 낸다.

정령 1은 의자를 정령 2는 밧줄을 가지고 나오고, 정령 3, 4는 철수를 붙잡아 의자에 앉힌 다음 묶는다.

정령들이 철수의 주위를 돌다가 다가서며 괴롭힌다.

정령들이 철수에게 눈이 그려진 종이를 한 장 씩 붙이고, 손가락질을 하며 비웃는다.

철수는 비명을 지른다.

다시 엄마의 목소리가 들린다.

엄마   철수야! 너 정말 빨리 일어나지 않을 꺼야?

철수와 정령들은 정지한다.

2장 버스 정류장

여러 사람이 있는 버스 정류장.

태호가 철수를 기다리고 있다. 태호는 어깨에 기타 가방을 메고 있다.

잠시 뒤에 철수가 급하게 뛰어들어온다.

철수	(숨을 헐떡이며) 태호야!
태호	야! 새끼야! 이제 오면 어떡해?
철수	아! 미안해. 미안해.
태호	야! 이 새끼 존나 이상한 새끼네. 이게 내 일이냐? 네 일이지.
철수	그러니까 미안하다고 그랬잖아. 어제 게임 하다가 늦게 잤어.
태호	너 미쳤냐?
철수	안 그래도 엄마 때문에 열 받아 죽겠는데, 너까지 왜 그래? 하여튼 미안해. 아직 안 왔냐?
태호	너 눈도 없냐? 눈이 있으면 직접 봐. 새끼야.
철수	지금 몇 시지? (핸드폰을 꺼내며) 벌써 갔나? 어떡하지?
태호	그러니까 늦지 말았어야지. 에이! 아침부터 이게 뭐야? 네가 여자 꼬시는데 왜 나까지 고생해야 하나?
철수	하여튼 미안해. (잠시 숨을 고른다. 기타를 발견하고) 너 그거 뭐냐?
태호	보면 몰라! 임마! 기타다! 기타! 일렉트로닉 기타! 너 일렉트로닉 기타, 알어?
철수	너 정말 기타 샀구나! 이리 한 번 줘 봐!

태호	안돼. 임마! 얼마나 비싼건데…
철수	어쭈! 너 이렇게 나올거야! 이리 줘 봐!
태호	히! 살살 만져!
철수	(기타 가방을 열어서 살펴보며) 야! 좋아 보인다!
태호	그럼 임마! 학원비 다섯 달 모아서 산 건데, 안 좋아 보이면 되냐?
철수	너네 아빠가 이 기타보고 뭐라고 안 하셔?
태호	몰라! 아직 집에서는 내가 기타 산 것 몰라! 알면 한바탕 난리가 나겠지 뭘! (갑자기) 어! 연희다! 연희!

철수는 태호가 가르치는 쪽을 쳐다본다.

태호	히! 속았지롱?
철수	에이…. 장난을 치구 그러냐? 하여튼 너는 겁이 없어. 나 같으면 쫄아서 학원비 떼어먹을 생각은 하지도 못했을 거야!
태호	그러니까 여자한테 말 거는데도 이 형님 도움이 필요한 거 아냐? 너는 언제 철들래?
철수	하여튼 품재는 것 알아줘야 한다니까! 그나저나 이애는 왜 안 오는 거야?
태호	철수야, 나 잠깐 저기 좀 갔다 올게.
철수	어딜 가? 같이 있기로 했잖아.
태호	한 대만 피우고 금방 올게. 쫄지 말고 있어 새끼야. (가다가 되돌아 와서) 철수야! 연희 만나면 할 말이나 연습하고 있어라! 응!

철수	알았으니까 빨리 와!
태호	알았어! (퇴장한다)

버스가 왔다가 손님을 태우고 출발한다.
철수는 계속 한 방향을 주시하며 시간을 본다.
태호가 돌아온다.

태호	철수야! 오늘은 날샌 것 같다. 지각하기 전에 학교나 가자.
철수	조금만 더 기다려 보고 가.
태호	너는 그 여자 애가 어디가 좋아서 그러냐? 내가 보기에는 완전 공주병에 도끼병 인데. 이제라도 안 늦었으니까, 너 좋다고 쫓아다니는 영숙이나 잘 챙기는 게 어때?
철수	(외면하며) 에이 씨! 왜 안 오지? 이러다가 정말 학교 늦겠네.
태호	벌써 늦었어. 새끼야!

버스가 도착한다.

태호	야! 나 간다. (태호, 가려 한다. 철수 붙잡는다)
철수	한 대만 더 기다려 보고 가자.
태호	놔! 새끼야. 지각하면 우리 담탱이 방방 뜨는 것 너 몰라서 그러냐?
철수	정말. 더럽게 치사하게 구네. 알았어. 갈라면 가. 그 대신 앞으로는 컴퓨터 고장났다고 부르지나 마!

태호	컴퓨터 좀 한다고 재기는⋯ 에이 좋다, 좋아. 친구 좋은 게 뭐냐? 그 대신 한대만 더 기다리는 거야.
철수	그래! 알았어!
태호	(갑자기 소리치며) 어! 저기 좀 봐!
철수	뭐?
태호	저기 흰색 소나타 말이야!
철수	어?
태호	쟤 연희 아니야?
철수	그러네!
태호	야! 저 지집애 존나 좋겠다. 자가용 타고 학교 가네.
철수	에이, 씨!
태호	오늘은 글렀다. 할 수 없지 뭐! 일단 오늘은 철수하자! 응! 철수야!

버스가 도착한다. 태호는 버스를 타러 간다. 철수는 머뭇거린다.

| 태호 | 빨리 와 임마! |

둘은 버스에 오른다. 버스가 출발한다. 약간의 시간이 지난 뒤의 버스 안.

태호	연희 쟤도 너처럼 늦게 일어나서 지네 아빠가 학교까지 태워다 주나 본데?
철수	꿈이 안 좋더니 아침부터 재수가 없네! 어떻게 하지?
태호	그러니까 내가 메일을 보내라고 했잖아.
철수	메일 주소를 알아야 보내지. 태호야! 쟤 이메일 주소 알아

	내는 방법이 없겠냐?
태호	글쎄…. 다모임에서 찾아보면 안될까?
철수	벌써 찾아 봤어.
태호	근데? 없어.
철수	응!
태호	야 걔는 촌스럽게 다모임에도 안 오고 그러냐? 정말 후졌다. 후졌어.
철수	아이 씨! 어떻게 하지!

버스가 다시 움직인다. 무대를 한 바퀴 돌고는 급정거를 한다.

태호	(옆으로 쏠렸다가 일어서며 소리친다) 아저씨! 기타 망가져요! 아이 씨! 운전 좀 살살해요!
철수	야! 야! 조용히 해.
태호	이 기타 얼마나 비싼 건데?
철수	야! 다른 사람들이 쳐다보잖아!
태호	(투덜댄다) 에이 씨!

약간의 사이

태호	철수야! 연희가 그렇게 좋냐?
철수	몰라! (사이) 그런데 솔직히 말이야. 요즘은 재 생각만 나고 도무지 아무 것도 할 수가 없어. 말이라도 한 번 걸어 보지 않고서는 공부고 뭐고 안될 것 같애.
태호	늦게 배운 도둑질이 더 무섭다더니 단단히 걸렸구만. 그

러니까 나처럼 중학교 때 여자를 다 마스터해야지 문제가 없는 거야 알았어?

철수   아! 정말 짜증 나네.

태호   야! 야! 걱정하지마. 내가 한 번 해 볼게.

철수   뭐! 어떻게 할 건데?

태호   방법이 있으니까 이 형님만 믿어 봐.

철수   어떻게 할건데?

태호   아 글쎄 나만 믿어 보라니까.

철수   정말? 어떻게 할건데? 응?

태호   글세 두고만 보라구!

버스가 다시 출발한다.

(암전)

3장 수학 시간

많은 학생들이 엎드려 자고 있다.

철수를 포함한 두 세 명 만 수업을 듣고 있다.

태호는 엎드려 자고 있다.

철수는 수업을 듣고 있지만 쳐다보고만 있는 느낌이다.

교사가 수업을 진행하고 있는 동안 학생들 속에 숨어 있던 정령들이 서서히 움직이며 장난을 치며 교실을 돌아다닌다.

수학 교사   그래서 속도의 문제가 나오면 거리를 시간으로 미분해야

하는 거야. 잘 기억해 둬. 속도는 시간에 대한 거리의 변화율이다. 그러므로 거리를 시간으로 미분한다. 이제 문제를 통해서 좀 더 자세하게 알아보도록 하자. 문제 3번을 봐! 우선 문제를 읽어 봅시다. 원점을 출발하여 수직선 위를 움직이는 점 P의 시각 t에서의 좌표 x가 $x = t^3 - 3t\,(1 \le t \le 5)$로 주어질 때 점 P의 진행 방향이 바뀌는 시각은 언제인가? 그럼 점 P의 진행 방향이 바뀐다는 것은 무슨 뜻이지? (약간의 사이) 점 P의 진행 방향이 바뀐다는 것이 무슨 말이야? (약간의 사이) 답답하다, 답답해. 벌써 몇 번을 설명했는데 이걸 몰라? (약간의 사이) 김철수! 점 P의 진행 방향이 바뀐다는 게 무슨 말이야?

철수   (철수는 당황해서 일어나지만 대답을 하지 못한다)

수학 교사   (기가 막힌다는 듯이) 야! 임마! 이것도 몰라? 이 자식 큰일났네. 너도 엎드려 자는 놈들처럼 대학가는 것 포기 한 거야? 응? 자식이 1학년 때는 공부 좀 하는 것 같더니, 순 엉망이구만. 너 조심해. 지금 안 해 놓으면 3학년 때 가서 후회해 보았자 소용이 없어! 박형오! 무슨 뜻이지?

박형오   속도가 0이요.

수학 교사   그렇지. 속도가 0이라는 뜻이지. 그러니까 ….

그때 방송 신호음이 나온다.
그 순간 교실은 모든 것이 정지한 상태가 되고, 교장이 무대로 등장한다.

교장   아! 아! 안녕하십니까? 나 교장입니다. 날씨도 더운데 공부하느라고 얼마나 수고가 많으십니까? 수업 시간이 한 3

~ 4 분 남았지만, 대략 끝난 것으로 알고 방송을 하겠습니다. 다른 게 아니라 음 음 (헛기침을 한다) 본 교장이 광명여고 교장과 아주 친한 사이입니다. 조금 전에 그분한 테서 전화를 받았는데, 우리 학교의 어떤 학생이 자기네 학교 홈페이지인가 뭔가에다가 어떤 여학생을 보고, 좋아한다느니, 사귀어 보자느니 하는 괴상망측한 소리를 써 놓았다고 합니다. 본 교장은 우리 학교 학생은 절대 그럴 리 없다고 이야기했습니다. 어떤 미친 놈이 자기 이름으로 그런 글을 쓰겠습니까? 그럼에도 불구하고 노파심에서 말씀드리는 것인데, 학생들은 절대 남의 여학교 홈페이지 같은 데에 얼씬거리지 마세요. 그런 시간이 있거들랑 영어 단어 하나라도 더 외워요. 그게 나를 위하고, 부모를 위하고, 학교를 위하고, 더 나아가 애국하는 길입니다. 이제 축제도 끝나고 했으니 야간 자율 학습에 자발적으로 참여하여 공부하는 면학 분위기 조성에 더욱 힘써주시기 바랍니다. 학생 여러분 야간 자율 학습에 자율적으로 많이 참여해 주실 것을 믿습니다. 그렇죠? (사이) 네! 아주 큰 소리가 들리는군요. 우리 모두 파이팅을 외쳐 봅시다. 자! 파이팅(사이) 한번 더 파이팅! (사이) 좋습니다. 그럼 이만 마치겠습니다. 수업에 방해를 드려서 죄송합니다.

교장이 퇴장하면 교실은 다시 원래 상태로 돌아온다.

수학 교사   오늘 참 여러 가지로 열 받는 날이구만! 오늘은 여기까지

다. 조용히 쉬어! (이때 노크 소리) 예? (학생 한 명이 들어온다)

학생 1   선생님! 김철수, 지금 학생부로 오라는데요.

수학 교사   누가?

학생 1   학생과 선생님이요.

수학 교사   학생과에서 왜 불러?

학생 1   광명여고 게시판에 김철수라는 애가 글을 올렸다는데요. (학생들 일제히 환호성을 지른다)

수학 교사   뭐? 김철수 일어나 봐! (김철수에게 다가가며) 김철수! 정말이냐?

철수   (의아한 표정으로) 네?

수학 교사   아까 방송 못 들었어. 네가 정말 광성여고 홈페이지에 글을 쓴 거야?

철수   아니에요. 선생님! 저 절대 그러지 않았어요.

수학 교사   사내답게 솔직히 말해 봐. 누가 죽이냐 임마!

철수   정말이에요. 선생님! 저 정말 모르는 일이에요.

수학 교사   그래? 난 네가 썼다면 칭찬해 줄려고 그랬지! 요즘에는 연애편지 하나 제대로 쓰는 놈이 없거든! 우리 학교 다닐 때는 연애편지 한 번 안 써 본 사람이 없었는데… (수업 끝나는 종이 울린다) 김철수! 따라와!

수학 교사의 뒤를 철수가 따라간다. 태호는 안절부절하며 철수 쪽을 쳐다본다. 민수가 태호에게 묻는다.

민수   태호야! 정말 철수가 그랬냐? 와! 저 새끼 보기보다 세계

開!꿈   **273**

노는데… 응! 정말 철수가 썼냐?

태호	몰라 씹새야!
민수	정말?
태호	그렇다니까!
민수	야 새끼야! 철수 일 중에 네가 모르는 것도 있냐?
태호	정말 몰라 새끼야! 야! 매점이나 가자. (나간다)
민수	(태호의 뒤를 쫓아가며) 얌마! 나도 좀 알자! 응! (암전)

4장 국어 시간

학생들이 수학 시간보다는 활기찬 모습으로 수업에 참여하고 있다.
학생들은 비디오를 보고 있다. 국어 교사는 뒤에 서있다. 잠시 뒤.

국어 교사	(앞으로 나오며) 자! 재미있지?
태호	네! 재미있어요.
민수	죽이는데요.
형오	재미없어요. 시시해요.
민수	야! 공부벌레! 네가 재미있는 게 있나?
태호	저 새끼는 꼭 티를 낸다니까!
형오	왜 그래? 재미없는 걸 재미없다고 그러는데….
국어 교사	(비디오를 끄고 나서) 아! 조용. 조용. 그러니까 칸타스토리아를 한마디로 정리하면 그림과 노래, 연기, 해설이 곁들인 총체극이라 할 수 있지. 작년에 여러분들이 했던 그림극이 좀 더 발전한 수준이라고 보면 돼. 어떤 것인지는

	대강 알겠지?
학생들	예!
국어 교사	비디오에서 봤겠지만, 별로 어렵지 않거든. 저 정도면 너 희도 만들 수 있겠지.
학생들	예!
국어 교사	그럼 우리도 두레별로 만들어서 다음 시간에 발표해 보 자! 우선은 이야기를 만들기 위해 '나의 꿈'을 주제로 수필 을 쓰도록 한다. 그냥 이야기를 만드는 것보다는 서로의 글을 읽고, 생각을 어느 정도 안 뒤에 만들면 한결 좋겠 지. '나의 꿈'을 주제로 해서 공책 한 장 정도로 자유롭게 써 보도록 해. 질문 있니?
태호	선생님 제일 잘한 두레한테 상품 없어요?
민수	그래요. 상품이 있어야 열심히 하죠. (학생들 동조하는 이 야기를 하며 떠든다)
국어 교사	조용! 조용! 물론 상품이 있지. 첫 번 째 상품! 제일 잘 만 든 두레의 작품을 여러 사람 앞에서 공연한다.
학생들	우!
국어 교사	두 번째! 그 두레원 모두 공짜로 연극을 한 편 보여준다.
학생들	우!
민수	선생님! 연극 재미없어요. 영화 보여주세요.
태호	그래요. 선생님! 영화가 더 좋아요.
학생들	영화! 영화! (영화를 연호한다)
국어 교사	알았어! 알았어! 영화로 하도록 하자!
학생들	(학생들은 여러 가지 반응으로 환호한다) 앗싸!
국어 교사	자 자! 조용히 하고. 이제부터 쓰기 시작해. 글은 솔직하

게 써야 좋은 이야기를 만들 수 있다는 걸 명심하고!

학생들은 서서히 글을 쓰기 시작하고, 국어 교사는 '나이 서른에 우린'이라는 노래를 튼다. 학생들은 서서히 따라 한다.

국어 교사　　(노래가 끝나면) 이제는 조용히 각자의 생각을 써 보도록 해.

학생들은 글을 쓰기 시작하고, 교사는 조용한 음악을 틀어 준다.
잠시 뒤에 철수가 심각한 표정으로 들어와 국어 교사 앞에 선다.

국어 교사　　이제 오니? 들어가!

학생들은 철수를 걱정스러운 듯이 쳐다본다.
철수는 자리에 앉자마자 책상에 엎드린다.

태호　　(걱정하여) 어떻게 됐어?
철수　　(아무런 말도 하지 않는다)
태호　　어떻게 됐냐니까? 아무 일 없었어?
철수　　(아무런 말도 하지 않는다)
태호　　(잠시 머뭇거리다가) 미안해!
철수　　(아무런 말도 하지 않는다)
태호　　미안해. 장난으로 한 것은 아니었어! 그냥 어떻게 너를 도와 볼까 하고….
철수　　(갑자기 일어나 태호를 밀어 쓰러뜨리고, 소리를 지르며 태호의 몸 위에 올라타 마구 때린다) 이 나쁜 새끼야.

국어 교사	(놀라서 소리친다) 야! 너희들 뭐 하는 짓이야. (국어 교사와 학생들이 둘을 뜯어말린다) 야! 정신차려! 진정해 임마! (철수를 껴안고 교실 한쪽으로 간다)
민수	선생님! 태호 피나요. (태호의 입에서는 피가 흐르고, 철수는 분을 이기지 못해 씩씩거리다가 울음을 터트린다)
국어 교사	(단호하게) 철수 너, 꼼짝말고 여기 있어! (태호에게 간다) 태호야 괜찮니?
태호	별거 아니에요.
국어 교사	태호야! 화장실 가서 씻고 와라. (태호와 민수 나간다. 국어 교사, 철수에게 간다) 철수 너 왜 그랬어?
철수	(씩씩거리며 아무 말도 하지 않는다)
국어 교사	철수야! 나 좀 따라와 봐. (학생들에게) 너희들은 조용히 글을 쓰고 있어라. 철수야! 이리 나와! (국어 교사가 먼저 나가고 철수가 쫓아간다. 학생들 수군거린다. 암전)

5장 꿈

악몽

철수는 꿈을 꾼다.
정령들이 정지 동작으로 앉아 있다.
어젯 밤에 나타난 그 여자가 다시 나타난다.

철수는 그 여자에게 다가가 말을 하려 하지만 말이 나오지 않는다.
말을 하기 위해 무진 애를 쓴다. 하지만 말이 나오지 않는다.
말을 하기 위해 무진 애를 쓰다가 여자의 웃음에 말문이 터진다.

철수　　그 글은 내가 쓴 거야! (놀라서) 아니야! 아니야! 그 글은 내가 쓴 거야. (놀라서 입을 틀어막는다. 하지만 계속 입이 저절로 움직이며 말이 나온다) 내가. 읍. 읍. 읍. 쓴 거야! (손으로 입을 틀어막은 상태에서) 내가 쓴 거야! 내가 쓴 거야!(여자가 웃으며 도망간다. 그제서야) 내가 쓴 게 아니야! 내가 쓴 게 아니야! (주저앉으며 머리를 감싼다)

정령들 춤이 곁들여진 합창을 한다.

정령들　　아니야! 아니야! 아니야! 김철수! 김철수! 어릴 때는 꿈이 많았지. 많았지. 많았지.

정령1　　다섯 살 때 ! 다섯 살 때!

정령2　　대통령이 되겠어! 대통령이 되겠어! 대통령이 되겠어!

정령들　　우와! 우와!

정령3　　여덟 살 때! 여덟 살 때!

정령4　　축구 선구가 되어야지. 축구 선수가 되어야지. 축구 선수가 되어야지.

정령들　　우와! 우와! 우와!

정령1　　열두 살 때는 군인!

정령2　　열네 살 때는 의사!

정령3　　열여섯 살 때는 프로그래머!

정령들	그러나 지금은 어떤 꿈을 꾸고 있을까? 그러나 지금은 어떤 꿈을 꾸고 있을까? 어떤 꿈을 꾸고 있을까? 어떤 꿈? 어떤 꿈? 꿈. 꿈. 꿈. (철수의 주위를 돌며 철수를 압박한다)
철수	(괴로운 듯 소리친다) 몰라! 몰라! 나도 모르겠단 말이야!
정령들	그러나 지금은 어떤 꿈을 꾸고 있을까? 그러나 지금은 어떤 꿈을 꾸고 있을까? 어떤 꿈? 어떤 꿈? 꿈. 꿈. 꿈. (암전)

6장 버스 정류장

다음 날 아침.
철수가 버스를 기다리고 있다.
잠시 뒤에 태호가 나타난다.
둘은 어색한 듯 서로 말이 없다.
버스가 한 대 지나간다.
태호가 먼저 말을 건넨다.

태호	야!
철수	(대답이 없다. 잠시 사이)
태호	야!
철수	(몸을 돌려 태호를 피한다)
태호	오늘도 기다릴거니?
철수	(대답이 없다)

태호	오늘도 기다릴거야?
철수	(대답이 없다)
태호	야! 말 좀 해라. 오늘도 기다릴거냐구!
철수	(퉁명스럽게) 아니!
태호	(실망하여) 그래. (사이) 철수야! 그러지 말고 오늘도 기다려 보는 게 어때.
철수	(말이 없다)
태호	이왕 알게 된 것 오늘 기다려서 끝장을 내자구!
철수	싫어!
태호	나 이거 참. (사이) 철수야!
철수	(대답이 없다)
태호	나 참! (잠시 사이. 머리를 긁으며) 어제 일 미안하게 됐다.
철수	됐어!
태호	(기운을 얻어서) 너 놀리려고 그런 것 아니야. 알지.
철수	됐다니까!
태호	내가 오늘 사과의 글을 올릴까?
철수	(강하게) 관 둬! 너 또 그딴 짓 하면 정말 끝장이야! 알았어!
태호	알았어. 알았다고. 다 너를 위해서 그런 건데. 저번에 본 그 비디오 알지? '네가 너를 싫어 할 수밖에 없는 10가지 이유'. 거기서는 그래 가지고 둘이 잘 됐잖아.
철수	너 두 번 다시 그딴 이야기 꺼내지도 마!
태호	알았어! 알았다고.

다시 약간의 침묵.

태호는 연희가 오는 쪽을 쳐다보고 있고, 철수는 일부러 외면하고 있다.

태호   어! 철수야. 철수야.

철수   왜?

태호   저기 좀 봐! 연희다. 연희!

철수는 돌아보지 않는다.

태호   (철수를 붙잡아 돌리며) 이번에는 진짜라니까!

철수   (놀랍고 반가운 마음에 연희가 오는 쪽을 쳐다본다)

태호   옆에 있는 사람은 누구지? 언닌가? 왜 이 쪽으로 안 오고
         둘이 수다를 떠는 거야? 철수야! 기회는 왔다. 어떻게 할
         거야? 내가 자리를 비켜 줄까?

철수   (쳐다보며 안절부절 한다)

태호   어떻게 할 거야? (연희 쪽을 본다) 어! 온다. 온다. 응. 혼
         자 온다. 가 봐! 빨리 가 봐!

태호가 철수를 떠민다.

그 때 버스가 도착한다.

철수는 태호를 뿌리치고 버스 쪽으로 뛰어간다.

태호   어. 어. 야! 임마! 그냥 가면 어떡해. 같이 가! (연희가 오는
         쪽을 향해서 큰 소리로) 야! 김철수! 연희가 오는데 그냥
         가면 어떡해?

태호도 버스 쪽으로 뛰어간다. (암전)

7장 수학 시간

수학 교사가 칠판에 문제를 적고 있다.
몇 학생은 문제를 풀고 있고, 몇 학생은 엎드려 자고 있다.

수학 교사   (문제를 적고 나서) 아까 내가 다 설명 한 것들이니까 설명을 잘 들은 사람은 충분히 풀 수 있을 거야. 조용히 풀어 보도록 해.

수학 교사는 교탁 주변에서 책을 몇 장 넘겨보다가 창밖을 쳐다본다.
형오가 질문을 한다.

형오   선생님! 이것 좀 가르쳐 주세요.

형오에게 설명을 한 뒤에 문제 푸는 학생들 사이를 돌아다닌다.
잠자는 학생들을 보며 잠시 생각에 잠긴다.
다시 앞으로 나오다가 철수가 무엇인가를 열심히 적는 것을 발견한다.

수학 교사   김철수! 너 지금 뭐해?

철수는 쓰던 종이를 얼른 밑으로 감춘다.

수학 교사	이리 줘 봐!

철수 종이를 건넨다.

수학교사	일어나. 이게 뭐야?
철수	저, 국어 시간 숙제인데요. 선생님이 다음 시간까지 꼭 써 오라고 해서….
수학 교사	철수 너 점점 왜 이래? 수학 공부는 안 할거야? 응. (철수 의 글을 훑어 보다가 꼼꼼히 읽는다)
철수	죄송합니다. 다음부터는 열심히 하겠습니다.

수학 교사는 계속해서 철수의 글을 읽으며 앞으로 나간다.

수학 교사	(철수의 글을 다 읽고 나서) 김철수! 이리 나와!

철수는 고개를 숙이고 움직이지 않는다.

수학 교사	이리 나와 보라니까!

철수, 고개를 숙인 체 앞으로 나온다.

수학 교사	(종이를 건네며) 자!

철수, 의아한 표정으로 쳐다본다.

수학 교사	받아!

철수가 종이를 받는다

수학 교사	읽어 봐!
철수	네?
수학 교사	읽어봐!
철수	선생님!
수학 교사	읽어보라니까!

철수는 포기하는 기분으로 읽기 시작한다. 목소리가 작다.

수학 교사	크게 읽어야 다른 애들이 들을 것 아냐? 얘들아! 네가 보기에는 철수가 글을 참 잘 쓴 것 같으니까 한번 들어보자.
민수	잘 썼대!
태호	조용히 해!
수학 교사	자! 다시 읽어 봐!

학생들은 잠에서 깨어나 철수가 읽는 것을 쳐다본다.
철수는 점점 진지하게 읽기 시작한다.

철수	꿈! 사람은 누구나 꿈을 가진다고 합니다. 어른들은 우리에게 '큰 꿈을 가져라. 꿈을 이룰 수 있도록 노력하여라'라고 말씀하십니다. 이런 이야기를 많이 들었기 때문인지 어릴 때는 거창한 꿈을 꾸었던 것 같습니다. 대통령, 의

사, 축구 선수, 과학자… 하지만 지금은 누가 나에게 꿈이 무엇이냐고 물으면 대답할 수가 없습니다. 정말 내가 하고 싶은 일이 무엇인지, 무엇을 잘할 수 있을지 알 수가 없습니다. 어른들은 '꿈을 가져라, 노력해라'라고 말씀을 하시지만 어떻게 꿈을 이룰 수 있느냐고 물으면 고등학교 때는 '그저 열심히 공부만 하면 돼!'라고 하십니다. 공부를 별로 열심히 하지 않는 저는 꿈을 가질 수가 없는 것일까요? 저는 어떤 꿈을 가져야 하나요?

철수가 읽는 것을 마치면 학생들은 박수를 친다.

수학 교사   내가 국어 선생님은 아니지만 자신이 하고 싶은 이야기를 솔직하게 잘 쓴 것 같구나. 김철수! 이런 말하면 우습겠지만 일단은 공부를 하면서 찾아 봐야지. 들어가!

학생들 우! 하는 환호성을 지른다.

태호   맨날 공부만 하래!
수학 교사   조용! 조용!
태호   선생님! 선생님은 고등학교 때 꿈이 뭐였어요?
수학 교사   고등학교 때의 꿈?
태호   네! 이야기 해 주세요.
민수   이야기 해 주세요!

학생들 동조하는 말로 소란하다. 수학 교사 약간 머뭇거리다가 이야기를 한다.

수학 교사	나는 고등학교 때 영화를 무진장 좋아했지. 그때는 비디오도 없었고, 지금보다 영화관에 가기도 무척 힘들었어. 하지만 보고 싶은 영화가 있으면 어떻게든 꼭 보려고 했단다. 그때는 걸어서 학교에 다니고, 차비를 모아 영화를 보기도 했지. 그때 생각은 영화감독이든 뭐든 영화와 관련 있는 일을 하면 행복할 것이라고 생각했어.
민수	그래서 영상반 담당을 맡으셨군요.
태호	그런데 왜 수학과에 가셨어요?
수학 교사	문과, 이과를 정할 때 내 적성이 무엇인지 몰랐거든. 이과가 문과보다 취직이 잘된다는 이야기도 있고, 수학도 못하는 편이 아니어서 이과를 갔지. 그러다가 실험하고, 기계 만지는 것이 적성에 맞지 않아 수학과를 간 거고. 내가 교사가 된 것에는 별로 후회가 없었는데 요즘은 갈수록 고민이 돼.
민수	왜요? 선생님!
수학 교사	일단은 너희 놈들이 수업을 잘 안 듣는 게 가장 큰 문제야!
태호	선생님! 죄송해요!
수학 교사	그게 다 너희만의 잘못은 아니지만, 열심히 하지 않는 사람을 상대로 가르치는 게 점점 힘들고 재미가 없어져 가. 우습겠지만 아직도 영화에 관계된 일을 해 보고 싶기도 하고, 하다못해 비디오 가게를 하는 것이 더 낫지 않을까 생각도 한단다. 가끔씩, 비디오로 촬영도 하고, 영화 평론

도 쓰고….

태호	그렇게 하시면 되잖아요!
민수	야! 비디오 가게가 얼마나 힘든데. 돈도 선생님 월급보다 훨씬 작을 거야!
태호	야! 돈이 문제냐? 사람이 자기가 하고 싶은 일 하면서 사는 게 행복하지! 안 그래요? 선생님!
수학 교사	오래간만에 태호가 맞는 말 하네! 그런 태호는 나중에 뭐 할 거냐?
태호	저요! 저야 하고 싶은 게 있지요. 전 자신이 있어요.
수학 교사	뭔데?
태호	아빠요!
수학 교사	뭐?
태호	예쁜 여자랑 결혼해서 아들, 딸 낳고 사는 좋은 아빠가 될 거예요!
학생들	우!
민수	하여튼 이 자식 밝히는 건 알아줘야 한다니까?
태호	좋은 아빠가 되는 게 어때서!
민수	누가 너한테 시집 오냐? 너 닮은 애들 낳으면 꽤나 행복하겠다!
태호	너 죽을래!

학생들 소란해 진다.

수학 교사	아! 아! 조용! 조용! 국어 선생님이 더 좋은 이야기를 해 주시겠지만, 내가 생각할 때는 자신이 좋아하는 일을 하면

서, 남에게 인정받고, 돈까지 많이 벌면 좋겠지. 하지만 그 중에 가장 중요한 것은 자신이 좋아하고 보람을 느끼는 것이 아닐까 해.

태호   선생님도 하고 싶은 일을 해 보세요!

수학 교사   그래 고맙다.

수업 끝 종이 울린다.

수학 교사   자! 오늘은 여기까지 하고 내일은 정적분을 할 거야!

학생들   네!

수학 교사 나간다.

8장 쉬는 시간

철수는 힘없이 창가로 가서 창밖을 본다.
태호는 기타를 가지고 놀지만 연주를 잘하지는 못한다.
철수는 몸을 풀어 보다가 핸드폰의 메시지를 확인한다.
밖으로 나갔던 민수가 들어온다.

민수   (태호에게) 기타도 잘 못치는 놈이 폼은 존나 잡네!

태호   두고 봐! 새끼야! 곧 깜짝 놀라게 해 줄 테니까!

민수   네 말을 뭘로 믿냐?

태호   그러니까 두고보라고. 그 동안에는 이 일렉트로닉 기타가

	없어서 연습을 별로 못했는데, 내가 원래 기타에 천재적인 소질을 가지고 있지 않냐 이거야?
민수	야! 야! 헛소리 집어치우고, 담배나 한 대 *끄*슬르러 가자.
태호	싫어! 임마! 너나 가.
민수	그럼 한 대만 줘 새끼야!
태호	싫어. 씹새야! 네가 뭐가 예뻐서 담배를 주냐?
민수	새끼! 그까진 일로 삐질 건 뭐냐? 그래, 그래 넌 정말 천재적인 기타리스트다. 됐나?
태호	됐어. 새끼야! (담배를 건네준다) 야!
민수	고마워!

민수는 담배를 받아서 나간다.

태호	(철수를 보며) 뭐하냐?

철수는 아무 말도 하지 않고 자기 책상 위에 앉는다.

태호	또 장난 전화 왔냐?
철수	너 때문에 나만 망신살이 뻗쳤다. 광성여고 계집애들 할 일이 그렇게 없나? 순 장난 전화야!
태호	야! 미친 척하고 걔네들 중에서 하나 고르는 게 어때!
철수	이런 장난 전화하는 애들 수준이 뻔하지 뭐!
태호	넌 연희 말고 다른 여자 애들은 눈에 안 들어 오냐? 여자는 다 똑같은 거야!
철수	연희는 달라!

태호	네가 어떻게 알아? 네 눈에 달라 보이는 거지!
철수	하여튼 달라! (잠시 사이) 느낌이라는 게 있잖아!
태호	(노래를 부르며 철수를 놀린다) 느낌! 오~ 오~오~ 느낌!
철수	장난치지 마!
태호	철수를 사로잡은 그녀 느낌이 좋아. 느낌.
철수	제발 그만해!
태호	처음부터 나를 사로잡은 그녀~
철수	야! 음료수나 먹으러 가자!
태호	(더욱 목소리를 높이며) 처음부터 나를 사로잡은 그녀~ 느낌이 좋아! 느낌이 달라!
철수	그만해! 내가 음료수 사줄 께!
태호	좋았어! 그 대신 네가 새로운 전략을 가르쳐 줄게!
철수	관둬! 임마! (나간다)
태호	(뒤좇아 가며) 진짜라니까!

둘이 나가면 암전.

9장 국어 시간

국어 교사	3조의 작품을 잘 보았습니다. 3조의 작품도 아주 재미있었어요. 다음은 마지막으로 4조의 작품을 보도록 합시다. 자! 4조 준비됐니?
학생들	(목소리로만) 예!
국어 교사	자! 그럼 시작해 봐요!

4조가 칸타스토리아를 공연한다.

해설자 어릴 때 비행기 조종사가 되고 싶은 소년이 있습니다. 아직도 되고 싶습니다. 그러나 미래의 모습이 떠오르지 않습니다. 당신은 당신의 꿈이 이루어질 거라고 생각하십니까?

[만득이의 하루]

아침 6시 반. 자명종이 울리면 만득이는 마지못해 자리에서 일어나 화장실로 갑니다. 일을 보며 또 끔찍한 하루가 시작되고 있음을 느낍니다. 만득이는 잠이 덜 깬 얼굴로 말없이 아침밥을 먹는 둥 마는 둥 서둘러 집을 나섭니다. 학교 등교 길, 아이들은 묵묵히 걷습니다. 숙제는 제대로 챙겼는지 다음 주에 있을 시험은 어떻게 준비해야 할지 궁리를 하면서…. 교문이 가까워 오면 걱정이 더 늘어납니다. 머리가 길지는 않은지, 염색한 것 때문에 벌을 서지는 않을지, 명찰이 있는지…. 교문에는 낯익은 얼굴들이 동상처럼 굳은 얼굴로 서 있고, 거대한 괴물 같은 학교 건물이 입을 쩍 벌리고 있습니다. 아침 자율 학습 시간. 다 못한 숙제를 서둘러 해치울 즈음 학생과에서 학생들의 생활 태도를 나무라는 방송이 흘러나옵니다. 그리고 담임 선생님과의 짧은 만남. 아침인데도 선생님의 얼굴은 지쳐 보이십니다. 1교시, 2교시, 3교시…. 선생님들은 쉴 새 없이 진도를 나가고, 만득이는 부지런히 그 소리를 따라 적기도 하고 밑줄도 긋습니다. '날카로운 첫 키스는 은유법! 과거 완료 시제는 과거에 끝난 일, 접선의 기울기는 미분하라.' 드디어 만득이가 살아나는 점심 시간. 학교 식당의 급식이 있지만 어머니가 싸 준 도시락이 훨씬 맛있습니다. 어떤 친구들은 남의 도시락을 빼앗아 먹거나 얻어먹기도 합니다. 점심을 먹고 난 만득이는 고민에 빠집니다. '식후연초'의 기쁨을 누릴 것이냐? 말 것이냐? 또 다시 이어지는 5, 6, 7 교시! 특기적성 교육! 말만 자율인 야간 자율 학습! 밤 9시 반. 컴컴한 운동장을 지나 교문을 나서면 시끄러운 차소리와 함께 네온사인 요란한 거리가 펼쳐집니다. 만득이는 고민에 빠집니다. 학원을 가느냐? 게임방으로 가느냐? 당구장을 가느냐? 한 잔 꺾으러 호프집을 가느냐! 결국 학원으로 발 길을 옮기는 만득이. 자정이 가까워서야 집으로 돌아갑니다. 만득이는 집으로 가는 길에 문득 멈춰서서 하늘을 바라봅니다. 침침한 별들이 뿌연 하늘에 여기저기 가물거립니다. 멀리서 웅웅거리는 차소리들…. 그 소리들에 섞여 희미하게 들리는 소리가 있습니다. 만득아! 만득아! 이담에 보자구. 대학에 가거들랑 그때 보자니까! 대학에 가거들랑 그때 보자니까! 만득이는 집으로 뛰어 갑니다. 만득이는 손발을 씻고, 책가방을 챙기고는 잠자리에 들 준비를 합니다. 이게 아닌데! 이게 아닌데! 잠결에 들리는 희미한 소리를 커다란 한숨 소리로 밀어내며 잠 속으로 골아떨어지는 만득이. 만득이는 오늘 어떤 꿈을 꿀까요?

어릴 때 비행기 조종사가 되고 싶은 소년이 있습니다. 아직도 되고 싶습니다. 그러나 미래의 모습이 떠오르지 않습니다. 당신은 당신의 꿈이 이루어질 거라고 생각하십니까? (위 내용은 현병호님의 '우리가 학교에서 배운 것들'에서 부분 발췌하고, '광수 생각'의 한 장면을 합한 뒤에 부분적으로 수정하여 만든 것입니다)

10장 공원

가로등이 희미한 작은 공원의 벤치.
정령들은 나무 가지와 가로등을 들고 곳곳에 서 있다.

태호가 드러누워 담배를 피우고 있다.

그 옆에는 부러진 기타가 놓여 있다.

잠시 뒤에 철수가 등장한다.

철수   태호야!

태호   (아무 말이 없다)

철수   태호야!

태호   왔냐?

철수   무슨 일이야? (부러진 기타를 발견하고는) 어! 이거 왜 이
       래?

태호, 아무런 반응이 없다.

철수   태호야! 이거 왜 이렇게 됐어? (사이) 혹시…. 너네 아빠가
       그런거냐?

태호   (일어나 앉으며 담배를 꺼낸다) 한 대 줄까?

철수   됐어! 어떻게 된거야?

태호   뭐, 그 동안 학원 안 다닌 것 뽀룩 났지 뭐!

철수   그래서?

태호   그래서는 뭐 그래서야! 아작 난거지.

철수   야! 그래도 너무 했다. 아깝게 기타는 왜 부수냐?

태호   얌마! 기타가 문제냐? 내가 살아남은 게 다행인데.

철수   그 정도야?

태호   난리도 아니더라! 에이! (다시 드러눕는다. 약간의 사이)

철수   저녁은 먹었냐?

태호	됐어!

사이

태호	철수야!
철수	응!
태호	아까 국어 시간에 4조 말이야! 대게, 잘 만들었지.
철수	그래!
태호	정말 학교가 끔찍하다. 그치?
철수	그래도 어떡하냐? 참고 견뎌야지!
태호	우리 부모님은 이민도 안가나? (사이) 철수야! 넌 꿈이 뭐냐?
철수	새삼스럽게 꿈은 무슨….
태호	하기는 우리 형편에 무슨 꿈이냐!

사이

철수	태호야!
태호	응!
철수	너는 전에부터 기타리스트가 되고 싶다고 했잖아!
태호	그랬지!
철수	그런데 아까는 왜 아빠가 되고 싶다고 했냐?
태호	그거야! 쪽팔리니까 그렇지!
철수	기타리스트가 왜 쪽팔려?
태호	그게 아니구, 내가 지금 기타도 잘 못 치잖아. 그런데 내

꿈이 기타리스트라고 하면 우리 반 애들이 얼마나 웃겠냐?

철수 다 같은 처지인데 뭘!

태호 그래도 내 진심을 말하는 게 쑥스럽더라구. 에이!

사이

철수는 일어나 하릴없이 움직여 본다.

나뭇가지를 꺾어서 나뭇잎을 떼어 낸다.

철수 태호야!

태호 응!

철수 너 기타 학원 안 다닐거니?

태호 글쎄다!

철수 왜? 다니면 되잖아.

태호 우리 부모님한테 기타 학원 다니겠다고 말하면 부모님이 뭐라고 하실까? 아마 날 죽이려고 하겠지!

철수 야, 잘 설득해 보면 어떻게 잘 될지 아냐?

태호 어쭈! 그러는 너는 왜 연희한테 적극적으로 못하냐?

철수 그거야 다른 문제지.

태호 다르긴 뭐가 달라. 마찬가지지!

철수 그래! 사실 나는 네가 부러워! 너는 여자한테 말도 잘 걸고, 꿈이라도 있잖아. 나는 내가 뭘 원하는지도 모르고, 좋아하는 여자가 있어도 적극적으로 나서지도 못하고….

태호 야 새끼야! 왜 너까지 쭈글쭈글 해지냐? 안 그래도 심란한데!

철수	말이 그렇다는 거지 뭐! 에이!

일어나 앞으로 걸어간다.

태호는 다시 벤치에 드러눕는다.

사이

잠시 뒤에 둘은 거의 동시에 서로의 이름을 부른다.

철수	태호야!
태호	철수야!
철수	왜?
태호	너는 왜?
철수	너부터 말해 봐!
태호	너부터 말해 봐!
철수	너 말하고 나서 말할게! 어서 말해 봐!
태호	나 말이야!
철수	응!
태호	저 말이야⋯ 나 기타 학원 다녀야겠어!
철수	정말?
태호	응! 부모님이 다니지 못하게 말리면 몰래 다니지 뭐!
철수	돈은 어떡하구?
태호	까짓거 돈이야 어떻게 되겠지 뭐!
철수	잘 생각했어!
태호	잘 될까?
철수	그럼. 너는 잘 될 거야.

벌떡 일어나 부러진 기타를 가지고 신나게 기타 치는 흉내를 내고, 노래를 부르며 이리저리 뛰어 다닌다.

철수	(손을 흔들며 연호한다) 박태호! 박태호!
태호	(벤치에 올라서서) 다음으로 이어지는 곡은 '말 달리자!'입니다.
철수	야호!

철수도 일어나서 함께 밴드의 일원이 되어 함께 연주하며 노래를 부른다.
한참 동안 둘은 신나게 몸을 흔들며 노래를 부른다.
멋있게 끝맺음을 한 뒤에 숨을 헐떡이며 자리에 앉아 숨을 고른다.

태호	내가 유명해지면 철수 너 하고 싶은 일 팍팍 밀어 줄게!
철수	고맙다! 고마워! 그 대신 네가 무명 기타리스트가 되어 쫄쫄 굶으면 밥은 내가 사줄게!
태호	눈물난다! 눈물 나!
철수	걱정하지마! 괜히 농담으로 해 본 소리니까! 넌 잘 될 거야! 야! 이제 우리 집에 가자!
태호	너네 부모님이 뭐라고 안 하시겠냐?
철수	네가 우리 집에서 잔 게 한 두 번이냐? 가자!
태호	그래. 가자!

둘은 일어나 나가려 한다.

태호	잠깐! 너 아까 이야기하려다가 만 것 있잖아!

철수	됐어! 별 것 아니야!
태호	이야기하기로 했잖아!
철수	다음에 해 줄게!
태호	어쭈!

그때 철수의 핸드폰에 문자 메시지가 도착했다는 신호음이 들린다.
철수는 핸드폰을 꺼내 메시지를 확인한다.

태호	또 장난 전화 왔냐? 지집애 들이 정말 웃기네. 남자보다 더하다니까.

철수는 갑자기 멍한 표정을 짓다가 다시 메시지를 확인한다.

태호	뭐야? 야! 너 왜 그래?
철수	(갑자기 소리를 지르며 마구 뛴다) 야호! 이야호!
태호	야! 야! 왜 그래? 너 갑자기 뽕 맞았냐?
철수	야호!
태호	철수야! 임마. 너 도대체 왜 이래!
철수	너! 놀라지마! 방금 누구한테서 메시지 온 줄 아냐?
태호	누군데!
철수	모르지? 모를 거다!
태호	누군데?
철수	글쎄다!
태호	혹시…. (갑자기 소리치며) 야! 연희한테서 온 거냐?
철수	그래 임마!

태호	설마!
철수	진짜야! 진짜!
태호	또 장난 전화 온 것 아냐? 그렇지? 장난 전화지!
철수	(흥분해서 목소리를 높이며) 아니야 임마! 오늘 아침에 내가 뛰어서 도망간걸 아는 애가 연희 말고 어디 있냐?
태호	그래? 야야! 이리 줘 봐!
철수	싫어 임마!
태호	야! 너 이럴 거야! 내가 걔네 학교 게시판에 글 올리면서 네 핸드폰 번호 적어 놓지 않았으면 지금 네가 메시지를 받을 수나 있냐? 자식이 형님 은공도 모르고 말이야? 안 보여 줄 거야?
철수	알았어! 알았어! 농담한 걸 가지고 삐지기는 자!
태호	(메시지를 읽는다) '나도 널 알고 있어. 몇 달 동안 마주쳤잖아. 오늘은 왜 뛰어 갔니? 내일부터는 만나면 인사하고 지내자. 안녕! 친구가 되고 싶은 연희가.' 와! 죽이네. 죽인다! 이거 완전히 러브스토리구만.
철수	이리 줘! (핸드폰을 받고 다시 한 번 읽어 본다)
태호	철수 너, 내 은혜를 잊어버리면 안돼! 그나저나 오늘 밤 잠이 오겠냐?
철수	잠이 문제냐 임마! 야! 가자!
태호	그래, 가자! 철수의 러브스토리를 위해 출발이다!

정령들이 합창을 부른다.

정령들	아니야! 아니야! 아니야! 김철수! 김철수! 어릴 때는 꿈이

많았지. 많았지. 많았지.

정령 1   다섯 살 때 ! 다섯 살 때!

정령 2   대통령이 되겠어! 대통령이 되겠어! 대통령이 되겠어!

정령들   우와! 우와!

정령 3   여덟 살 때! 여덟 살 때!

정령 4   축구 선구가 되어야지. 축구 선수가 되어야지. 축구 선수가 되어야지.

정령들   우와! 우와! 우와!

정령 1   열두 살 때는 군인!

정령 2   열네 살 때는 의사!

정령 3   열여섯 살 때는 프로그래머!

정령들   그러나 지금은 어떤 꿈을 꾸고 있을까? 그러나 지금은 어떤 꿈을 꾸고 있을까? 어떤 꿈을 꾸고 있을까? 어떤 꿈? 어떤 꿈? 꿈. 꿈. 꿈.

정령들이 정지하면 암전.

– 끝 –

화분

전장곤 / 천안교사극단 초록칠판

연출의 말

천안교사극단 초록칠판의 단원들이 학교에서 특수반 학생들이 겪는 문제를 공동 창작하였다. 장애를 가진 학생이 교사, 학생과 겪는 일들을 통해 학교의 한 얼굴을 스케치한 작품이다. 초록칠판의 워크숍 공연으로 관객을 만난 후 온양용화고, 예산중 등 여러 학교 연극반 학생들이 학교나 각 종 연극제에서 공연하였다.

교훈적인 면이 부각된다기 보다 있는 그대로를 보여준다는 마음으로 공연하면 좋을 것이다. 그리고 인물들이 동일한 복장을 하고 등장인물의 캐릭터에 맞는 간단한 소품을 활용(예를 들면 교사의 경우 넥타이, 학부모의 경우 스카프)하여 역동적으로 공연하면 극적 재미를 더할 수 있다.

등장 인물

영우

상순

지현

수경

교장선생님

박선생님

최선생님

수경엄마

영우엄마

<u>프롤로그</u>

아이들 풍선을 치고 놀며 이리저리 돌아다닌다. 그러다가 점점 가운데로
원을 두르고 풍선을 가지고 논다.
(암전)

1장

교실안 아이들 제각각 시끄럽게 떠들고 있다. 갑자기 영우가 뒤에서 아이
들을 밀치고 앞쪽으로 나간다. 아이들은 짜증난다는 듯 영우를 쳐다보며
다시 자기 할 일들을 하고 있다. 영우는 칠판 앞에서 꽃을 그리며 무슨
말을 하고 있다.

상순   야 마스카라좀

지현   응? 여기

상순   아 오늘 따라 왜 이렇게 화장이 안 먹혀!

지현   괜찮은데

상순   아 짜증나. 야 기분도 거지 같은데 저 년 좀 놀려볼까?

지현   (미소를 지으며) 암튼 저 녀석은 우리 반에서 불필요한 놈
               이야.

코러스들 '불필요한 놈이야' 반복
상순이는 껌 뱉은 종이 쪼가리를 칠판으로 강하게 던진다.

상순	야!
상순	하이 영우?
영우	(무표정한 표정으로) 하이 상구?

다시 칠판으로 눈을 돌려 꽃을 그리며 꽃 이름을 반복하며 말한다.

지현	(히죽거리며) 저녀석 봐라 ?

영우는 아무 일도 없다는 듯이 계속 칠판에 꽃을 그리며 중얼거린다.

영우	이건 철쭉, 이건 무궁화, 이건 가지꽃, 이건 스퍼트필럼, 이건 카라, 이건 안시리움, 이건 동백꽃, 이건 도라지꽃, 이건 진달래, 이건 프리뮬러, 이건 유추프라카치아, 이건 아리스타타달리아….

코러스들 꽃들을 표현한다.
상순이와 지현이 코러스들을 밀친다, 코러스들은 한바퀴 돌아 앞으로 움크려 넘어진다.

영우	(흥분하여) 하지마! 하지마! 내 꽃들이 아파! 하지마!
상순, 지현	(비꼬듯이 따라하며)하지마 하지마 내꽃들이 아파 하지마

그 순간 선생님이 교실 문을 열며 들어온다.

박선생	지금 너희 뭐하는 거야? 상순이와 지현이 이리로 와 봐.

상순, 지현 불성실한 자세로

상순	왜요?
박선생	너희 지금 영우 괴롭혔지.
지현	아닌데요.
박선생	아니긴 뭐가 아니야. 영우 목소리가 복도까지 들렸고 선 생님이 영우 괴롭히는 것도 봤는데.
상순	쟤는 원래 그런 애에요.
박선생	아이구 이놈들. 됐다. 됐어. 들어가라.

영우는 담임 선생님이 들어 왔어도 아직 칠판을 바라보며. 씩씩 거리며
다시 분필을 들고 꽃을 그리기 시작한다.

박선생	영우야 이제 들어가야지! 아침 조회 시간이잖아.
영우	영우는 꽃을 좋아해!
박선생	영우 오늘도 꽃 많이 그렸네. 여기에 선생님 꽃도 있어
영우	여기 호박꽃.

코러스 왼쪽 네명은 못생긴 표정을 짓고 오른쪽 네명은 학생이 되어
웃는다.

아이들 킥킥거린다.

수경	선생님 빨리 조회 해 주세요.
박선생	영우야 조금 있다 그리고 일단 자리에 들어가!

영우가 무표정한 표정으로 자리로 들어가 고개를 숙인다.

박선생	(화분을 앞 가운데에다 놓고 오른쪽으로 빠진다)(아이들 신기하다는 듯 쳐다본다) 자 여기 교탁을 보세요! 이 식물이 바로 유추프라카치아예요. 여러분도 많이 들었겠지만, 고독한 영혼을 지닌 식물이예요. 누군가 건드리면 금방 죽어버리고, 그 사람이 계속해서 애정을 주어야만 살 수 있는 식물.(자랑스러운 자세로) 선생님이 어렵게 구했어요!
아이들	(영우만 박수치며 좋아하고 나머지 아이들은 시큰둥하다는 듯이) 와~
박선생	이 식물은 여러 사람이 건들이면 죽어버린데요. 그래서 교실에 놓고 한 사람이 맡아서 길렀으면 하는데. 수경이 한번 길러 볼래!
수경	(일언 지하에 거절하며) 전 공부하느라 그런데 신경 쓸 수 없어요. 영우한테 길으라고 하면 될 것 같은데요. 영우는 꽃을 좋아하잖아요.
박선생	잘 할 수 있을까? (영우를 부르며) 영우야! 니가 이 꽃 한 번 길러볼래?
영우	(아무 표정 없이 화분을 바라보며) 나 꽃 좋아해….
박선생	그래 영우야. 그럼 여기 놓을 테니 영우가 길러보자! 그리고 다른 학생들은 보기만 해야지 절대 손을 대면 안돼요. 알겠죠.
아이들	예.

박선생이 나가고 아이들은 제자리에서 화분을 보고 시큰둥하며 고개를

돌린다. 그 앞에서 영우가 화분을 보고 미소를 짓는다.

2장

놀람교향곡이 흐른다. 전부 음악에 맞춰가며 개성 있게 존다. 노래가 '쾅' 하면 아이들 갑자기 깬다. 다시 음악이 잠잠해지면 뒤에 아이들은 다시 자고 앞에 아이들은 시끄럽게 떠든다.

최선생　(짜증스러운 목소리로) 야! 좀 조용히 해! (뒤에 아이들도 깬다) 너들 음악은 들은거니? 어휴~~ 이것들을 데리고 음악감상은 무슨. 얘! 거기 김상순! 너 조용히 안해? 너 거기. 누구더라… 지… 암튼… 너 앞에 안봐? 암튼 음악감상 끝나고 감상문 작성 제대로 안 한것들 가만 안 둘줄 알어.

아이들 목소리는 잦아들었지만 여전히 웅성댄다.

최선생　자… 다음 곡은 비발디의 사계 중에 봄이야… (음악을 틀고) 비발디의 사계중 봄은 말야… (상순 삘 받아서 관객과 가위바위보를 한다. 안하면 할때까지 가위바위보를 한다) 만물이 소생하는 봄에… 야! 거기 김상순! 지금 나오는 곡이 사계중에 어느 계절야?
김상순　(얼떨결에 일어선다) 네?
최선생　(짜증스럽게) 어느 계절이냐구?

| 김상순 | (당연하다는 듯이 자신있게) 어휴~~~ 선생님은… 무슨 지금 계절도 모르세요? 지금은 10월이니까 당근 가을이죠. 아휴 얼마나 쌀쌀한데요. |

아이들 킥킥거린다.

| 최선생 | 이 자식이… 지금 나오는 음악이 비발디의 사계 중 어느 계절이냐니까… 됐다. 됐어! 이그… 내가 너같은 놈을 데리고 클래식은 뭔 클래식이냐… 돼지목에 진주목걸이지… 야… 너 나가… 짜증난다. 정말…. |

김상순… 손가락으로 V를 그리며 뒤를 돈다. 일부 아이들, 야~~ 부럽다. 좋겠다를 연발한다.

| 최선생 | 넌 수행평가 빵점이야… (아이들쪽을 다시 바라보며) 지금부터 졸거나 떠드는 녀석들도 마찬가지야… 잘 들어! 아휴~~~ 목이야…. |

수행평가라는 얘기에 아이들 기가 죽는다. 약간의 투덜거림….

| 최선생 | 아아! 잘들어… 비발디의 사계 중 봄은 말이야… (뒤에 코러스들은 최선생이되고 앞에 코러스들은 꽃이 된다) 꽃에 파묻힌 화창한 목장에 나무들의 푸른 잎이 정답게 속삭이고 (어느새 자기 혼자 감상에 빠져있다) 아~~~ 정말 눈에 선하지 않니? |

최선생이 반발짝 움직이면 뒤에 코러스들도 반발짝 움직인다.

영우는 창가에 있는 꽃이 최선생에 의해 가려지자 신경질적으로 몸을 움직여 꽃과 눈을 마주친다.

최선생　　　　양들 옆에 개가 졸고… 곁에는 양치기가 잠들어 있구…
　　　　　　　　포근한 이 봄날에…

최선생이 반발짝 움직이면 뒷 코러스들 앞에 꽃 코러스들을 완전히 가려버린다.

이때 영우가 벌떡 일어나 꽃을 완전히 가려버린 최선생에게로 난폭한 걸음걸이로 걸어간다.

영우　　　　　이씨~~~ 내 꽃. 내 꽃. 나와, 나와.
최선생　　　　(깜짝 놀라며) 아니 얘가 왜이래?

뒷 코러스들 놀라는 최선생 동작
앞 코러스들도 꽃에서 갑자기 최 선생으로 변해 최 선생 동작을 취한다.

영우　　　　　이씨~~~ 내 꽃, 내 꽃이 가리잖아!
최선생　　　　아니 얘가 정말? 가서 자리에 앉지 못해?

코러스들 전부 최선생 제스처

영우	저리 가. 저리가! 내 꽃, 내 꽃. 가리지마!

화분을 들고 교실을 한바퀴 돈다.

최선생이 영우의 꽃을 뺏으려고 교실을 뛰어다닌다.
코러스들 영우를 놀렸을 때의 개성있는 행동을 취한다.
영우가 교실을 나가자마자 종이친다. 이때 최선생 빼고 전부 학생들로 변한다.

최선생	이 눔 자식이. 불쌍해서 봐주려고 했는데. 내 참 기가 막혀. 하여튼 이반에만 들어오면 수업이 안돼. 아우, 징그러.

(퇴장)

최선생이 나가자마자 완전 시끄럽게 떠든다. 수경은 거만하게 등 대고 앉아 눈을 감고 있다. 영우, 교실 들어오자마자 조금 조용해지고 영우를 힐끗 쳐다본다.

지현	(상순 자리로 걸어오며) 아니, 저 자식 음악한테 덤벼드는 거 봤어? 저 자식 겁도 없어요. 하여간 진상이다. 진상.
상순	(비웃듯이) 야, 살아있는 전설, 준비 많이 했어? 듣기평가 점수 잘 받아야 전과목 만점의 신화를 다시 이룰거 아냐. 꿈은 아직 끝나지 않았다?
수경	(차갑게 피식 웃으며) 듣기평가 가지고 뭐 살아있는 전설이냐? 이런 거야, 어릴 때 실력으로 가볍게 하는 거지. 하기사 니들이 뭘 알겠냐… (목을 이리저리 , 어깨를 돌리며

가볍게 몸 풀고 듣기평가 시간을 준비한다)

상순, 지현 (손동작을 취하며) 재수없어!

지현 하여간 공부 좀 한다고 재는 것들은 하나같이 재수 없다
니까! 하기사 그 얼굴에 그 몸매에 공부라도 열심히 해야
지… (수경이 어깨위에 손을 얹으며) 수경아! 독하게 공부
해야 해~ 알았지?

수경 흥! 정말 별꼴이야. 너나 잘 해 임마! 니네 엄마 또 난리 피
면서 학교 찾아오게 하지 말고.

시작종이 울리자 모두들 어수선하게 좌석을 정돈한다.
뒷자리의 영우는 특유의 손동작을 하며 알 수 없는 말을 작게 중얼거리고
있다.
수경은 그 소리가 신경 쓰이는 듯 미간을 찌푸리며 뒤를 돌아다보다가 이
내 자기 얼굴을 양손으로 세수하듯 쓰다듬으며 정신을 가다듬고 집중하
는 자세를 취한다.
선생님 들어와서 교탁에 선다.

선생님 모두들 준비됐지? 전국 공통 듣기 평가니까 다시 들려 달
라고 해도 소용없어. 차분하게 잘 듣고 풀도록 해.

방송소리 나오고 영어 문제가 흘러나온다.
영우는 수경이의 꽃핀을 계속 손짓하며 같은 말을 반복하며 중얼거린다.

수경 (짜증스런 표정으로 자기 머리를 신경질적으로 휘저으며
약간 뒤를 보고 나지막한 소리로) 야 조용히 못해? 조용히

좀 해 엄마! 너 때문에 못 듣겠잖아?

영우 약간 놀란 듯 움츠리지만 계속 중얼거린다.

영우   엄마, 꽃, 엄마, 꽃,

수경   (책상을 치며) 아우, 이 자식을 증말. (일어서며) 얘 좀 내
                 보내 주세요.

계속 영어 문제는 흘러나온다.

선생님   (수경이를 달래며) 자자, 진정하고 일단 시험부터 보자.

영우는 계속 뭔가를 중얼거리고, 수경이를 툭툭 치며 방해한다.

수경   (초조해 하며 화가 나서 빠른 말투로) 선생님, 제발, 이 자
                 식 좀 빨리 내보내 달라구요. 니 눈엔 저게 엄마로 보여?
                 저건 그냥 꽃이야! 꽃!

모두들 웅성거린다. 수경 제자리에 앉아서 운다 영우는 "아니야, 아니야,
엄마 꽃이야 엄마"를 반복하고 선생님은 다가와 영우와 수경을 진정시키
려 하는데 학급은 더욱 혼란스러워진다.

영우   (영우의 큰 목소리가 들리면 전부 하던 동작을 멈추고 점
                 점 놀란 표정을 짓는다) 금꿩의 다리, 자주색 꽃이다. 달
                 걀모양 잎, 끝이 뭉뚝하고 톱니가 없는 잎이다. 꽃자루가

가늘고 작다. 원뿔꽃차례로 꽃이 많이 피고 열매가 생긴다. 노란색의 수술 때문에 금꿩의 다리라고 불리는 예쁜 꽃이다. 내 꽃이다. 엄마야 엄마… 내 꽃… 내가 지킬 거야. 내 꽃… 우리 엄마… 내가 지킬 거야.

(암전)

영우의 우리 엄마 내가 지킬 거야 바로 뒤에 영어 문제의 목소리 주인공의 방송소리 I'll look after my mother 흘러나오고(영우, 영어 목소리만)

3장

교무실, 코러스들 수경 엄마처럼 팔짱끼고 고개를 들고 박선생을 쳐다본다.

수경 엄마   선생님 도대체 어떻게 이런 일이 있을 수 있어요? 영우가 뭔가하는 그 애 말이예요. 그 변변치 않은 아이 하나 때문에 애들이 듣기평가를 다 망쳤다면서요? 더 이상 학교에서 이런 상태로 그 아이를 방치한다면 저도 가만히 있지는 않겠어요. (코러스들 강조!)

박선생님   (움츠린 목소리로) 진정하시구요. 수경어머니 말씀이 옳습니다. 그렇지만 통합교육과정의 성격이 그렇지 않습니까? 교육적인 측면도 있고, 학교의 입장도 생각해 주셔야지요?

수경 엄마   교육적인 측면이요? 그럼 우리 애는요? 우리애 교육은 어떻게 하실려구요? 정말 선생님이 이렇게 나오시면 안 되죠! 아이를 특수학교로 전학을 시키시든지, 어떤 조치든 학교에서 책임지고 해결해 주세요. 그렇지 않으면 학부모 회의를 소집해서라도 조치를 취하겠어요. 저랑 같은 불만 가진 부모들이 어디 한 둘 인줄 아세요? 이번일 잘 해결 못되면 학교에 그 어떤 협조도 못해드립니다. 그렇게 알고 계셔요! (코러스들 강조!)

수경 엄마 뒤도 안돌아보고 횡하니 나간다. 수경 엄마 코러스들 무리로 들어가고 최선생 특유의 걸음걸이로 나온다.

최선생님   박선생님! 나도 정말 영우 때문에 못살겠어! (코러스들 강조!) 무슨 말도 안 되는 내 화분 어쩌구 하면서 울고불고 말이야, 아니 걔 부모는 도대체 뭐하는 사람이야? 그런 애들을 어떻게 정상아들과 같이 공부를 시킨다고 집어넣긴 넣어?

박선생님   영우가 워낙 다른 애들이랑은 다르잖아요. 작년에 엄마가 돌아가신 후 더 한 것 같아요. 선생님이 조금만 이해해 주세요.

최선생님   아이, 몰라. 아무튼 난 그 반 수업 정말 못해먹겠어. 다른 선생님들 말 들어보니까 다 힘들어죽을 지경이래. 어디서 그런 애를 골라서 넣었어? 아니면 담임이 능력이나 있는 사람이던가! 점수나 받으려고 그런 애를 받은 거 아냐? 진짜 웃긴다니까 사람들~ (코러스들 강조!)

최선생이 퇴장하며 코러스들 무리로 들어가고 교장이 나온다.

교장	이봐요. 박선생!
박선생님	네. 교장선생님
교장	도대체 학급관리를 어떻게 하는 거요? 지금 수경 엄마가 교장실에 찾아와 한바탕 난리를 치고 갔어. (코러스들 강조!)
박선생님	죄송합니다. 교장선생님. 다 제 불찰입니다.
교장	에이 답답해서… (날카로운 목소리로) 그 애 부모 소환해서 다른 학교로 전학을 시키던지 아예 특수학교를 보내라고 하세요.
박선생님	제가 영우한테 최선을 다하지 못해 이런 일이 생겼습니다. 앞으로 영우에게 더 신경쓰도록 하겠습니다. 학교에서도 영우를 조금만 더 감싸고 사랑해준다면… (말꼬리를 흐린다)
교장	아니 박선생, 학부모들 항의하는 거 못 봤어요? 학교에서 그 아이 하나만을 신경 쓸 수 없지 않습니까? 특수학교를 보내면 영우에게 더 도움이 될 수 있을 겁니다. 지금 이 상황은 의지와 사랑만으로 될 문제가 아니에요! 그렇다고 영우 옆에 담임선생님이 항상 같이 있을 수도 없는 것이고 말이에요! (다그치듯이) 박선생님, 그렇게 살 수 있어요? 다른 좋은 방법 있으십니까?
박선생님	…. (아무 말을 못한다)

4장

점심시간 영우 혼자 칠판에 엄마라고 쓰면서 혼자 흐느끼고 있다.

영우   엄마가 죽었어. 엄마가 죽었어. 영우 꽃 죽으면 안 돼. 영
우 꽃 죽으면 안 돼. 엄마가 죽었어. 영우 꽃 죽으면 안
돼.

영우 계속 똑같은 말을 반복한다.
코러스들도 이땐 전부 학생

상순   어우, 저 새끼 봐라. 밥 먹은 거 소화도 안 되겠다.

수경   나 이번에 영어듣기 A 맞아야 되는데 쟤 때문에 다 망쳐
버렸어. 이번에 A 맞아야 영어 '수' 맞을 수 있거든. 어떡
하냐구.

지현   저 새끼가 우리반에 들어오면서 완전 엉망이 되어 버렸
어. 수업시간 마다 저 새끼 땜에 수업을 제대로 들을 수가
없잖아.

수경   어떡하냐구. 영어듣기평가⋯ 이거 학교에서 어떻게 해줘
야하는 거 아냐? 이거 성적하고도 연관되는데 쟤 땜에 망
쳐버렸는데 어떻게 해줘야지.

상순   저 새끼 봐라. 뭔 글자인지 알고나 쓰는 거야? 웃기고 있
네. 꼴에 또 울고 지랄이야. 아유⋯ 짜증나.(반복)

지현   하여튼 진짜 재수 없다니까. 담탱은 쟤가 뭐가 좋다고 저
화분을 주고 난리야. 제가 잘못했는데도 맨날 우리만 혼

내고. 우리가 무슨 동네 북이야?

진짜 짜증나!(반복)

지현   (어이없다는 듯) 아 참네 저거 봐라. 징징 짜고 앉아 있네.
뭘 잘했다고 징징 짜고 있어. 뭐 꽃이 죽으면 안 돼? 아우
저걸 어떻게 하지.

주위를 둘러보다 영우의 화분을 발견한다.

지현   상순아, 잠깐 이리 와봐. (상순 귀에 대고 뭔가 속닥거린
다)

상순 슬금슬금 화분으로 다가가 꽉 잡는다. 이때 코러스들 영우가 된다.

상순   야 임마. 김영우. 야. 야. 어쭈 이게 못들은 척하네. 영우
야~

상순의 소리를 듣고 옆을 보는 순간 영우 갑자기 놀라며 화분으로 다
가간다.

영우   하지마. 내꺼야. 내꺼야. 만지지마. 하지마. 만지지마. 영
우 꺼야.

지현   어. 이게 네 꺼야. 넌 이게 그렇게 좋아. 넌 우리 섬도 망

	쳐 놓았잖아. 근데 너는 기껏 이것 때문에 이렇게 소리를
	질러. 너 땜에 우리 다 망했다구. 맨날 우리만 혼나구. 만
	지지 말라구. 만졌다 어쩔래. 그럼 뺏어봐. 뺏어 보라구.
수경	가져가봐 가져가보라고!

화분을 친구들끼리 서로 돌려가면서 영우를 놀린다.

상순	뺏을 수 있음 뺏어봐. 이게 그렇게 좋아. 뺏어보라구.

상순 갑자기 화분을 놓친다. 그러면 전부 놀란 표정. 동시에 깨지는 소리
깨지는 소리 나자마자 영우와 엄마 빼고 전부 점점 스르르 쓰러진다.

영우	미안해. 엄마를 다치게 해서… 쟤들은 엄마를 모르지만
	난 알아. 아이들은 내 이름을 모르지만 엄마는 알지? 아이
	들은 날 무시하고 놀리지만 엄마는 늘 한결같이 나를 반
	겨주지. 엄마가 나에게 해준 것과 같이 내가 엄마를 낮게
	해줄게. 이제 걱정 하지마. 다시 내 이름을 불러줘. 엄마
	를 낮게 해줄게. 이제 걱정 하지 마. 다시 내 이름을 불러
	줘. (화분을 소중하게 안으며 눈물을 흘린다)

5장

코러스들은 밝은 표정으로 꽃과 나비가 되고 영우는 그 꽃들과 나비 사이
에서 즐겁게 논다. 나비 한 마리가 날아와 꽃 내음을 맡는다. 냄새가 고약

하다는 듯 달아나며 다시 즐거운 표정으로 난다.

영우 엄마	영우야! 영우는 세상에서 가장 소중한게 뭐야?
영우	(계속 종이에 뭔가를 그리며 엄마의 말에는 관심도 없는 듯) 몰라! 몰라! 몰라!
영우 엄마	(방긋 웃으며) 영우야, 세상에서 영우에게 가장 소중한 것이 무엇인지 잘 생각해 봐.

영우는 꽃밭을 유심히 둘러보면서 한 가운데 예쁘게 피어나는 꽃을 바라보며 다가가서 앉으며 냄새를 맡으며 환한 미소를 머금는다. 엄마도 영우 옆에 살며시 다가가며 아름다운 손길로 머리를 쓰다듬는다.

| 영우 엄마 | 영우야, 이 꽃이 네가 가장 소중하게 생각하는 물건이니? |
| 영우 | 응… (방그레 웃으며) 난 이 꽃이 풍기는 이 냄새가 좋아! 좋아! 좋아! |

영우는 계속적으로 그 꽃만을 쳐다보며 '난 꽃이 좋아.' 라는 말을 반복한다.

영우 엄마	(부드러운 웃음을 지으며) 영우야, 꽃이 정말 예쁘지?
영우	(꽃잎을 만지며) 응! 너무 예뻐.
영우 엄마	영우야! 그런데 꽃도 영우처럼 힘들게 자라서 이렇게 예쁜 꽃이 되는 거란다. 힘찬 비바람 때문에 꽃도 많이 다치고 아파했단다. 그러나 아픔을 딛고 이렇게 예쁘고 아름다운 꽃으로 다시 태어난 거란다.

영우	(엄마 말에는 관심이 없는 듯 꽃만 바라보며 '흐흐' 작은 소리로 웃으며 꽃을 만지작거린다)
영우 엄마	(영우를 살며시 어깨를 쓰다듬으며) 사랑하는 내 아들아! 우리 영우이도 지금은 힘들어도 여기 있는 꽃처럼 당당히 이겨낼 수 있을 거야! 그래서 우리 영우이도 멋지고 아름다운 꽃이 될 수 있을 거야! 엄마는 영우를 믿는다….
영우	(엄마 얼굴을 무표정으로 쳐다보며 엄마 말을 아는 듯 모르는 듯 표정을 짓는다) 난 꽃이 좋아, 난 꽃이 좋아… 엄마가 좋아…. (코러스들 영우가 엄마 쪽으로 가면 천천히 쓰러지기 시작한다)

암전

즐거운 음악 나오고 전부 풍선을 들고 즐겁게 놀고 있다. 영우도 걸어 다니며 꽃 이름을 부르고 놀고 있다.

저자 소개

가덕현   충남 태안중 국어교사. 느린 듯하면서도 섬세한, 학생들
          과 교사들을 꾸준하게 연극으로 품어내며 함께 즐기는
          연극쟁이

강병용   부산 교사극단 '조명이 있는 교실'에서 연출과 배우로 활
          동하며 50대에도 10대 고교생 연기가 가능한, 대본 창
          작 능력자

김남임   충남 태안에서 연극교사를 배출하는 저수지 역할을 20
          년 넘게 해 온 국어교사. 넉넉한 품과 배움을 게을리하지
          않는 전국교사연극모임 부회장

김종호   천안 교사극단 '초록칠판'의 간판스타이자 중학생들과 연
          극하는 학생부장. 철저한 준비로 다른 배우와 학생들이
          편하게 공연할 수 있게 해 주는 베테랑

김창태 충남 금산여고 국어교사. 환갑을 바라보는 나이에도 웃음과 열정을 잃지 않고 연극으로 학생을 만나는 참교육 실천자

김현정 경남 교사극단 '연놀'을 이끌어 온 맏언니. 결혼마저 후배 단원과 한 연극 가족. '쇼 머스트 고 온'을 외치며 출산 휴가 중에도 연극을 놓지 않는 열정의 소유자

박영실 부산 교사극단 '조명이 있는 교실'에서 이제 제자와 함께 무대에 서는 젊은 중견교사. 학교 연극반 학생들과 학교 공연도 하는 글쓰기, 여행 전문가

백인식 인천 '나무를 심는 사람'을 20년 이상 함께하며 전국을 연극연수 강사로 누비는 전교연 대표. 실천과 배려의 손발이 머리보다 먼저 작동하는 인천 광성고 수학교사

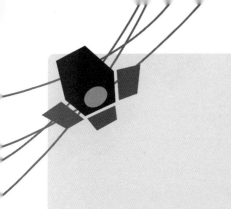

서우정   서울 교사극단 '징검다리' 2기를 재건하고 공연까지 올린 열정과 추진력을 가진 따뜻한 교사. 선사고 연극 동아리 학생들과 공연을 하고 대한민국 학교의 혁신을 위해 즐겁게 분투 중

서호필   국어교육의 다양한 실천으로 알려진 담양한빛고 국어교사. 교실과 학교 현장에서 낭독극을 포함하여 연극을 여러 형태로 만들며 배움과 가르침을 게을리하지 않는 자유인

이인호   30년 넘게 학생들과 연극을 해 오며 '초록칠판'과 '전교연'에서 연극 가족들을 만나면서 늘 눈가에 웃음 주름이 가득한 국어교사

전장곤   무대 설치와 연기를 즐기는 연극과 연애하는 배우. '초록칠판'과 '아산연극교사협의회' 대표이며, 졸업한 연극반

제자들과 세 번째 공연을 올린 연극 스승

허만웅　전교연을 만들고 10년 가까이 회장을 하며 전국적 모임으로 이끈 큰 형님. 명예퇴직 후 또 다른 길을 열어가면서도 전교연 후배들의 정신적 지주로 우뚝 살아 있는 전설